陈如江◎著

中国古典诗法举要

人民文学出版社

图书在版编目(CIP)数据

中国古典诗法举要/陈如江著.
—北京：人民文学出版社，2018(2024.2 重印)
(恋上古诗词：版画插图版)
ISBN 978-7-02-014560-7

Ⅰ.①中… Ⅱ.①陈… Ⅲ.①古典诗歌-诗歌创作-创作方法-中国 Ⅳ.①I207.21

中国版本图书馆 CIP 数据核字(2018)第 190302 号

责任编辑　朱卫净　吕昱雯
装帧设计　汪佳诗

出版发行　人民文学出版社
社　　址　北京市朝内大街 166 号
邮政编码　100705

印　　刷　山东新华印务有限公司
经　　销　全国新华书店等

开　　本　890 毫米×1240 毫米　1/32
印　　张　10.5
插　　页　2
字　　数　242 千字
版　　次　2016 年 10 月北京第 1 版
印　　次　2024 年 2 月第 3 次印刷

书　　号　978-7-02-014560-7
定　　价　59.00 元

如有印装质量问题，请与本社图书销售中心调换。电话：010－65233595

目录

序 引

第一章　感情的表达

　　诗法之一：就景叙情　　　003
　　诗法之二：融情入景　　　007
　　诗法之三：立意高远　　　012
　　诗法之四：自标灵采　　　016
　　诗法之五：乐景写哀　　　021
　　诗法之六：托物言志　　　025
　　诗法之七：正言若反　　　030
　　诗法之八：借人映己　　　035
　　诗法之九：因形说理　　　039
　　诗法之十：情中有思　　　043

第二章　意象的浮现

　　诗法之一：时空交织　　　051
　　诗法之二：瞻言见貌　　　058
　　诗法之三：化美为媚　　　064
　　诗法之四：体物入微　　　069
　　诗法之五：遗貌取神　　　075
　　诗法之六：以小见大　　　079
　　诗法之七：烘云托月　　　084
　　诗法之八：相题行事　　　089

　　　　诗法之九：非喻不醒　　　096
　　　　诗法之十：取类不常　　　103

第三章　语言的锻炼
　　　　诗法之一：颠倒词序　　　111
　　　　诗法之二：夺胎换骨　　　116
　　　　诗法之三：片言百意　　　121
　　　　诗法之四：淡中有味　　　125
　　　　诗法之五：借石他山　　　134
　　　　诗法之六：俗中出雅　　　138
　　　　诗法之七：惜墨如金　　　142
　　　　诗法之八：用事入妙　　　149
　　　　诗法之九：设眼句中　　　158
　　　　诗法之十：板中求活　　　163

第四章　结构的安排
　　　　诗法之一：先声夺人　　　171
　　　　诗法之二：推开作结　　　178
　　　　诗法之三：一字作纲　　　184
　　　　诗法之四：事断意贯　　　189
　　　　诗法之五：首尾相衔　　　195
　　　　诗法之六：交综呼应　　　199
　　　　诗法之七：盘马弯弓　　　203
　　　　诗法之八：龙跳虎卧　　　208
　　　　诗法之九：逆叙倒挽　　　212
　　　　诗法之十：疏密相间　　　217

第五章　诗趣的创造

　　诗法之一：反常合道　　225

　　诗法之二：化丑为美　　230

　　诗法之三：古意翻新　　234

　　诗法之四：用常得奇　　240

　　诗法之五：下语崭绝　　244

　　诗法之六：认假作真　　249

　　诗法之七：感觉移借　　253

　　诗法之八：谐音双关　　257

　　诗法之九：反覆成趣　　261

　　诗法之十：寓庄于谐　　265

第六章　声韵的和谐

　　诗法之一：四声参互　　273

　　诗法之二：声义相切　　279

　　诗法之三：随情用韵(上)　　283

　　诗法之四：随情用韵(中)　　287

　　诗法之五：随情用韵(下)　　291

　　诗法之六：双声叠韵　　295

　　诗法之七：重言摹拟　　300

　　诗法之八：同字回互　　304

　　诗法之九：重沓舒状　　308

　　诗法之十：蝉联取势　　313

主要征引书目　　318

序 引

袁枚曾云:"诗者,人之性情也。近取诸身而足矣。"(《随园诗话》)此语一出,许多人便将作诗看成是一件方便事,似乎信手写便能词达,脱口说就可意宣。钱泳所谓"自太史《随园诗话》出,诗人日渐日多"(《履园谭诗》),便是针对这一误导而言的。

诗歌创作是一个取于心而注于手的过程,要完成这样一个过程并非易事,往往得心者未必就能应手,正如刘勰所说:"方其搦翰,气倍辞前,暨乎篇成,半折心始,何则?意翻空而易奇,言征实而难巧也。"(《文心雕龙·神思》)因此,诗歌创作手法与艺术规律的研究历来受到重视。

西晋的陆机是最早对写作方法展开探讨的。他本身是一个才思敏捷的作家,然而在创作中也常常遇到"意不称物,文不逮意"的无奈,因而他写了一篇《文赋》,"专论作文之利害所由"。在文章中,他总结并提出了一些写作的手段,如想象的展开,警句的熔铸,语言的提炼,结构的安排,等等。虽只是提纲挈领,略引端绪,但毕竟开了后世诗法之先河。

齐梁时期,文学创作初步繁荣,从而产生了两部文学理论批评著作,一是刘勰的《文心雕龙》,一是钟嵘的《诗品》。《文心雕龙》是一部诗文作法指导书。全书共分五十篇,前二十五篇为上篇,是文体论;后二十五篇为下篇,是创作论。其中《总术》篇是创作论之总和,这个"术",也就相当于后世之所谓"法"。在刘勰看来,"才之能通,必资晓术";"执术驭篇,似善弈之穷数;弃术委心,如博塞之邀遇"。意思是说,精通创作的人,一定懂得方法,掌握方法来驾驭篇章,好像善于下棋的精通棋术,不懂方法任凭主观,犹如赌徒输赢全仗侥幸。可见,他对于"术"是相当重视的。也正如此,书中的《通变》《定势》《熔裁》《声律》《章句》《丽辞》《比兴》《夸饰》《事类》《练字》等篇,对诗歌的材料组织、谋篇布局、段落剪裁,一直到比喻、夸张、声律、辞藻、对偶、用典等艺术技巧都有比较深入的研讨,诗法由是大备。钟嵘的《诗品》也是一部指导人们怎样写诗、读诗和评诗之作,从创作论的角度来看,其涉及的面虽不及《文心雕龙》,但对如何直面其景、直抒其情,如何酌情运用赋、比、兴,如何避免诗中高谈哲理等,都有自己独到的见解。所以章学诚在《文史通义》中对这两部著作分别给予"体大而虑周""思深而意远"的评价。

唐代是诗歌创作的全盛时期,然而有关诗法的著作却不多,这恐怕就是理论迟于创作的原因罢。初、盛唐时期,有元兢的《古今诗人秀句》、崔融的《唐朝新定诗格》和王昌龄的《诗格》,但均已散佚,部分内容藉日僧遍照金刚的《文镜秘府论》得以保存。这三书主要是谈对偶声律以及作诗的一些病犯。中、晚唐时期,有关诗法的著述开始增多,如李洪宣的《缘情手鉴诗格》,贾岛的《二南密旨》,白居易的《金针诗格》,齐己的《风骚旨格》,文彧的《诗格》等。这些书并没有多少新意,有的还系后人伪撰。唯皎然的《诗式》是当时一部较为系统、较有影响的论诗专著。全书共五卷,着重于诗歌作法及规律的探讨,对诗的体势、声对、用事、取境、气格、创新等提出了不少有价值的观点。

由于唐代的诗歌创作积累了许多可资借鉴的成功经验，以欧阳修的《六一诗话》为滥觞，宋代的诗话类著作盛极一时。据今人郭绍虞的考证，宋诗话完整流传至今、有佚文可辑及有名目可考见者约有一百四十余种，还有大量诗论散见于各种文集、野史、杂谈、笔记、题跋之中。宋人的诗话之作，多半是闲谈式的，但也不乏理论思考，尤其是对于诗歌创作的内部规律诸如"篇法""句法""字法"，作了比较全面的探索，概括出了不少表现手法与艺术技巧。如出于陈师道《后山诗话》的"以俗为雅"法，出于惠洪《冷斋夜话》的"换骨夺胎"法，出于范温《潜溪诗眼》的"点铁成金"法，出于叶梦得《石林诗话》的"缘情体物"法，等等。宋人虽强调"守法度曰诗"（见姜夔《白石道人诗说》），但同时也提倡"活法"和"悟入"（见吕本中《夏均父集序》及《童蒙诗训》），即要求人们不要用僵死的观点对待"法"，当于字句法度之外求其自然。严羽的《沧浪诗话》是宋代最有价值的一部诗歌理论著作，全书在继承与总结前人诗法的基础上，比较系统地提出了自己对诗歌创作审美规律的认识与理解，对后世诗歌艺术理论的发展产生了很大的影响。

　　诗歌创作在明代处于衰微阶段。为了借助唐诗创作的强大示范作用，帮助人们树立一个崇高的美学标准，前后七子提出了"诗必盛唐"的口号。既以古人的作品为标榜，就必示人以学习的途径，因此前代诗歌创作的艺术规律和法则得到了比较详细的探讨与总结。徐祯卿的《谈艺录》，王世贞的《艺苑卮言》，谢榛的《四溟诗话》，胡应麟的《诗薮》，胡震亨的《唐音癸签》是这个时期的主要著作，内容都是以谈论诗法为主。当然，各人对于法的认识与态度还是有着很大的区别，如胡应

麟以悟论法，由法求悟，倾向于神韵说；而王世贞以离合论法，以才思补充格调，便带有一些性灵说的色彩。

清代是诗话极为发达的时代，诗话数量大大超过了以往历代之总和。批评家们运用诗话的形式探讨诗艺，分析弊失，总结经验，其理论性和系统性在总体上有很大提高。王夫之、贺裳、吴乔、贺贻孙、叶燮、王士禛、赵执信、沈德潜、纪昀、赵翼、洪亮吉、翁方纲、潘德舆等人，都能以独具的慧眼，在诗法的研究中有所深入，有所发明。沈德潜所谓的"诗贵性情，亦须论法，杂乱而无章，非诗也"（《说诗晬语》），已成为清代批评家们的共识。

自清之后，由于新文化运动的兴起，传统的诗词便失去了主流文学形式的地位。对于大部分现代人来说，已成为古典文学的唐宋诗词，有审美的需要，而无摹习的需求，因而诗法的研究也日渐式微。但尽管如此，旧体诗的创作并没有戛然中断，仍然在不绝如缕地发展着，尤其是近三十年来，随着历史的前进与社会的变化而得到逐步复苏，并出现热潮。上世纪八九十年代，我应邀在香港《大公报》的"艺林"与"文采"版开设专栏，撰写有关中国古典诗词鉴赏品评的文章时，不时会收到东南亚华人读者通过报社转来的信函，希望我能介绍一些古人的写诗技巧，以供在创作中借鉴，甚至还有老先生寄来他们自印的旧体诗集请我评判。我在老年大学讲授诗词欣赏时，也有不少热衷于旧体诗创作的老年朋友对我说，他们虽能积字成句，积句成韵，积韵成篇，可作品总感缺乏诗意，不耐寻味，要求我推荐几本可借摹习、有助提升的参考书。当时的古典诗歌研究尽管很活跃，可要寻找适合的参考书确也让我为难，要么只是讲解格律与形式等基础知识的，要么就是偏于理论而缺乏指导性。这就让我萌生出撰写一本系统探讨古典诗法著作的想法，对写诗的人来说，可以借鉴前人的经验，作为自己学习提高的阶梯；对欣赏的人来说，可以在品味古诗时，不仅能知其妙，而且能知其所以妙。

对于中国古典诗词的研究，我一直有这样一种观点，即美的作品不能过分归之于其内容，而要归之于作者对这一内容的处理。长期以来，批评界为陆游"汝果欲学诗，工夫在诗外"（《示子遹》）的说法所困，将诗词创作技巧视为末流。实际上，陆游所谓的"诗外"工夫，说的是创作应以现实生活为前提，而并不是要人们在具体的写作过程中舍弃艺术规则。有许多优秀的作品，当我们沉醉于其中时，有时确实感不到技巧的存在，但这并不意味着无技巧，而是技巧的运用达到了完美的境界，即内容与形式、思想与艺术高度和谐，正如刘熙载所云："极炼如不炼，出色而本色，人籁悉归天籁。"（《艺概·词曲概》）所以，促使我撰写本书的另一个重要原因，也就是想揭示诗歌创作"情动于中而形于言"这之间的复杂过程。

从萌发写书的想法到如今的杀青，其间已有十多年的时间。原以为在自己已有的研究基础上，完成这样一部书稿并不难，但上手后发现，既然要论述中国古典诗法，举凡诗歌创作的主要规律与法则应该都有揭示，而这需要有宏观的视野与全盘的把握。当时我在出版社工作，业务及其繁忙，不可能有整块的时间坐下来作理论思考，就这样一搁就是十年。前几年，我调到研究所工作，终于有了可以自由支配的时间，也终于了却了完成此书的心愿。

本书的体例是将诗法按感情、意象、语言、结构、诗趣、声韵六个方面大致分类，然后分别列出细目进行论述与阐释。在研究方法上则采用理论与实例相结合的方式，既避免从理论到理论、缺乏对具体作品分析的空洞论述，亦避免只着眼于一句一词、缺乏理论上升华的琐屑之谈。需要特别指出的是，诗人操觚之时有利钝，正复同江河之浩荡千里，不免挟泥沙以俱下。我一直以为，如果能从古人不成功的诗中获得一些教训，至少能加深我们对于诗法的理解，让写诗的人避免犯类似的错误。所以，本书在剖析古人作品时，既赏其诗法精妙独到之处，亦揭其缺陷与不足。总之，希望读者能够借助这些诗歌创作的手法与技巧，真正把握诗人的艺术匠心，从而提升自己的创作水平与审美鉴赏能力。

陈如江

二〇一六年于海上鸡鸣斋

第一章 感情的表达

《毛诗序》云："诗者，志之所之也，在心为志，发言为诗。"诗言志，并不意味志即是诗，两者的区别在于，一乃经过审美的加工，是诗意的情感，可以兴；一未经过审美的加工，是自然的情感，不可兴。审美的加工，就是将自然的情感上升为诗意的情感，这个过程也就是感情的表达过程。在此过程中，立意是关键。立意越是高远，感情越能深厚，所以潘德舆有"诗最争意格"（《养一斋诗话》）之说。凡耐人寻味的作品总是借助景物来表情达意的，唯其有景有物，从而使诗歌所抒发的感情具有玩之无穷、味之不厌的审美性质。这一章便着重探讨古代诗人在感情的表达方面所采用的艺术手法。

诗法之一：就景叙情

一个善感的诗人，当他面对自然景物之时，就会像陆机说的"遵四时以叹逝，瞻万物而思纷，悲落叶于劲秋，喜柔条于芳春"（《文赋》）。不少诗歌也反映了这种应物斯感的情况，如《诗经·关雎》："关关雎鸠，在河之洲，窈窕淑女，君子好逑。"水边沙洲上雎鸠鸟的"关关"鸣叫声，引发了君子想求得淑女为配偶的情意。诗人表现这种景物对人的感应的方法，称作"就景叙情"法。刘勰所谓"情以物迁，辞以情发"（《文

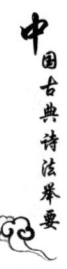

心雕龙·物色》),就是对这一方法的最好阐释。就景叙情之作,情景但取当前,因而触目兴感,即景会心,往往能生动而细致地表现出诗人曲折委婉的内心活动。试看孟浩然的《望洞庭湖赠张丞相》诗:

八月湖水平,涵虚混太清。气蒸云梦泽,波撼岳阳城。欲济无舟楫,端居耻圣明。坐观垂钓者,徒有羡鱼情。

这是一首干谒诗,诗人希望得到当时在相位的张九龄的援手,但措辞不卑不亢,不失身份。从诗的感情线索来看,当诗人面对着浩瀚激荡、水天一色、容纳百川的洞庭湖时,不由得触景生情,因以"欲济无舟楫"转入感怀,表示自己闲居有愧于圣明之世,最后通过"坐观垂钓者,徒有羡鱼情"二句,含蓄地请求张丞相能加以引荐而不致使自己的心愿落空。很明显,此诗是诗人顺着"情"与"景"感应的脉络而写成的。

同样是写洞庭湖,杜甫的《登岳阳楼》诗也采用就景叙情的手法。诗如下:

昔闻洞庭水,今上岳阳楼。吴楚东南坼,乾坤日夜浮。亲朋无一字,老病有孤舟。戎马关山北,凭轩涕泗流。

起首写登楼,接下便描写登楼之所见景色。在诗人眼里,茫无际涯的洞庭湖宛如分开了吴国与楚国的疆界,湖水昼夜涌流,日月星辰就像漂浮于其中。其时,杜甫正以年老多病之身在湖北、湖南一带漂泊，见到如此壮阔宏伟的洞庭湖，感怀生平，唤起了心中"亲朋无一字，老病有孤舟"的感叹。这两句只要补出各藏的后二字就不难理解，即"亲朋无一字相遗，老病有孤舟相伴"。诗人虽俯仰身世，凄然欲绝，但并没有局限于一己之私情，结句一转，抒发了忧伤国事的情怀。从整首诗可以看出，后半的所叙之情乃是凭借了前半的所写之景，而后半的所叙之情又使前半的所写之景有了韵味。全诗情景相宜，浑成一片。

就景叙情之作有一个常见的规律，那就是层次安排上先写景后说情，这是因为景物对人的感发过程，总是以景物的触引在先，情意的感发在后的。如上面所列举的两首诗，都是前四句写景，后四句说情，所叙之情完全是由所见之景触发而生。这种安排在北宋词中尤为多见，试看范仲淹《苏幕遮》词：

> 碧云天，黄叶地，秋色连波，波上寒烟翠。山映斜阳天接水，芳草无情，更在斜阳外。　黯乡魂，追旅思，夜夜除非，好梦留人睡。明月楼高休独倚，酒入愁肠，化作相思泪。

此词的大意是，词人在傍晚时分，高楼远望，然而注入眼中的萧瑟秋色，反而勾引起他无限的悲哀，举杯销愁愁更愁，最后禁不住声泪俱下。从全词章法看，上片写景，下片抒情。写景先由上而下，由近及远，表现出一幅令人黯然销魂的深秋暮景，再由"芳草无情，更在斜阳外"一句折进，似合似起。下片乃似转似承，尽情地倾泻景物所触引起的内心的羁旅愁思。以"楼高""独倚"点明上片皆凭高所见，以"乡魂""相思"点出芳草的暗喻，最后以"泪"字作结。全篇环环相扣，层层深

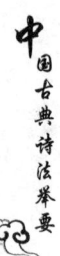

人,深得就景叙情之法。再看一首柳永的《八声甘州》:

  对潇潇暮雨洒江天,一番洗清秋。渐霜风凄紧,关河冷落,残照当楼。是处红衰翠减,苒苒物华休。惟有长江水,无语东流。　　不忍登高临远,望故乡渺邈,归思难收。叹年来踪迹,何事苦淹留?想佳人妆楼颙望,误几回、天际识归舟。争知我倚阑干处,正恁凝愁。

  这首词写思乡怀人之情。开端以自然意象"暮雨""江天""清秋"和动词"洒"字、"洗"字,描画出一幅满目萧瑟凄凉的景象。紧接着以"霜风"呼应"清秋",以"关河"复现"江天",以"残照"隐喻人生,层层递进。"是处"句写万物衰残,"惟有"句写江河永恒,于对比中见出伤感情怀。换头,因景生情,依次用"不忍""望""叹"字,如抽丝剥茧般地呈露自己的思想感情,抒发自己单栖的踪迹和多感情怀的苦闷。随后笔尖一转,推己及人,猜想远方深闺的爱人,最后回到目前的"凝愁"。全词写的是眼前景,抒的是心中情,景为情设,情自景生,感情的层次非常分明。夏敬观曾说柳永词"层层铺叙,情景兼融,一笔到底,始终不懈"(《手评乐章集》),实非过誉之辞。

  就景叙情的前提是触景生情。触景生情,这景与情自然是交融的,而不是截分两橛。杜甫的《登岳阳楼》诗,从"吴楚东南坼,乾坤日夜浮"的写景,到"亲朋无一字,老病有孤舟"的叙情,因诗境阔狭顿异,骤读之,似觉情景不称,但细细味来,就能感受到其中意脉的浑然相贯。正如浦起龙所说:"不阔则狭处不苦,能狭则阔境愈空。玩三、四,亦已暗逗辽远漂流之象。"(《读杜心解》)不过确实也有作品情与景全不相关,如寒夜以板为被,赤身而挂铁甲。试看许浑的《凌歊台》诗:

宋祖凌歊乐未回,三千歌舞宿层台。湘潭云尽暮山出,巴蜀雪消春水来。行殿有基荒荠合,寝园无主野棠开。百年便作万年计,岩畔古碑生绿苔。

凌歊台为南朝宋刘裕所造,位于现在的安徽太平。诗人写道:刘裕造起了凌歊台,供养三千歌舞女子住在上面。如今台殿早已荒废,唯剩长满了野荠的基址,刘裕的坟园也任野棠自在地开着。当年刘裕曾立碑以垂久远,现在连古碑上都长了绿苔。根据律诗的通例,中间四句二言景,二言情,此诗的中间二联为变例,都是写景,自无不可,但这写景必须是为叙情服务的。如果说情是主、景是宾的话,那么为诗之道就在立主以御宾。由此看这二联写景,后一联结合了吊古的题意,情景浃洽,而前一联我们却咀嚼不出什么意味来,其原因就在它与所叙之情毫无关系,犹如无主之宾。所以王夫之批评说:"'湘潭云尽暮烟出,巴蜀雪消春水来',于许浑奚涉?皆乌合也。"(《姜斋诗话》)

诗法之二:融情入景

融情入景,是指诗人以自己的情绪色彩来描写自然景物,

如杜甫《蜀相》诗的"映阶碧草自春色,隔叶黄莺空好音";吴文英《浣溪沙》词的"落絮无声春堕泪,行云有影月含羞";元好问《寄杨飞卿》诗的"沙水有情留过雁,乾坤多事泣秋虫"等皆是。这种以主观的思想感情来触发客观景物的写法,在我国古典诗歌创作中运用得较为普遍。从艺术效果看,在景语中投注了诗人的感情,可使情因景而显,景因情而深,令人回味无穷。试看杜甫的《春望》诗:

　　国破山河在,城春草木深。感时花溅泪,恨别鸟惊心。烽火连三月,家书抵万金。白头搔更短,浑欲不胜簪。

此诗作于唐肃宗至德二年(757年)三月,当时杜甫正身陷于安史叛军占领的唐都长安。诗的开端即以"国破"二字点明时局,国家破碎而山河尚在,草木丰密而人烟稀少,首联的破题,已写出内心无限沉痛。带着这样的感情去看花容、听鸟鸣,那花容鸟鸣自然就染上了诗人的愁思。所以接下"感时花溅泪,恨别鸟惊心"一联的写景,便是景中有情。花鸟本是娱人之物,因感时恨别,诗人见之而泣,闻之而悲。对这一联,历来还有另一种解释,认为是以花鸟拟人,因感时伤别,花也溅泪,鸟也惊心。两说虽有别,但融情于景的创作手法是一致的,即诗人都是将自己内在的情感投注到了外在的客观景物之上。再看许浑的《咸阳城东楼》诗:

　　一上高城万里愁,蒹葭杨柳似汀洲。溪云初起日沉阁,山雨欲来风满楼。鸟下绿芜秦苑夕,蝉鸣黄叶汉宫秋。行人莫问当年事，故国东来渭水流。

作者在首句点明，自己登上咸阳城楼时就怀有无限忧愁。带着忧愁之情纵目远眺，所见景物当然全染上了凄凉的色彩：乱云飞度，斜日西沉；秋风袭人，山雨欲来；秦苑汉宫，野草丛生；黄叶萧萧，晚蝉悲吟；渭水无语，悠悠东流。全诗与其说是写景，倒不如说是抒情。所以吴烶云："全首俱形容愁状处。"(《唐诗选胜直解》)

李璟的《浣溪沙》词也是采用融情入景的手法。词如下：

菡萏香销翠叶残，西风愁起绿波间。还与韶光共憔悴，不堪看。　　细雨梦回鸡塞远，小楼吹彻玉笙寒。多少泪珠无限恨，倚栏杆。

此词的起首二句，王国维曾给予"大有众芳芜秽，美人迟暮之感"(《人间词话》)的评价，显然他已看出李璟在写景中渗透了浓烈的主观情感。菡萏，即未开之荷花。词人在"菡萏"之后，竟继之以"香销"与"翠叶残"，使人为旺盛的生命遭到残杀而惊心。下句的"西风愁起绿波间"，乃是指出造成香销叶残的原因。"愁起"用得奇特而新颖，因为西风乃是无知之物，以人的感情表现它，就显得特别有意味。一方面，人本来就哀愁，所以眼中的西风似乎也抹上了一层悲怆的色彩；另一方面，把西风看作是有生命、有感情的东西，由于花叶的残零，使得西风在吹动时不能不怜悯它而凄戚。两者互为交感，情景相融而不可分。词人在缘情写景后，便很自然地转入到下面的抒情。

如果说就景叙情借助于诗人由景到情的感发过程的话,那么,融情于景则借助于诗人由情到景的移情过程。因为由情到景,所以诗人此时此地所怀的心情不同,相同的景会被著上不同的感情色彩。以"山"为例,在随帝出巡的苏颋笔下是"云山一一看皆美"(《扈从鄠杜间奉呈刑部尚书》);在与友分离的罗隐笔下是"山牵别恨和肠断"(《绵谷回寄蔡氏昆仲》);在满怀喜悦的张耒笔下是"好山如为我开眉"(《二十三日即事》);在思乡伤怀的朱彝尊笔下是"乱山落日满长途"(《度大庾岭》)。审美客体"山"已被审美主体所改造,成为特定感情的载体,从而呈现出各自不同的面貌来。再以李白诗中的"月"为例,"明月不归沉碧海"(《哭晁卿衡》),著上无限惋惜之情;"长安一片月"(《子夜吴歌》),著上了孤凄忆远之情;"雁引愁心去,山衔好月来"(《与夏十二登岳阳楼》),传达出的是欢乐喜悦;"我歌月徘徊,我舞影零乱"(《月下独酌》),传达出的是寂寞幽独。这些情态万状、变化多端的"月",都各自不同地渗透了诗人特定的感情色彩。这正如王国维说的"一切景语皆情语也"(《人间词话》)。

不少风景诗,乍一看,似乎只是纯然模山范水,实际上诗人的感情流淌于其间。如杜甫《绝句二首》之一:"迟日江山丽,春风花草香。泥融飞燕子,沙暖睡鸳鸯。"很显然,这幅色彩明丽、春意盎然的初春风景图是由诗人的主观感受所触发的。当时,诗人正经历了"三年饥走荒山道"的流离失所之后而定居草堂,内心充满了欢悦、安适之情,因此,不论是灿烂的阳光还是和煦的春风,不论是衔泥的飞燕还是静睡的鸳鸯,无不著上这一感情的色彩。诗人运用不正面抒写感情而让感情由其所写之景物中自然透露出来的手法来表现,无疑

加深了作品的意境，令读者玩味不已，所以罗大经指出："于此而涵泳之，体认之，岂不足以感发吾心之真乐乎？"（《鹤林玉露》）

王国维在《人间词话》中有这么一段论述：

> 有有我之境，有无我之境。"泪眼问花花不语，乱红飞过秋千去。""可堪孤馆闭春寒，杜鹃声里斜阳暮。"有我之境也。"采菊东篱下，悠然见南山。""寒波澹澹起，白鸟悠悠下。"无我之境也。有我之境，以我观物，故物我皆著我之色彩。无我之境，以物观物，故不知何者为我，何者为物。

从王国维的论述中可以看出，不论是有我之境还是无我之境，都有情与景两个元素，其区别在于所表现的则重点不同。有我之境偏重于情，表现的形式往往是情中之景，如"可堪孤馆闭春寒，杜鹃声里斜阳暮"。无我之境偏重于景，表现的形式往往是景中之情，如"寒波澹澹起，白鸟悠悠下"。这实际上就是两种不同的情景交融方式。诗人的情思意念原先是强烈的，很明显的，而耳目一旦触及外景，遂移情于景，诗人借着对这一已注入感情的物境的描写，将自身强烈的感情表现出来，这就是有我之境。诗人的情思意念原先是隐蔽的，不自觉的，而耳目一旦触及相应外景，遂如吹皱一池春水，唤醒心中的意绪，诗人事后借着对这一客观物境的描写，把自身隐蔽的情意表现出来，这就是无我之境。很显然，这有我之境与无我之境说的就是融情入景与就景叙情两种不同的写作手法。

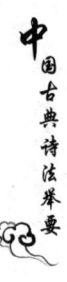

诗法之三：立意高远

诗家有所谓炼字不如炼句，炼句不如炼意，炼意不如炼格之说。之所以炼意还要练格，乃是因为意有高远、浅近之分，浑厚、卑弱之别。黄彻的《䂮溪诗话》中便有一段从立意高远的角度对李杜作品的比较分析：

> （杜甫）《剑阁》云"吾将罪真宰，意欲铲叠嶂"，与太白"捶碎黄鹤楼""铲却君山好"语亦何异。然《剑阁》诗意在削平僭窃，尊崇王室，凛凛有忠义气。"捶碎""铲却"之语，但觉一味粗豪耳。故昔人论文字，以意为上。

"捶碎黄鹤楼"，出自李白的《江夏赠韦南陵冰》诗，谓捶碎黄鹤楼，则眼界更为空阔。"铲却君山好"，出自李白《陪侍郎叔游洞庭醉后》诗，谓铲去君山，湘水可不受阻挡地向前奔流。这两句都是醉后所发狂言，虽写得意气豪迈，但见不出什么深意，故不为黄彻所赏。杜诗讲剑门乃古今厄塞，有利于地方凭险割据，所以说要责备天公，削平剑阁。诗句中含有作者主张国家统一、反对分裂割据的思想，故黄彻读来觉"凛凛有忠义气"。在黄彻看来，诗既要讲立意，更要追求立意的高远浑厚。就这一见识而言，黄彻显然要比一般的诗评家高一个层次。

正如李翱所言"义深则意远,意远则理辨"(《答朱载言书》),立意高远的诗必定有着深刻的思想性。试看文天祥的《满江红·代王夫人作》词:

> 试问琵琶,胡沙外、怎生风色。最苦是、姚黄一朵,移根仙阙。王母欢阑琼宴罢,仙人泪满金盘侧。听行宫、半夜雨淋铃,声声歇。　　彩云散,香尘灭。铜驼恨,那堪说。想男儿慷慨,嚼穿龈血。回首昭阳离落日,伤心铜雀迎秋月。算妾身、不愿似天家,金瓯缺。

此词题为"代王夫人作"。王夫人,名清惠,度宗昭仪,德祐二年(1276年)随宋恭帝及谢、全两太后入燕。北行途中,于夷山驿壁题了一首《满江红》词。词是这样写的:"太液芙蓉,浑不似、旧时颜色。曾记得,春风雨露,玉楼金阙。名播兰簪妃后里,晕潮莲脸君王侧。忽一声、鼙鼓揭天来,繁华歇。　　龙虎散,风云灭。今古恨,凭谁说。对山河百二,泪盈襟血。客馆夜惊尘土梦,宫车晓碾关山月。问姮娥,于我肯从容,同圆缺。"此词在中原地区广为传诵,文天祥读后,觉"欠商量"(即以为流露出一种随遇而安、苟且偷生的消沉之情),故代作一首。词上片紧扣"苦"字,诉说国家沦亡、皇室被掳胡沙之地的惨痛;下片摹拟王夫人的口吻,表示尽管山河破碎,金瓯残缺,也宁为玉碎,不为瓦全。此词虽为代作,实是作者借题发挥的明志之篇。全词立意高远,劲节岸然,比起王清惠所作,无疑有着更高的思想意义。所以王国维评文天祥词云:"文文山词,风骨甚高,亦有境界。远在

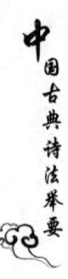

圣与、叔夏、公谨诸公之上。"(《人间词话》)再看陆游的《示儿》诗：

死去元知万事空，但悲不见九州同。王师北定中原日，家祭无忘告乃翁。

诗人陆游于宋宁宗嘉定二年（1210年）除夕去世，这首诗写于临终。诗人明白，当自己瞑目之后，万事皆空，但他依然以祖国未能统一为恨。因而吩咐儿子，在官军收复中原之日，家祭时切莫忘记把喜讯告知自己。一个人在弥留之际向家人交代遗嘱，应该是千头万绪，而诗人未完的心愿就一个，即国家的统一。这种至死不泯的爱国情怀，使全诗呈现出崇高的思想境界。

讲立意高远，并不是让诗人都去写攸关国家兴衰、政权更迭的话题，生活中哪有那么多宏大的意义，但作为诗人来说，亦不可不知此种境界，这也是我们拈出陆游、文天祥作品的原因。立意高远，通常强调的是在描写日常情景时能体现出高远的胸襟与气度。试看杜甫的《茅屋为秋风所破歌》：

八月秋高风怒号，卷我屋上三重茅。茅飞渡江洒江郊，高者挂罥长林梢，下者飘转沉塘坳。南村群童欺我老无力，忍能对面为盗贼。公然抱茅入竹去，唇焦口燥呼不得，归来倚杖自叹息。俄顷风定云墨色，秋天漠漠向昏黑。布衾多年冷似铁，骄儿恶卧踏里裂。床头屋漏无干处，雨脚如麻未断绝。自经丧乱少睡眠，长夜沾湿何由彻！安得广厦千万间，大庇天下寒士俱欢颜，风雨不动安如山！呜呼！何时眼前突兀见此屋，吾庐独破受冻死亦足。

这首大家都熟悉的名作，写的只是生活中一件很平常的事：秋风卷去了草堂屋上的茅草，使得夜晚全家陷入淋雨挨冻的窘境。但杜甫并未止于叹息一己之遭遇，而是从自己屋漏不眠的处境推广及流离失所的天下寒士。"安得广厦千万间，大庇天下寒士俱欢颜"；"吾庐独破受冻死亦足"等诗句，表现了诗人博大的胸襟与善良的愿望。尽管全诗内容无涉国事与忠孝，但读来依然能感受到其中所传达出的高远之意。所以蒋弱六评此诗云："妙竟推开自家，向大处作结，于极潦倒中正有兴会。"(《杜诗镜铨》引）

一般来说，胸襟狭促之作，总超不出眼前所见所历，具体的感受也往往局促在个人狭小范围之内。试看章八元的《游慈恩寺塔》诗：

十层突兀在虚空，四十门开面面风。却怪鸟飞平地上，自惊人语半天中。回梯暗踏如穿洞，绝顶初攀似出笼。落日凤城佳气合，满城春树雨蒙蒙。

慈恩寺塔，即今陕西西安之大雁塔。盛唐诗人高适、岑参、储光羲、薛据、杜甫等都有吟咏。高适的描写是："秋风昨夜至，秦塞多清旷。千里何苍苍，五陵郁相望。"岑参的描写是："秋色从西来，苍然满关中。五陵北原上，万古青蒙蒙。"杜甫的描写是："秦山忽破碎，泾渭不可求。俯视但一气，焉能辨皇州。"这些诗句，不仅写出了登临时所感受到的极目千里的旷远，同时也透漏出历史的永恒感。所以高棅赞为"皆雄浑悲壮，足以凌跨百代"(《唐诗品汇》)。相比之下，章八元的"回梯暗踏如穿洞，绝顶初攀似出笼"，胸襟狭小，气格卑弱，用笔琐细，宜为王士禛所讥："真鬼窟中作活计，殆奴仆佁隶之不如矣。"(《带经堂诗话》)身处相同的时代，且都是以登慈恩寺塔为题，何以在章八元的笔下就成低劣之作？关键在其胸无蕴含。正如沈德潜所说："有第一等襟抱，第一等学识，斯有第一等真诗。"(《说诗晬语》)

诗法之四：自标灵采

戴复古《论诗》诗云："意匠如神变化生，笔端有力任纵横。须教自我胸中出，切忌随人脚步行。"这是要求诗人在创作中自标灵采，用自己独特的艺术构思、独特的表现方式抒写自己的独特的感受。因为只有凭着自己的个性创作出来的作品，才能显示出独特的艺术风格而自成一家。试看王安石的《桂枝香·金陵怀古》词：

> 登临送目，正故国晚秋，天气初肃。千里澄江似练，翠峰如簇。征帆去棹残阳里，背西风、酒旗斜矗。彩舟云淡，星河鹭起，画图难足。　念往昔，繁华竞逐。叹门外楼头，悲恨相续。千古凭高，对此谩嗟荣辱。六朝旧事随流水，但寒烟、芳草凝绿。至今商女，时时犹唱，后庭遗曲。

第一章 感情的表达

《桂枝香·金陵怀古》

017

这首怀古词是王安石的代表作。据宋代杨湜《古今词话》记载，当时有三十多位文人同时寄调《桂枝香》抒发登临金陵古城的感慨，只有王安石匠心独运，卓尔不群。苏轼读后不觉叹息说："此老乃野狐精也。"王安石之所以能笔意超逸，就在于有自己真切的感受。当时的北宋社会正处于西夏和辽的强大威胁之下，而朝廷却不思治国，一方面辱国求和，每年以各种名义向西夏和辽输纳大量金银、丝绢和茶叶；另一方面搜刮百姓，安享奢侈豪华的生活。作为一个政治改革家，他希望能推行新法，革新政治，以缓解政权面临的危机。然而，他的变法运动遭到了以司马光为首的保守派的激烈反对，被迫退居江宁。在这样的背景下，作者登高临远，俯仰古今，有所感触，抑制不住身世家国之感，悲愤激烈之怀，抒发了对现实政治的感慨。"六朝旧事随流水，但寒烟、芳草凝绿"，去的毕竟去了，六朝旧事随着流水而消逝，如今除了一些衰飒的自然景象，还能见到些什么呢？令人可悲的是"至今商女，时时犹唱，后庭遗曲"。作者通过怀古与讽今的结合，使词具有极大的现实意义。尽管王安石的词作并不多，但是他能在作品中体现出自己独有的政治改革家的精神风貌，这也就形成了他风骨清肃、感慨深沉的词风，从而在词史上占有一席之地。

　　当然，并不是每个诗人或词人都能形成自己独具的艺术风格。但只要是独出己意，有感而发，那自然就是自标灵采之作。试看张继的《枫桥夜泊》诗：

　　　　月落乌啼霜满天，江枫渔火对愁眠。姑苏城外寒山寺，夜半钟声到客船。

诗人作客江南，路过苏州，泊船枫桥，度过了一个不眠之夜，就有了这首传诵千古的小诗。凄凉的残月，悲哀的乌啼，寒冷的霜天，首句的寄情于景，可想见诗人的孤寂不寐之状。次句再从拂晓景色回到终夜所对的"江枫渔火"，以"愁眠"透露心情。第三句承上启下。末句用"夜半钟声"搅人魂梦，既反衬夜的寂静，亦增添忧愁失眠之人孤独凄凉的感触。全诗情景之真切，非亲身所历所感者难以写出。关于这首诗，有人以为"霜满天"不通，应该用"霜满地"才对。用科学的常识来解释，霜一般凝结在植物或地表上，确实应该是"霜满地"而不是"霜满天"。但我们细细体察就可发现，这"霜满天"乃是诗人独特的感受：客船江中，彻夜难眠，只感到寒气袭来，侵肌砭骨，就像茫茫的夜空中都弥漫着霜华一般。这种感受正因为是诗人所独有，所以让有些人无法理解。

对于能够自标灵采的诗人来说，即便是写相同题材的诗，也能够显示鲜明的个性与风格，绝不会给人雷同的感觉。试比较下面两首诗：

　　楼观岳阳尽，川迥洞庭开。雁引愁心去，山衔好月来。云间连下榻，天上接行杯。醉后凉风起，吹人舞袖回。（李白《与夏十二登岳阳楼》）

　　昔闻洞庭水，今上岳阳楼。吴楚东南坼，乾坤日夜浮。亲朋无一字，老病有孤舟。戎马关山北，凭轩涕泗流。（杜甫《登岳阳楼》）

这两首诗都是写登岳阳楼。李诗从登楼俯瞰景色写起，再寓情于景，表现自己登楼的愉悦之情，然后以云间下榻、天上接杯衬托岳阳楼之高大，最后以风吹酒醒、衣袖飘舞结束。整首诗写得潇洒飘逸，充分显示了李白独特的风格。杜诗以"昔闻""今上"开头，寄寓了深沉的感慨，接下写登楼所见，描绘了洞庭宽阔雄伟的气势，然后转到自己屡遭坎坷的身世，最后又为天下兵荒马乱而忧愤悲怆。整首诗写得沉郁顿挫，充分显示了杜甫独特的风格。正如沈德潜所说："读太白诗，如见其脱屣千乘；读少陵诗，如见其忧国伤时。"(《说诗晬语》)这种抒写胸襟，发挥景物，境皆独得，意自天成的作品，在显露出富有时代特征的鲜明"自我"的同时，也获得了令人永言三叹、寻味无穷的艺术魅力。

　　自标灵采的前提是真于性情。若胸无感触，凿空强作，或处富有而言穷愁，或遇承平而言干戈，这种本无情而牵强以起其情、本无意而虚饰以立其意的作品，谁也不会愿意去读。清代倡导"神韵说"的王士禛就是这样一位诗人，所以袁枚在《随园诗话》中批评他说："阮亭主修饰，不主性情。观其到一处必有诗，诗中必用典，可以想见其喜怒哀乐之不真。"诗歌史上，这种无病呻吟、不哀而悲的作品还真不少，试看金代完颜璹的《朝中措》词：

　　　　襄阳古道灞陵桥，诗兴与秋高。千古风流人物，一时多少雄豪。　　霜清玉塞，云飞陇首，风落江皋。梦到凤凰台上，山围故国周遭。

　　这首被徐釚《词苑丛谈》称为"闻而悲之"的小令，便是征事凑合、强自为之而成。词末尾承袭刘禹锡《石头城》诗句,而其中"故国"究竟何指?若指六朝,则与金国何关?若指本国,则其时未亡。作者追昔伤今,并不是出于对当时特定社会现实的感怀,也寻找不出其受具体景物情事触发的痕迹,仅仅是就历史作一番泛泛的感慨。这种不知被前人吟咏过多少遍的兴亡盛衰之感,由于缺乏现实的背景与词人自身的性情,所以也就无法引起读者的共鸣。尽管作者在词中大量借用前人诗词名句以壮声情,仍不能益其胸中之所本无。

要避免凿空强作,关键在于变为文造情为为情造文。况周颐对此曾作过一段非常精辟的论述:"吾听风雨,吾览江山,常觉风雨江山外有万不得已者在。此万不得已者,即词心也。而能以吾言写吾心,即吾词也。此万不得已者,由吾心酝酿而出,即吾词之真也,非可强为,亦无庸强求,视吾心之酝酿何如耳。"(《蕙风词话》)虽是言词,作诗亦当如此。

诗法之五:乐景写哀

刘勰在《文心雕龙·物色》中谈到情与景的关系时曾指出:"写气图貌,既随物以宛转;属采附声,亦与心而徘徊。"意思是说,诗人在描绘自然景物时,既要贴切其形状,亦要与自己的感情相融洽。刘勰的这一论述,在诗歌理论史上具有开创意义,"情景交融"因而成为诗歌创作的一条重要美学原则。那怎样才算是情景交融的作品呢?清代诗评家吴乔说得最简单明白:"情哀则景哀,情乐则景乐。"(《围炉诗话》)下面以元稹的两首诗为例:

残灯无焰影幢幢，此夕闻君谪九江。垂死病中惊坐起，暗风吹雨入寒窗。(《闻乐天授江州司马》)

五年江上损容颜，今日春风到武关。两纸京书临水读，小桃花树满商山。(《西归》)

前一首是情哀则景哀之作。当时元稹被贬四川，身患重病，闻知好友白居易也和自己一样被贬出长安，任江州司马，以此诗抒发了内心的悲痛愤懑。残灯影暗、风雨凄其，便是与此情相交融的景色，令人读来更助悲切。后一首是情乐则景乐之作。当时元稹由贬地奉召回京，途经陕西商县武关时，读着好友的书信，以此诗抒发了满怀的欢快喜悦。商山晴翠、桃花满树，便是与此情相交融的景色，令人读来倍觉有情。

不过，我们如果仔细揣摩诗人接触外界客观事物时呈现于心灵的感受，可以发现，其中还会存在着一个由不交融到交融的变化过程。王昌龄的《闺怨》诗"闺中少妇不知愁，春日凝妆上翠楼。忽见陌头杨柳色，悔教夫婿觅封侯"，形象地表现了这不相交融的刹那。闺中少妇因不知愁，故凝妆登楼，观赏春天美景，陌头的青青柳色却勾起了她满腔的幽怨，于是景乐而情哀。如果她带着被触发的幽怨再去观赏春景，那么春景会染上观赏者的主观色彩而情景交融一致。如杜甫《春望》诗"感时花溅泪，恨别鸟惊心"，因感时伤别，觉花也溅泪，鸟也惊心，情景互为伤感。敏锐的诗人往往能捕捉到情与景的触发中所发生的暂时不相交融的现象，通过乐景写哀的手法，使诗歌达到"有花有酒翻寂寞，不风不雨倍凄凉"(黄景仁《重九夜偶成》诗)的动人效果。试看贾至的《春思》诗：

草色青青柳色黄，桃花历乱李花香。东风不为吹愁去，春日偏能惹恨长。

前两句，诗人着意渲染春天绚烂的景色：青草嫩绿，杨柳鹅黄，桃花艳红，李花洁白，色彩是那么的鲜丽悦目；春草丛生，杨柳飘拂，桃花缤纷，李花满簌，形状是那么的明媚动人，再加上迟迟春日，和煦东风，扑鼻花香，使人如身临生机盎然的春景之中。后两句就转到愁思。东风不能遣恨，春日但教添愁，前咏美好之风景，全化为春恨之根源。由于诗人抓住了情与景暂不和谐的矛盾，以乐景反衬哀情，有力地表现出自己深沉的哀怨。再看杜甫的《绝句二首》之二：

江碧鸟逾白，山青花欲燃。今春看又过，何日是归年。

这首诗约作于唐代宗广德二年（764年）春，此时诗人客寓蜀州已是第五个年头，面对骀荡的春景，不由引发出羁旅愁思。江碧鸟白，山青花艳，景色如此怡人；岁月荏苒，归去无期，情怀又如此伤感，情与景完全是对立的。但相反而又相成，愈见春光融洽，愈显思归情切。读者玩其景而会其情，无不会有景愈乐而情愈哀的感受。

乐景写哀实际上是创作中的一种反衬手法。王夫之曾以《诗经·小雅·采薇》为例指出："'昔我往矣，杨柳依依；今我来思，雨雪霏霏。'以乐景写哀，以哀景写乐，一倍增其哀乐。"（《姜斋诗话》）往伐，悲也；来归，愉也，往而咏杨柳之依依,来而叹雨雪之霏霏,诗人正是借助了"哀"与"乐"的反衬,有力地表现出戍边士兵的哀怨,使全诗获得了深刻而别致的艺术效果。但是必须注意的是,这种反衬手法的运用应该鲜明而强烈,否则,便会导致诗的情景相睽之病。试看张说的《幽州夜饮》诗:

凉风吹夜雨,萧瑟动寒林。正有高堂宴,能忘迟暮心。军中宜剑舞,塞上重笳声。不作边城将,谁知恩遇深!

说此诗写感念皇恩吧,则边塞之地,迟暮之年,寒雨之夜,给人满腔萧瑟之感。说此诗写不乐居边吧,则聚宴高堂,舞剑吹笳,已忘迟暮之心,颇知恩遇之深,又含激烈图报之意。正是因为"乐"与"哀"的反衬不够鲜明而强烈,全诗不惟景不谐情,连主旨也难明了。再看陆游的《秋夜示儿辈》诗:

吴下当时薄阿蒙,岂知垂老叹途穷。秋砧巷陌昏昏月,夜烛帘栊袅袅风。缩项鳊鱼收晚钓,长腰粳米出新舂。儿曹幸可团圞语,忧患如山一笑空。

此诗作于晚年退居山阴时。前两句点出自己垂老途穷之可叹,然接连描写的却是朦胧淡月照深巷,袅袅轻风透帘栊,更有缩项鳊鱼之味美,长腰粳米之饭香。感情与景物如此不谐,说是乐景写哀吧,可我们在诗中又找不出任何一点反衬的痕迹。由此,便令人对其是否真有所叹产生怀疑。

既然谈乐景写哀，自然也应讲哀景写乐。我们在本书中没将哀景写乐的诗法单独列出，乃是因为诗歌史上，哀景写乐之作并不多见，这或许与"欢愉之辞难工，穷苦之言易好"（韩愈《荆潭唱和诗序》）有关。不过在《诗经》中，这种艺术手法倒是被诗人经常运用。王夫之拈出了"今我来思，雨雪霏霏"二句，我们再拈出一首《风雨》：

风雨凄凄，鸡鸣喈喈。既见君子，云胡不夷？
风雨潇潇，鸡鸣胶胶。既见君子，云胡不瘳？
风雨如晦，鸡鸣不已。既见君子，云胡不喜？

此诗出自《诗经·郑风》，写妻子与夫君久别重逢的喜悦。诗人将重逢安排在风雨交加、天色昏黑、鸡声四起的阴暗背景中，再采用叠章的形式反复递进，妻子的骤见之喜、欢快之情，被表现得淋漓尽致。这样的以哀景反衬乐情，自然是"一倍增其哀乐"。所以方玉润称赞说："此诗人善于言情，又善于即景以抒怀，故为千秋绝调。"（《诗经原始》）

诗法之六：托物言志

感情的表达有各种各样的手法，托物言志便是最基本的手法之一。施补华曾说："同一咏蝉，虞世南'居高声自远，端不借秋风'，是清华人语；骆宾王'露重飞难进，风多响易沉'，是患难人语；李商隐'本以高难饱，徒劳恨费声'，是牢骚人语。"(《岘佣说诗》)这段话形象地道出了诗歌创作中"托物言志"的特征。托物言志在我国古典诗歌创作中有着悠久的传统,它滥觞于屈原《离骚》借美人香草而言忠贞高洁,借恶兽臭物而言奸佞狡狯。这一表现手法所以能够受到历代诗人的普遍重视和继承,在于它最能体现"诗言志"及"比兴"的要求。夫人心不能无所感,有感不能无所寄,陈廷焯所谓"意在笔先,神余言外,写怨夫思妇之怀,寓孽子孤臣之感。凡交情之冷淡,身世之飘零,皆可于一草一木发之。而发之又必若隐若现,欲露不露,反复缠绵,终不许一语道破。匪独体格之高,亦见性情之厚"(《白雨斋词话》),正是对托物言志手法的精到阐释。周济认为,托物言志的作品可以当史来读:"感慨所寄,不过盛衰:或绸缪未雨,或太息厝薪,或己溺己饥,或独清独醒,随其人之性情、学问、境地,莫不有由衷之言。见事多,识理透,可为后人论世之资。"(《介存斋论词杂著》)试看陈子昂的《感遇》诗:

兰若生春夏,芊蔚何青青。幽独空林色,朱蕤冒紫茎。迟迟白日晚,袅袅秋风生。岁华尽摇落,芳意竟何成。

陈子昂的《感遇》诗共有三十八首,这是第二首。从表面上看,此诗咏的是香兰和杜若,实际上表现的是诗人对自己生命价值落空的悲哀。吴汝纶说它"自伤不遇明时",道出了作者的旨意。起二句"兰若生春夏,芊蔚何青青",诗人以赞美的心情写出了兰若所表现出的欣欣生意。"幽独空林色",写兰若虽居幽独,而其花叶之美足使群葩失色;"朱蕤冒紫茎",用

"朱蕤"和"紫茎",言其资质之美。在极力赞美兰若可喜的生命及绰约的风姿后,诗人来了一个转折。日月不居,春秋代序,随着气候的变化,它终于岁华摇落,芳意无成,生命的价值与意义也因此而落空。此诗全用托物言志的手法,以兰若生于山林而无人欣赏,隐寓着自己怀才不遇、壮志不酬的悲叹;以岁华摇落、芳意无成,蕴涵着自己年华逝去、理想幻灭的忧伤,寓意凄婉,寄慨遥深,显示了非凡的艺术技巧。再看李商隐的《蝉》诗:

本以高难饱,徒劳恨费声。五更疏欲断,一树碧无情。薄宦梗犹泛,故园芜已平。烦君最相警,我亦举家清。

蝉,是自然界的一种生物,它栖居高枝,含气饮露,发声凄切,生命倏忽,故历来被视作品格高洁而命途多舛者的象征,如曹植就曾形容它"声嗷嗷而弥厉兮,似贞士之介心"(《蝉赋》)。此诗正是以物比人,借咏蝉而言心志,抒情怀。前四句乃托蝉自况。蝉潜蜕弃秽,幽洁自好,寄身高枝,以餐风饮露为生,故终难饱腹。它不时以悲切的长吟来表达自己的怨恨,然亦只是徒劳费声而已。时至五更,蝉声渐渐稀弱,犹将断绝,而碧树青青,默然无语,毫不动情。诗人对蝉作如此的描绘,无疑是为了寄托自己的身世遭遇。蝉居高而难饱,正象征着诗人志行高洁而受人冷落、穷困潦倒的处境。他为自己的不幸作过呼喊,希望获得些许援助,结果却是徒费口舌。"恨费声"之"恨"字,便可想见诗人悲愤难已的心情。"五更疏欲断"与"一树碧无情"的对比,进一层表现出诗人心中的怨恨，使读者真切感受到其身处现实环境的冷酷。后四句乃直抒己意。"梗犹泛"是一个典故，《战国策》载：桃梗（桃木人）谓土偶人（泥人）曰："子西岸之土也，挺（捏合）子以为人，至岁八月，降雨下，淄水至，则汝残矣。"土偶曰："不然，吾西岸之土也，土则复西岸耳。今子东国之桃梗也，刻削子以为人，降雨下，淄水至，流子而去，则子漂漂者将何如耳。"此处借来形容自己的四方漂泊。虽官卑职微，却羁游不定；虽故里已荒，却欲归不能，在如此境遇之中，诗人听到寒蝉嘶鸣，不能不引起强烈的共鸣，因此于末联感激蝉的"相警"，并点明正意：我与你一样，生活也是清贫如洗啊。

王承治在《评注唐诗读本》中指出："三四一联，神来之笔，借蝉寓意，诗旨深矣。"确实，细玩全诗，觉三四句最为神妙。所谓"神来之笔"，我以为，主要在于传题之神。为了表达"牢骚"之情，诗人在此联中选择了最能体现这种情感特征的蝉之声音与遭遇作载体。蝉之鸣，常与愁联系在一起，如雍陶《蝉》诗有"高树蝉声入晚云，不惟愁我亦愁君"之句。蝉鸣是如此凄切，况又经长夜孤吟，几近断绝，而面对这个饱含怨恨的微弱生命，一片碧绿之树却无情相待，这很自然能使读者联想到诗人那无所倚托、无处求助的悲惨遭遇。树本无感情可言，而诗人却责其无情，正是这种无理的描写，诗人的满腹牢骚与愤懑淋漓尽致地传达了出来。所以朱彝尊赞誉此诗为"咏物最上乘"（《李义山诗集辑评》）。

必须注意的是，寄托不能远离客观之物的情境之外，成为外在的强附的东西。况周颐曾云："词贵有寄托。可贵者流露于不自知，触发于弗克自己。身世之感，通于性灵。即性灵，即寄托，非二物相比附也。"（《蕙风词话》）也就是说，寓意必须是作者的真情实感，是"弗克自己"的由衷之言的自然流露，而不是下笔之先就有意为寄托，使作品成为概念的图解。周济也有类似的论述："初学词求有寄托，有寄托则表里相宣，斐然成章。既成格调，求无寄托，无寄托则指事类情，仁者见仁，知者见知。"（《介存斋论词杂著》）其所谓"无寄托"，非不寄托，而是要求寄托出之于浑融，令读者若可见若不可见，若可喻若不可喻。拿这一标准来衡量，则姜夔的名作《疏影》便有可议之处。词如下：

苔枝缀玉，有翠禽小小，枝上同宿。客里相逢，篱角黄昏，无言自倚修竹。昭君不惯胡沙远，但暗忆、江南江北。想佩环、月夜归来，化作此花幽独。　　犹记深宫旧事，那人正睡里，飞近蛾绿。莫似春风，不管盈盈，早与安排金屋。还教一片随波去，又却怨、玉龙哀曲。等恁时、重觅幽香，已入小窗横幅。

此为咏梅之作。词中"昭君""胡沙""深宫""金屋"等喻，透露出家国之悲。郑文焯云："此盖伤二帝蒙尘，诸后妃相从北辕，沦落胡地，故以昭君托喻，发言哀断。"（《白石道人歌曲校》）所言甚明。其中"昭君不惯胡沙远"几句，借昭君来指被金人俘虏北去的后宫嫔妃，自无不可，但昭君与梅花无甚干涉，所以作者便虚构昭君死后怨魂化作眼前清怨的梅花，使她跟梅花相联系。用心可谓良苦，却也露出刻意的痕迹。托物言志，外须穷形尽相，内须含情蓄义，内外相合无间，才能两全其美。而这里，作者因为是将托意强入词中，故而梅之本身无法涵盖诗人的思想情感，也就使得外象内意，难达浑融之境。李商隐的《赋得鸡》亦有此憾。诗如下：

　　稻粱犹足活诸雏，妒敌专场好自娱。可要五更惊稳梦，不辞风雪为阳乌？

《战国策·秦策》云："诸侯不可一，犹连鸡不能俱止于栖亦明矣。"此诗即取其"连鸡"之义，刺藩镇割据世袭，稻粱食料已足以哺雏，犹彼此为私利而敌视征战，以独霸全场为乐。虽表面上秉承王命，实则不愿尽忠朝廷。冯浩谓此诗"当为讨泽潞、宣谕河溯三镇时作"(《玉溪生诗集笺注》)，颇可发明诗意。纪昀评云："此纯是寓意之作，然未免比附有痕，嫌于粘皮带骨矣。"(《玉溪生诗说》)确实，从全诗看，情志与物象之间未能完全融洽。"可要五更惊稳梦，不辞风雪为阳乌"二句，分明是把作者自己的主观意志强加在客观物象之上，读后可明显地感觉到，作者乃因寄托而为此诗，非为此诗而寄托者出焉。所以纪昀指出："凡咏物托意须浑融自然，言外得之，比附有痕，所最忌也。"(同上)

诗法之七：正言若反

　　杜甫《赠花卿》诗云："锦城丝管日纷纷，半入江风半入云。此曲只应天上有，人间能得几回闻。"花卿，名敬定，是当时驻扎在成都的一个军官，曾因平叛立有大功。这首绝句，看上去是在赞扬花家音乐歌舞的美妙，实际上是讽刺他居功自傲、骄恣不法。诗人采用的是"正言若反"的手法，即不作正面说，而是用反话来透露正意。我们从后两句的"天上""人间"词语中不难体会出诗人之旨。因为在封建社会里，"天上"一般用来指天子所居皇宫，这种只应天上有的乐曲，人间不惟不敢作，而且不能闻，即使得闻，能有几回？而锦城丝管，惟日纷纷，说明了闻天上曲者，已无数回了。诗人讽刺花卿之僭妄全寓于赞叹之中。

"正言若反"出自老子的《道德经》，意思是正面的话像在反说一样。被借用到诗歌创作中，就是一种反言见意的艺术手法。这种创作的技法，可以避免正说的急切浅率之弊。凡可直说之意而不直说，而必委婉曲折以赴之，则作品自能韵味渊厚，情意深长。杨慎在评杜甫的这首《赠花卿》时说："公之绝句百余首，此为之冠。"（《升庵诗话》）此诗之能夺冠，显然是因为在似谀似讽、似赞似刺中含蕴无限，让人有无穷的回味。杜甫是很善于使用这种艺术手法的，再看他的《去蜀》诗：

五载客蜀郡，一年居梓州。如何关塞阻，转作潇湘游。万事已黄发，残生随白鸥。安危大臣在，不必泪长流。

杜甫在四川成都客居了六年，其间为避徐知道之乱，在梓州待了一年。永泰元年（765年）四月因所依靠的成都尹严武去世，只得离开。这首《去蜀》便是在这一背景下写的。就此诗的艺术特点，何焯说得最明白，只四个字："正言若反。"

（《瀛奎律髓汇评》引）由于遍地干戈，关塞阻隔，所以杜甫的出蜀实非本意。路途中，他虽满怀身世衰迟之悲，但更牵挂的是祖国的命运。诗的末尾，他自我宽慰地说：国家安危的大计，自有朝廷大臣在，又何必枉自老泪长流呢？杜甫看似在自我解脱，实则是反言见意，正如金圣叹所说："然岂真有大臣在哉？有大臣在，关塞何至又阻？"（《杜诗解》）这样的用笔，使诗人的愤激之情表现得怨而不怒，哀而不伤。又如杜甫的《客亭》诗：

秋窗犹曙色，落木更天风。日出寒山外，江流宿雾中。圣朝无弃物，老病已成翁。多少残生事，飘零任转蓬。

此诗是杜甫流落梓州时所作，前四句写客亭之景，后四句抒客亭之情。秋晓景色，向晓而光明动荡，正以反衬老病余生，惟有顺时委命而已。中间的"圣朝无弃物，老病已成翁"一联，与孟浩然《岁暮归南山》的"不才明主弃，多病故人疏"语意相似，但很显然，杜甫的感情要深厚含蓄得多。自己并非无德无才之人，如今却老病成翁，这能说是身处"圣朝"吗？这能说是"无弃物"吗？正话反说，意更蕴藉。所以纪昀指出："感慨不难，难于浑厚不激耳。入他人手有多少愤愤不平语。"（《瀛奎律髓刊误》）

被称作"小杜"的晚唐诗人杜牧，也喜欢采用正言若反的艺术手法。其被评为"最佳之作"的《九日齐山登高》，就是采用此法写成的。其诗如下：

江涵秋影雁初飞，与客携壶上翠微。尘世难逢开口笑，菊花须插满头归。但将酩酊酬佳节，不用登临叹落晖。古往今来只如此，牛山何必独沾衣？

杜牧是一个很有政治远见和抱负的人，但由于处于晚唐的政治环境，使他经邦济世的理想难以实现。唐德宗会昌四年（844年）他出任池州刺史，在这远乡僻壤，他更难以施展自己的才能。于是他在重阳齐山登高时，写下这首诗，抒发了内心愤激的情绪。起二句描绘美丽的齐山秋景，中间四句写自己矛盾复杂的心情。庄子曾经说过："人上寿百岁，中寿八十，下寿六十，除病瘦、死丧、忧患，其中开口而笑者，一月之中，不过四五日而已矣。"（《庄子·盗跖》）面对齐山美景，诗人觉得不必为夕阳西下、光阴将逝而感慨，不妨开怀大笑、插花满头、酩酊大醉。实际上诗人并没有这么超然物外，我们从"难逢""须插""但将""不用"等词语中自然能感受到其愤激、抑郁的情怀。因为尘世毕竟难得一笑，落晖毕竟就在眼前，诗人不过是将"欲少留此灵琐兮，日忽忽其将暮"的心情以反语出之罢了。所以诗人最后以"古往今来只如此"自作安慰。正言若反手法的运用，给这首诗增添了浓厚的意蕴，直至明朝的喻璧还在《游齐山》诗中称赞说："江涵秋影携壶处，千载人犹说牧之。"

在词中，正言若反的手法也经常运用。试看晁补之的《摸鱼儿·东皋寓居》：

买陂塘、旋栽杨柳，依稀淮岸江浦。东皋嘉雨新痕涨，沙嘴鹭来鸥聚。堪爱处，最好是、一川夜月光流渚。无人独舞。任翠幄张天，柔茵藉地，酒尽未能去。　　青绫被，莫忆金闺故步。儒冠曾把身误。弓刀千骑成何事？荒了邵平瓜圃。君试觑，满青镜、星星鬓影今如许！功名浪语。便似得班超，封侯万里，归计恐迟暮。

晁补之因以修神宗实录失实之罪，贬处州、信州；又以元祐奸党之罪，贬湖州、密州。遭到这多次的打击后，他对仕途很是灰心，便回乡闲居，葺"归来园"，自号归来子。这首词作于退居归来园。上片描绘归来园的景象，先写园中概貌：池塘杨柳，野趣天成，仿佛是淮水之岸与长江之滨的景致；次写园中雨景：新雨初霁，草木葱茏，溪水涨绿，鸥鹭欢聚，一片清新明净；再写园中夜景：皓月当空，清辉遍照，一川溪水与点点沙洲似乎裹上了一层银装。就在这夜空如翠幕张天、脚下有柔草铺地的清幽之境中，词人悠闲自在，独饮独舞，酒尽犹迟迟不肯归去。下片抒发情怀，何必还去留恋"青绫被""金马门"的仕宦生活，无非是儒冠误人而已。纵然有千骑相拥的显赫，亦只是虚掷时日。如今面对满镜白发，后悔已是莫及。所谓"功名"都不过是虚话，即便如班超封侯万里，归来也已是迟暮之年。此词似乎是表现作者厌弃功名、乐于归隐的思想，但下片所用的"莫忆""曾把""成何事""便似得"等字眼已透露其愤激不平的心情，词人不过是将自己功名蹭蹬、半生潦倒的悲慨以反语出之，即所谓言在此而意在彼。

诗法之八：借人映己

诗歌作品要使味之者无极，闻之者动心，抒情表意必须深婉曲折。从欣赏心理来说，想象是在情境不明确的认识阶段上发生作用的。情境越是清晰，它为想象提供的活动场所也越小。情意直露，铺陈无余，自然就剥夺了读者思索、想象与再创造的空间。因此从刘勰的《文心雕龙》，到司空图的《二十四诗品》，到严羽的《沧浪诗话》，乃至明清两代的各种著述，都将诗歌的平直浅露视为大忌。

欲救情意直露之失，可以采用多种方法，"借人映己"就是比较常用的方法之一。所谓借人映己，即是一种分身以自省、推己以忖他的艺术表现手段，用通俗的话说，就是"正面不写写反面，本面不写写对面、旁面"（刘熙载《艺概·诗概》）。如王建《行见月》诗云："家人见月望我归，正是道上思家时。"刘得仁《月夜寄同志》诗云："支颐不语相思坐，料得君心似我心。"白居易《邯郸冬至夜思家》诗云："想得家中夜深坐，还应说着远游人。"这些诗句都不写自己如何怀忆亲人和朋友，而是设想对方如何思念与盼望自己，读来情味无穷。

《楞严经》中说，道场中陈设，有"八圆镜各安其方"，又"取八镜，覆悬虚空，与坛场所安之镜，方面相对，使其形影，重重相涉"。借人映己法与这种道场陈设的原理相同，所以王夫之在《姜斋诗话》中又有"影中取影"之说。主客体交融一

体,相映成趣,既能廓大诗歌作品所表现的空间,又能增添感情的委婉含蓄。不妨看高适的《除夜作》诗:

旅馆寒灯独不眠,客心何事转凄然?故乡今夜思千里,霜鬓明朝又一年。

此诗写羁旅中的思乡念远之情。前两句写自己于除夕之夜远离家人,身居客舍,面对寒灯孤影难以入眠。按一般写法,后两句该倾诉此时此刻的心绪,但诗人却将自己肠肚,置对方腹中,不直说己之思乡,而推到故乡亲友在千里之外思我。这就把自己挚厚的情思更为深刻有力而又婉曲蕴藉地表达了出来,也给读者提供了广阔的想象空间。故沈德潜称赞说:"作故乡亲友思千里外人,愈有意味。"(《唐诗别裁集》)再看王昌龄的《青楼曲二首》之一:

白马金鞍从武皇,旌旗十万宿长杨。楼头少妇鸣筝坐,遥见飞尘入建章。

此诗写一位随从皇帝射猎的少年将军的得意之情。长杨,是汉武帝的游猎之处,唐人诗惯以汉武帝比唐玄宗。前两句写出猎,诗人向我们描绘了一个极其雄壮的场景:少年将军骑坐在白马金鞍之上,指挥着千军万马跟随着皇帝的车辆往长杨进发,只见队伍过处,一阵飞尘扬起。后两句写回归,诗人没再作正面描绘,而是写这位将军在游猎结束随皇帝回建章宫时,想象着自己的妻子独坐在道旁的一角青楼,一边鸣筝,一边遥望着自己凯旋而归。这种借人映己的写法,正如俞陛云所说:

"楼中少妇之感想，马上郎君之贵宠，皆于言外见之。"(《诗境浅说续编》)

王昌龄的这首诗显然是借鉴了《诗经·小雅·出车》的结尾："春日迟迟，卉木萋萋。仓庚喈喈，采蘩祁祁。执讯获丑，薄言还归。赫赫南仲，狝狁于夷。"《出车》共六章，是一位将士凯旋回归途中的赋诗，末章乃是其想象自己的妻子闻归师之凯旋时的欢欣之情，其中"赫赫南仲"，更是直接代妇设想其心目中对自己的观感。《诗经》中运用这种写法的诗还有《魏风·陟岵》：

> 陟彼岵兮，瞻望父兮。父曰："嗟！予子行役，夙夜无已！上慎旃哉，犹来无止！"
>
> 陟彼屺兮，瞻望母兮。母曰："嗟！予季行役，夙夜无寐！上慎旃哉，犹来无弃！"
>
> 陟彼冈兮，瞻望兄兮。兄曰："嗟！予弟行役，夙夜必偕！上慎旃哉，犹来无死！"

这是一首征人思家之作。诗人在役地思家，但他不直接道出自己的思乡之情，而是从对面落笔，以"父曰""母曰""兄曰"三章复沓，依次叙写父母兄弟在家中对自己的思念与叮咛。方玉润曾经指出："人子行役，登高念亲，人情之常。若从正面直写己之所以念亲，纵千言万语，岂能道得尽？诗妙从对面设想，思亲所以念己之心与临行勖己之言，则笔以曲而愈达，情以婉而愈深，千载之下读之，犹足令羁旅人望白云而起思亲之念，况当日远离父母者乎？"(《诗经原始》)这一分析，正得诗中三昧。

借人映己的艺术手法,自《诗经》开始运用,后世乃愈出愈精,杜甫的《月夜》便是一首精妙之作,被浦起龙赞之为"心已驰神到彼,诗从对面飞来。悲婉微至,精丽绝伦"(《读杜心解》)。其诗如下:

今夜鄜州月,闺中只独看。遥怜小儿女,未解忆长安。香雾云鬟湿,清辉玉臂寒。何时倚虚幌,双照泪痕干。

这首诗是杜甫身在沦陷中的长安,思念鄜州的妻子所作。首联"今夜鄜州月,闺中只独看",不写己之如何在长安思家,而是写想象中的妻子正在月下思念着自己,正如纪昀所说:"入手便摆落现境,纯从对面着笔,蹊径自别。"(《瀛奎律髓刊误》)颔联"遥怜小儿女,未解忆长安",承上联的"独"字而来,上联意本思家,反想家人思己,已进一层,此联念及儿女之不能思,又进一层。小儿女的"未解忆",反衬出妻的独忆之苦,因而下文直接"香雾云鬟湿,清辉玉臂寒",遥想妻子在鄜州的看月光景。尾联"何时倚虚幌,双照泪痕干",则以热切的期望作结。全诗无一笔着正面,可谓曲尽人情之极至。

除以上所举"我思人乃想人必思我"的诗例外,借人映己法的运用,还有"我视人乃见人适视我"的情况。如杜牧《南陵道中》:"正是客心孤迥处,谁家红袖凭江楼。"一个是舟中孤迥行客,一个是江楼红袖女子,从两个镜头的交互对摄中,我们自然能体会到诗人心中益增的思家之情。这一写法,当推王国维的《浣溪沙》词为绝唱。其词云:

山寺微茫背夕曛，鸟飞不到半山昏。上方孤磬定行云。　　试上高峰窥皓月，偶开天眼觑红尘。可怜身是眼中人。

全词是以象征的手法表现的。上片三句，诗人标举出一个崇高优美的境界，于是产生攀跻之念，以求摆脱尘网的牢笼；下片通过设想中的"天眼"觑我，乃知己不过是尘世大欲中忧患劳苦之人。这一情景的互摄，使全诗所表现的感情更为悲壮，主题更为深化，意境更为宏阔。

诗法之九：因形说理

理者，明道义也，逻辑思维之物；诗者，咏性情也，形象思维之物。两者截然不同，很难统一在一起。然而，诗与理一旦能够相结合，比起一般纯粹抒情的作品来，要具有更为耐人寻思的力量。由于此，历代诗人都曾作过诗中言理的努力与尝试。但是伴随着这种努力与尝试而来的，却是大量的失败之作。班固的咏史诗可谓是最早的理诗，然被钟嵘《诗品》评为"质木无文"。西晋以来，理诗大盛，然而形象苍白，味同嚼蜡，完全丧失了诗的审美特征。即便是像谢灵运这样的大诗人，在理与诗的结合上也常常露出勉强搬凑的痕迹。他的诗往往在精心描绘了一番山水景物后，直白白地加上一段理语。如其《石壁精舍还湖中作》诗末尾的"虑澹物自轻，意惬理无违。寄言摄生客，试用此道推"四句理语，不仅没有深化意蕴,反而破坏了前面的诗味,犹如狗尾之续貂。至宋朝,由于理学的兴盛,理诗成了一代趋向,然也大多是理过其辞、淡乎寡味之作。试看邵雍的两首诗:

当默用言言是垢,当言任默默为尘。当言当默都无任,尘垢何由得到身。(《言默吟》)

壮岁若奔驰,随分受官职。所得虽锱铢,所丧无纪极。今日度一朝,明日过一夕。不免如路人,区区被劳役。(《偶得吟》)

虽以诗的体裁写成,诗趣却无,犹如语录讲义之押韵者。读这种理无情致、言无辞采的作品,真还不如直接去看格言箴铭更爽快些。打开邵雍那二十卷的《伊川击壤集》,类此作品可谓随手可见,如卷首的《观棋大吟》,在一千八百言中,尽是说些人性与战争的话题;卷末的《首尾吟》一百三十五首,首首都有两句"尧夫非是爱吟诗",可以说,邵雍根本不懂诗。

实际上理并不碍诗之妙,而在于如何言理。理说得活,便有理趣;理讲得死,便成理障,那么如何才能使诗求得理趣而避免理障呢?这就要求运用"因形说理"的方法。苏轼《题西林壁》诗云:"横看成岭侧成峰,远近高低各不同。不识庐山真面目,只缘身在此山中。"诗中所包含的哲理,很显然,是出于诗人观赏庐山风景的切身感受。这种借助或随顺着具体的形象来表现自己对客观事物独特新颖的、带有一定人生哲理的感悟或思想的方法,就是"因形说理"。

因形说理是古典理诗创作的一种比较常见的方法,它能简要、贴切、形象、生动地表现诗人所要传达的抽象的思想,从而给读者强烈的感受和深长的意味。试看曾巩的《咏柳》诗：

乱条犹未变初黄，倚得东风势更狂。解把飞花蒙日月，不知天地有清霜。

其中的道理，如果用三段论式、逻辑推理来阐发，势必枯燥乏味。诗人则是通过对柳絮形象的描绘来说明某种人生的真谛。全诗理因形而出，形因理而妙。再看杨万里的《过松源晨炊漆公店》诗：

莫言下岭便无难，赚得行人错喜欢。正入万山圈子里，一山放出一山拦。

此诗说明人生必须永远奋斗的哲理。这一哲理如果直接说出，自然无趣。诗人则通过对下山过程的形象的描绘，揭示出这一人生的真谛，既给人深刻鲜明的印象，又给人联类无穷的趣味，正如包恢所说"状理则理趣浑然"（《答曾子华论诗》）。因形说理方法的运用，要避免形象仅仅是思想的图解，也就是说，形象包含一定的理，但又非这特定的理所能穷尽，而思想的深广引申开来，又非形象的概念所能局限。所以诗人必须睹物寄兴，有感而发。试看欧阳修的《画眉鸟》诗：

百啭千声随意移，山花红紫树高低。始知锁向金笼听，不及林间自在啼。

前两句描写画眉鸟在百花丛中自由自在的纵情歌唱，后两句转入理语,从金笼中画眉的鸣声不及林间画眉的婉转悦耳,说明了自由的可贵。此诗作于诗人被贬滁州之时,其触物感怀,流露了对远离权贵、过无拘无束生活的向往。由于全诗形象饱满,感受深刻,人们读后自然能够兴会神驰,大有情理可以触发。而白居易的《涧底松》诗就不能将抽象的思想化为感情的实物。其诗如下:

有松百尺大十围,生在涧底寒且卑。涧深山险人路绝,老死不逢工度之。天子明堂欠梁木,此求彼有两不知。谁喻苍苍造物意,但与之材不与地。金张世禄黄宪贤,牛衣寒贱貂蝉贵。貂蝉与牛衣,高下虽有殊;高者未必贤,下者未必愚。君不见沉沉海底生珊瑚,历历天上种白榆。

诗人试图将"英俊沉下僚"的社会现实通过"涧底松"的形象反映出来,但由于没有熔铸进独自的感受,所以"涧底松"的形象苍白得很,犹如是观念的举例说明,以致诗人最后不得不自己站出来发一番"高者未必贤,下者未必愚"的抽象议论。

理诗的最高境界是诗人在描绘景物中呈现出理趣而"不涉理路,不落言筌"(严羽《沧浪诗话》),也就是钱钟书所说的"理之在诗,如水中盐,蜜中花,体匿性存,无痕有味,现相无相,立说无说,所谓冥合圆显者也"(《谈艺录》)。试看杜甫《江亭》诗:

坦腹江亭暖,长吟野望时。水流心不竞,云在意俱迟。寂寂春将晚,欣欣物自私。故林归未得,排闷强裁诗。

此诗作于杜甫居成都草堂时。前四句写郊外江亭之景,其中"水流"二句的意思是江水争流而予心自静,闲云徐度而予心俱迟。初初看去,似无哲理可言,细细味来,却有深意可道。逝水如斯,逐古今年光而去,对此则区区争竞之心从何而起;白云悠悠,无心以出岫,对此则蜗角功名之意荡然若失。诗人所表现的哲理已完全融合在了诗里,故沈德潜称之为"不着理语,自足理趣"(《唐诗别裁集》)。陆游《游山西村》诗的"山重水复疑无路,柳暗花明又一村"一联,之所以历来为人激赏,其原因亦是在于诗人本无意于说理,而恰恰道出了哲理。读者或作景语看,或作理语看,都可得到无穷的韵味。

诗法之十:情中有思

岑参《山房春事》诗云:"梁园日暮乱飞鸦,极目萧条三两家。庭树不知人去尽,春来还发旧时花。"杜牧《初冬夜饮》诗云:"淮阳多病偶求欢,客袖侵霜与烛盘。砌下梨花一堆雪,明年谁此凭栏干?"李商隐《离亭赋得折杨柳》诗云:"暂凭尊酒送无憀,莫损愁眉与细腰。人世死前惟有别,春风争拟惜长条。"读完这些诗,我们自然可以感受到,它除去给予人们情感上的感动之外,还有一种思致上的感悟,这种思致上的感悟,便是这些诗"情中有思"的特点之所在。

情中有思的作品比起一般纯粹言情的诗来，往往具有更为耐人寻思的力量，因为这种感情并非拘狭于一己之遭际，为一时一事而发，而常常是超出了自身的得失与悲欢，反映出对整个社会人生的感慨。正是由于这一点，读者在诵读这些作品时，就会引起理性上的启迪和触发，省悟出有关人生的哲思。王国维在读了《诗经·节南山》之"我瞻四方，蹙蹙靡所骋"说，这是"诗人之忧生也"；在读了陶渊明《饮酒》之"终日驰车走，不见所问津"说，这是"诗人之忧世也"（见《人间词话》）。这"忧生""忧世"的联想，就是深蕴在诗情中的思致所触发的。

在我国诗歌史上，李商隐的爱情诗可称是最具有情中有思特点的。这是因为悲剧性的时世、家世与身世的生活体验的积淀，熔铸了他内涵宽泛的感情境界，使得他的作品，尤其是爱情诗，由于包涵着丰富的人生感受而能让读者触绪多端，并唤起心中真切而深刻的感悟。试看他的《无题》诗：

相见时难别亦难，东风无力百花残。春蚕到死丝方尽，蜡炬成灰泪始干。 晓镜但愁云鬓改，夜吟应觉月光寒。蓬山此去无多路，青鸟殷勤为探看。

此诗抒发的是"伤春又复伤别"的情感。首联写正值暮春时节与所爱的女子分别。次联说思念，言己如春蚕，一日未死，一日之丝（思）不能断；又如蜡烛，一刻未灰，一刻之泪不能止。接下叹岁不我与、孤独无偶的悲凉；结尾自我宽解，寄希望于青鸟传书。整首诗，诗人没有在叙事上花笔墨，不仅模糊了爱的对象，也舍弃了爱的具体情事，而是着意于抒写既热烈缠绵，又深沉执著的爱情体验。所以作品所呈现出的就不止是诗人的一己之私情，更是蕴含着生命的某种状态，每个读者都可以各就其不同的感受而获得人生的感悟。像"春蚕到死丝方尽，蜡炬成灰泪始干"一联，我们从"春蚕""蜡炬"这两个柔弱而坚韧、凄苦又壮美的意象中，除了感受到诗人深挚忠贞、至死不渝的殉情精神外，还会不由自主地产生执著理想、执著人生的感慨。这也正如孙洙在《唐诗三百首》中所说："一息尚存，志不少懈。可以言情，可以喻道。"

要使得作品获得情中有思的境界，在于诗人在感情上既能入乎其中，又能出乎其外。入乎其中故能感之，出乎其外故能悟之，而一旦有所感悟，则眼界必然高远，感慨必然强烈，思致必然深沉，使千载而下的读者也能引起情感上的共鸣。试看晏殊的《浣溪沙》词：

一向年光有限身，等闲离别易销魂。酒筵歌席莫辞频。　　满目山河空念远，落花风雨更伤春。不如怜取眼前人。

这首词写离别之情。首句写人生之短促，次句写离别之可哀。在有限的人生中常常有令人销魂的离别，这不能不使诗人发出感慨。诗人感到，既然时光易逝，人生有涯，每一次离别都得惹起黯然之情，倒不如沉醉歌酒风月之中，及时行乐，因而有第三句"酒筵歌席莫辞频"之语。下片诗人将离情放到山川关河、落花风雨的环境中进行抒写。前两句的意思是，列岫无数，关山迢递，风雨飘零，百花凋残，一切念远伤春之情全属徒然，心里所留下的只是满怀感伤而已。诗人因此感悟到，与其忍受着离别之痛苦、相思之煎熬，还不如"怜取眼前人"，以免追悔。整首词中，诗人没有具体写明哪一次离别何人，而只是表现了一种普遍的、永恒的情感，这样就给读者带来了广阔的联想空间，从诗人的"念远"之情中，读者会触发起对人生理想所追寻的渺茫之情；从诗人的"伤春"之情中，读者会触发起对逝去的人生无可挽回的伤感之情。所以，诗中的"酒筵歌席莫辞频""不如怜取眼前人"等悟识之语，自然就耐读者深思，使读者共鸣。再看李煜的《乌夜啼》词：

林花谢了春红，太匆匆！无奈朝来寒雨晚来风。　胭脂泪，留人醉，几时重。自是人生长恨水长东。

此词借伤春抒发身世之悲，但作者并没有将感情局限在个人身上，而是从风雨零落了春红这一自然现象中概括出"自是人生长恨水长东"的人生哲思，使词别具兴发感动的力量。这也就是此词被谭献誉为"濡染大笔"（谭评《词辨》）的原因。李煜由于能把属于自己个人的悲痛伤感高度概括成为人类生活中经常会经历到的诸如"春花秋月何时了，往事知多少"（《虞美人》）；"剪不断，理还乱"（《相见欢》）；"别时容易见时难"（《浪淘沙令》）等人生体验，所以无论是亡国的人还是离别的人，无论是官场失意的人还是情场失意的人，都能从自己的切身境遇，在这些具有宇宙人生哲思的词句中，获得感情上的共鸣。后主李煜与宋徽宗都是亡国之君，且都有超人才华，但就词的创作而言，徽宗词的艺术感染力显然不及后主。这是因为李煜作词总把感情放置在宇宙人生的广阔背景之中,从而超脱了一身一己之悲痛,具有着普遍的意义。所以王国维评李煜词云:"后主之词,真所谓以血书者也。宋道君皇帝《燕山亭》词,亦略似之。然道君不过自道身世之感,后主则俨有释迦、基督担荷人类罪恶之意,其大小固不同矣。"(《人间词话》)

第二章 意象的浮现

第二章 意象的浮现

意象是指诗歌中蕴含诗人感情色彩的事物形象。司空图说的"意象欲出，造化已奇"（《二十四诗品》），胡应麟说的"古诗之妙，专求意象"（《诗薮》），都阐明了意象的重要性。让意象清晰地呈现在读者的眼前，使读者在感情上引起强烈的共鸣，这正是诗人们所臻力以求的。归纳分析前人的创作经验，意象的浮现经常是采用如下的艺术手法：奇幻莫测的时空交互，形象鲜明的画面展现，富有生气的动态演示，细致入微的物性刻画，以神涵形的物象描绘，以及实景与虚景的融合，有形对无形的衬托，诗意与诗题的相称……这一章，我们结合具体作品对这些艺术手法作详细的剖析与阐述。

诗法之一：时空交织

诗歌离不开时间与空间这两个要素。一般说来，时间与空间总是相交织在一起的，也就是说什么样的时间必然对映着什么样的空间。如白居易《燕子楼》诗：

满床明月满帘霜，被冷灯残拂卧床。燕子楼中霜月夜，秋来只为一人长。

前两句写空间，后两句写时间，时空的交织糅合十分紧密，主人公的感情在这一凄凉的时空意象中得到了细腻的表现。又如王安石的《即事十五首》之八：

> 萧萧三月闭柴荆，绿叶阴阴忽满城。自是老来游兴少，春风何处不堪行？

首句写时间，次句写空间，三句写时间，末句写空间。深闭的柴门对映着满城的绿阴，老年的少兴对映着春风的繁华，诗人正是通过这种时空的对映，使全诗具有深长的意味。

诗歌由于篇幅的限制，当然不可能将时空的对映关系一一表现出来。为了在有限的篇幅中表现复杂的情思，诗人往往会将时空关系重新组合，或就一时而写空间之殊异，或就一地而写时间之变迁。就一时而写空间之殊异的，如司空图的《华下》诗：

> 故国春归未有涯，小栏高槛别人家。五更惆怅回孤枕，犹自残灯照落花。

首句遥想故乡的春天已经回来，姹紫嫣红，无边无际；末句写客居之地的春天已将归去，孤灯落花，一片凄凉。诗人将五更独眠与这两个绝然不同的空间交织在一起，从而使时空的交织形成一种张力。正是在这种张力中，诗人的思归之情获得了深刻的表现。又如韦应物的《秋夜寄邱二十二员外》诗：

> 怀君属秋夜，散步咏凉天。山空松子落，幽人

应未眠。

此为怀人之作。全诗所表现的时间只有一个，即"秋夜"，但所呈现的空间却有两个，一是怀人之人在此地徘徊沉吟，一是被怀之人在山中孤灯未眠。两个不同场景的叠现，便令读者对诗人的异地相思之情留下深刻的印象。就一地而写时间之变迁的，如韦庄的《台城》诗：

江雨霏霏江草齐，六朝如梦鸟空啼。无情最是台城柳，依旧烟笼十里堤。

台城为六朝时建业城旧址，在这里六个朝代一个接着一个衰败覆亡，变幻之速，犹如梦境一般，然而台城之柳依旧含烟惹雾，繁荣茂盛。诗人通过时间的流逝与空间的凝固相交织，写尽了盛衰兴亡之感。又如张籍的《感春》诗：

远客悠悠任病身，谢家池上又逢春。明年各自东西去，此地看花是别人。

在同一空间"谢家池上"，呈现出了三个不同的时间：过去、现在与未来。诗人从眼前谢家池上的春光里，回忆过去的悠悠历程，预想明年的看花情景，通过这种时空的交织组合，花的开谢，人的聚散，世间的变化，一一展现了出来。

不过，以上的时空交织毕竟还比较简单，许多诗人常常通过独特的艺术构思，在时空交织中生出各种变化来。试看贾岛的《渡桑乾》诗：

客舍并州已十霜，归心日夜忆咸阳。无端更渡桑乾水，却望并州是故乡。

诗人本住咸阳，自赴并州后，屈指已及十年，日夕思归，故返渡桑乾，然回望并州，又不觉有情。当日到并州而思咸阳，今日回咸阳又思并州，这一时间与空间的回环交织，深刻而真实地反映出诗人久客异乡后重返故乡的矛盾心情。再看一首李商隐的《夜雨寄北》诗：

君问归期未有期，巴山夜雨涨秋池。何当共剪西窗烛，却话巴山夜雨时。

从全诗的时空来看，有今日巴山夜雨之时空，有他日剪烛西窗之时空，在他日剪烛西窗之时空中又有今日巴山夜雨之时空。因此，在时空的交织中，除了此时此地及彼时彼地的时空对映外，又互为回环错综，即此时此境交织了彼时彼境，彼时彼境交织了此时此境。全诗虚实相生，往复多姿，曲折缠绵，空灵含蓄，显示了极高的艺术技巧。

叶燮曾经指出："诗之至处，妙在含蓄无垠，思致微渺，其寄托在可言不可言之间，其指归在可解不可解之会；言在此而意在彼，泯端倪而离形象，绝议论而穷思维，引人于冥漠恍惚之境，所以为至也。"（《原诗》）这一艺术境界往往是通过奇幻莫测的时空交织来达到的。试看吴文英《风入松》词：

听风听雨过清明，愁草瘗花铭。楼前绿暗分携路,一丝柳、一寸柔情。料峭春寒中酒,交加晓梦啼莺。　　西园日日扫林亭,依旧赏新晴。黄蜂频扑秋千索,有当时、纤手香凝。惆怅双鸳不到,幽阶一夜苔生。

此词写对爱人的思念,所言虽不脱睹物怀人、触景伤情的陈套,但能以奇幻的笔墨,生动地传达出诗人的绵邈深情。如其中"黄蜂"两句,就是采用或幻或真的时空错综手法。诗人于西园独赏新晴,任凭感兴的触须恣意蔓缠于过去、现在与未来的甬道中,他看着一群群的黄蜂向秋千架的绳索扑去,突然联想到,那一定是自己爱人从前荡秋千时,纤手接触秋千绳索而留下香泽的缘故。当然这是诗人此时此地的疑心疑想而引起感受上时空错乱的幻觉。"黄蜂频扑秋千索"是真,"有当时纤手香凝"是幻,诗人通过真幻相糅的手法,从而将眼前的黄蜂与昔日的香泽造成时空上的混淆。这种时间与空间的错综,并不是理性所能够接受的,然而美人当日之容态,诗人今日之深悲,恰恰是在这种冥漠恍惚之境中,以强烈而新鲜的感受向读者扑面袭来。又如他的《八声甘州·陪庾幕诸公游灵岩》词的上半阕:

渺空烟四远,是何年、青天坠长星。幻苍崖云树,名娃金屋,残霸宫城。箭径酸风射眼,腻水染花腥。时靸双鸳响,廊叶秋声。

这首词表现的是吊古伤今的悲慨。开首劈空而起,极言灵岩山形势之高迥,瞻望之遥远,接下言所见所闻所感。"酸风""腻水""花腥"已藏有无穷古今盛衰之感触。在这样一个凄迷的境界中，诗人突然又发生了时空错觉，由幻作真：响屧廊里分明还响着西施的步履声。在读者惝恍迷离之际，他又来了一句：或许是长廊里飘下的落叶悉悉作秋声。如此"现代"的将不同时空交织在一起的艺术手法竟然在他的笔下运用得如此自如，真令人赞叹。这种手法在吴文英词中被用得十分普遍。如《祝英台近·除夜立春》："旧尊俎，玉纤曾擘黄柑，柔香系幽素。"写昔日美人手上之柔香，似犹附在眼前的黄柑之上，从而勾起一腔幽隐的情怀。又如《西子妆慢·湖上清明薄游》："燕归来，问彩绳纤手，如今何许。"因眼前之燕，而思及当日系绳之纤手，也是时空错乱手法。或幻或真的时空错乱写法，使吴文英词独显奇丽凄迷的魅力，读后令人有心旌摇荡之感。周济称吴文英词"天光云影，摇荡绿波，抚玩无致，追寻已远"(《介存斋论词杂著》)，便是就这类作品而言的。

　　时空的交织虽可由诗人自由变化，但并不意味诗人可以不顾实际、随心所欲地组合。像李商隐诗、吴文英词的时空错综，便是根据作者感情表达的需要来安排的。而我们发现，有些作品的时空交织毫无理性可言，乃是一种实实在在的混乱。试看杨万里的《闲居初夏午睡起二绝句》之一：

　　　梅子留酸软齿牙，芭蕉分绿与窗纱。日长睡起
　　无情思，闲看儿童捉柳花。

　　从时空的角度来分析，诗的起句写时间，次句写空间，三句又写时间，四句仍写空间。前二句的"梅子留酸"与"芭蕉分绿"，正是初夏风景，不仅时空相契，亦与诗题吻合。然紧

接而出现的第二个时空画面,便令人匪夷所思。"日长睡起"承"梅子留酸"而来,时间未变,但所对应的空间却是"儿童捉柳花",初夏之际,安得复有柳花可捉?诗人之失检如此。

日僧遍照金刚在《文镜秘府论》中曾指出诗文的"落节"之病,他以《咏春诗》"何处觅消愁,春园可暂游。菊黄堪泛酒,梅红可插头"为例,指出:"菊黄泛酒,宜在九月,不合春日陈之;或在清朝,翻言朗夜,并是落节。"很显然,其所谓的落节也就是我们所说的时空混乱。可是也有人并不以此为病,如王士禛在《池北偶谈》中说:

世谓王右丞画雪中芭蕉,其诗亦然。如"九江枫树几回青,一片扬州五湖白",下连用兰陵镇、富春郭、石头城诸地名,皆寥远不相属。大抵古人诗画,只取兴会神到,若刻舟缘木求之,失其指矣。

诗画作品是兴会神到的产物,读者不可过于求实,不必按图索骥,此说非谓不确,但讲兴会神到总不见得就能意本咏春而杂陈秋事吧。谢肇淛曾就王维的《袁安卧雪图》指出:"王右丞雪中芭蕉,虽闽广有之,然右丞关中极寒之地,岂容有此耶?"(《文海披沙》)袁安卧雪是在洛阳,而非岭南,雪中芭蕉所造成的时空混乱,终究是白璧之瑕。白璧之瑕,终不如无瑕,所以就诗人而言,不可因讲兴会神到而违反自然,不拘物情。

诗法之二：瞻言见貌

一首诗要使读者获得深刻的感受与印象，首先要求作品的本身具有形象的鲜明性，正如梅尧臣所说："必能状难写之景如在目前，含不尽之意见于言外，然后为至矣。"（欧阳修《六一诗话》引）因为美感联想是形象的，作品只有在读者的意想中呈现出一幅鲜明的图景，才能激起读者心灵的共鸣。刘勰在《文心雕龙·物色》中所提出的"瞻言见貌"，就是要求诗人提供给读者鲜明的视觉形象，使他们在见到诗句时，就像亲眼见到景物一般，从而获得景如亲历、感同身受的艺术效果。李白的《黄鹤楼送孟浩然之广陵》诗便是一首瞻言见貌之作。其诗如下：

故人西辞黄鹤楼，烟花三月下扬州。孤帆远影碧空尽，惟见长江天际流。

很显然，这首诗的形象是极为鲜明的。我们读完此诗，会很自然地在眼前浮现出一幅江边送别图：友人扬帆而去，诗人怀着依依难舍之情登楼目送着远去的风帆。帆影渐渐模糊了，终于消失在水天汇合处，眼前只剩下一望无际的长江在滚滚流动着。面对这幅别景，我们不难体会到诗人对友人的那片深情。所以刘永济指出："善写情者，不贵质言，但将别时景象有感于心者写出，即可使诵其诗者发生同感也。"（《唐诗绝句

《黄鹤楼送孟浩然之广陵》

精华》)再看白居易的《暮江吟》诗:

  一道残阳铺水中,半江瑟瑟半江红。可怜九月初三夜,露似真珠月似弓。

  这首诗描写秋夜曲江的瑰丽景色。诗人以敏锐的观察、细腻的笔触、奇丽的设色,绘出了一幅晚霞映水半碧半红、月出露生似珠似弓的暮江秋色图。我们在玩赏这幅格调清新自然的景象的同时,无疑也感受到诗人面对大自然的喜悦、热爱之情。

  为求瞻言见貌,诗人们经常会以画法入诗,以起到"诗中有画"的艺术效果。当我们读王维的诗时,往往会在脑海中呈现出画意,如"大漠孤烟直,长河落日圆"(《使至塞上》);"江流天地外,山色有无中"(《汉江远眺》);"渡头余落日,墟里上孤烟"(《辋川闲居赠裴秀才迪》);"明月松间照,清泉石上流"(《山居秋暝》);"独坐幽篁里,弹琴复长啸。深林人不知,明月来相照"(《竹里馆》);"桃花复含宿雨,柳绿更带朝烟。花落家童未扫,莺啼山客犹眠"(《田园乐》)等等,所以苏东坡说:"味摩诘之诗,诗中有画。"(《书摩诘蓝田烟雨图》)

  实际上诗中有画的特点并非王维所独擅,在古典诗歌中这种情况是很普遍的,孟浩然之"天开斜景遍,山出晚云低。余湿犹沾草,残流尚入溪"(《途中遇晴》),是一幅晚霁之景;刘长卿之"日暮苍山远,天寒白屋贫。柴门闻犬吠,风雪夜归人"(《逢雪宿芙蓉山主人》),是一幅寒山夜宿图;皇甫松之"船动湖光滟滟秋,贪看少年信船流。无端隔水抛莲子,遥被人知半日羞"(《采莲子》),是一幅江南水乡风物人情画。诸如此类的诗可以说不胜枚举。

画属于空间艺术，以形态和颜色为媒介，诉诸于人们的视觉；诗属于时间艺术，以文字和声音为媒介，诉诸于人们的听觉，它们是各自独立的艺术形式。然而诗画之间又有互通之处，因为它们都是感情的意象化，正如张舜民所说："诗是无形画，画是有形诗。"(《跋百之诗画》)诗中结合了画的特点之后，就能使时间的承续暗示出空间的绵延，沟通读者的听觉和视觉，从而使作品具有更强的艺术感染力。"诗传画外意，贵有画中态"(晁以道语)，瞻言见貌艺术效果的获得，在于诗人能化诗境为画境。杜甫的《绝句》便是这样一首诗：

两个黄鹂鸣翠柳，一行白鹭上青天。窗含西岭千秋雪，门泊东吴万里船。

读完这首诗，一幅鲜明的画境自然地呈现于眼前。首先，此诗的构思犹如画面的布局，采用的是散点透视法。也就是说，诗人的视点并不是固定的，而是上下左右前后移动着，如诗的前两句黄鹂、白鹭是一个视境，第三句的窗含西山雪是一个视境，第四句的门泊东吴船又是一个视境。诗人通过三个不同的视点，巧妙地把各个方面的景象组合在一起，构成了一幅具有立体感的艺术画面。在取景时，第一个视境采用了高远取景法，黄鹂鸣柳系诗人仰视所见，视线然后再向上，展现了白鹭联翩的景象，由于前者为近距，后者为远距，在画面上极富有层次。后两个视境采用的是平远取景法，诗人凭窗远眺，似觉西山雪岭如嵌在窗框中的一幅图画；再把眼光投向门外，则东吴万里船竟如泊在门中，这一远景与近景的结合，使空间的层次展示了出来。其次，诗人贵能设色，在画面上，有鹂黄、柳绿、鹭白、天青以及雪的银白等等，由于色彩搭配上很和谐，所以画面很鲜明。

为求瞻言见貌，诗人还需规避一个"隔"字。王国维在《人间词话》中对此有一段论述：

> "池塘生春草""空梁落燕泥"等二句，妙处唯在不隔。词亦如是。即以一人一词论，如欧阳公《少年游》咏春草上半阕云："栏干十二独凭春，晴碧远连云。千里万里，二月三月，行色苦愁人。"语语都在目前，便是不隔，至云"谢家池上，江淹浦畔"则隔矣。白石《翠楼吟》"此地，宜有词仙，拥素云黄鹤，与君游戏。玉梯凝望久，叹芳草、萋萋千里"，便是不隔，至"酒祓清愁，花消英气"则隔矣。

尽管王国维在这段话中并没有对"隔"作出严格的界说，但我们从他提供的实例中可以看出，隔就是诗句的形象不明晰，瞻言而难以见貌，读者无法直接从字面上理解诗意并展现作品的艺术境界。王国维指出，造成隔有两种情况，一是用典故，如"谢家池上，江淹浦畔"二句，只有知道了谢灵运《登池上楼》"池塘生春草"和江淹《别赋》"春草碧色，春水绿波，送君南浦，伤如之何"两个典故后，才能理解词意；二是用代字，如"酒祓清愁，花消英气"二句，若不知道"花"是女子的替代，便无法贯通全文。因而王国维要求诗歌"不使隶事之句，不用粉饰之字"；"其言情也必沁人心脾，其写景也必豁人耳目，其辞脱口而出，无矫揉妆束之态"。

隔的产生与诗人以文字为诗、以才学为诗有关，明明可以直接表现的，则偏偏要用典，甚至用僻典，以炫博矜奇。如苏轼《雪后书北台壁》"冻合玉楼寒起粟，光摇银海眩生花"，于玉楼何以谓之冻合？于银海何以谓之光摇？对读者来说读这种诗句就如隔雾看花一般。原来，玉楼为肩，银海为眼，用的是道家语。即便是有相当学问的读者，恐怕也难知道这两个典故的出处。

隔的产生与诗人感情的空虚、语言的贫乏也有关系，明明胸中毫无感受，却又要装模作样，所以硬拉典故和代字来凑合涂饰。如说桃，必定要用"刘郎""红雨"，说柳，必定要用"章台""灞岸"；以"银钩空满"称书；以"玉箸双垂"代泪，有谁愿意欣赏这些转弯抹角、强加修饰的形容语呢？陈师道《九日无酒，书呈漕使韩伯修大夫》诗有这样一联："惭无白水真人分，难置青州从事来。""白水真人"即钱币，"青州从事"即佳酿，十四字实际用"惭无钱，难置酒"六字就可概括，而诗人以代字硬是凑成一联，显然是为掩饰文意的浅薄。所以王国维指出："盖意足则不暇代，语妙则不必代。"(《人间词话》)

有时，诗人需要表达某种抽象的思想，而抽象的思想总是逻辑思维之物，缺乏形象性，因此，诗人如果将它直接写出，其作品一定是不会感人的。如王安石的《商鞅》诗：

自古驱民在信诚，一言为重百金轻。今人未可非商鞅，商鞅能令政必行。

这首诗的立论不可谓不新颖，辞锋不可谓不犀利，然读来总觉新警有余而神韵不足，原因就在诗人把咏史当作论史，明白断案，故全诗如同一篇短论，毫无形象性可言。

诗者，虽是形象思维之物，但这并不排斥用它来表达某些抽象的思想，诗人若能"托象以明义"（王弼注《周易·系辞》)，那也自可状难写之景如在目前，含不尽之意见于言外。如陈陶的《陇西行》："誓扫匈奴不顾身，五千貂锦丧胡尘。可怜无定河边骨，犹是春闺梦里人。"抽象的"义"——唐代长期的边塞战争，给百姓带来痛苦和灾难——借助"无定河边骨"与"春闺梦里人"的"象"传达而出，使全诗具有很高的审美价值。又如李商隐的《北齐》诗：

一笑相倾国便亡，何劳荆棘始堪伤。小怜玉体横陈夜，已报周师入晋阳。

诗人没有抽象地发出"以色亡国"的议论，而是将这一意思含蕴在具体的形象之中。当读者面对这幅一面是玉体横陈夜、一面是周师攻晋阳的图景时，会很自然的领会隐含在画面背后的意蕴。尽管纪昀认为此诗"前二句欠浑"，但他还是称赞后二句说："议论以指点出之，神韵自远。"(《瀛奎律髓刊误》)这"指点出之"，正是因为诗人提供了具体而又鲜明的意象，使读者能够因象而悟意。

诗法之三：化美为媚

"化美为媚"是莱辛在《拉奥孔》中拈出的一种方法。他指出:"诗想在描绘物体美时能和艺术争胜,还可用另一种方法,那就是化美为媚。媚就是在动态中的美。""它是一种一纵即逝而却令人百看不厌的美。它是飘来忽去的。因为我们回忆一种动态,比起回忆一种单纯的形状或颜色,一般要容易得多,也生动得多,所以在这一点上,媚比起美来,所产生的效果更强烈。"莱辛举例说,阿尔契娜的形象到现在还令人欣喜和感动,就全在她那双眼睛"娴雅的左顾右盼,秋波流转"所留下的媚的印象。这不禁使我们想起了《诗经·卫风·硕人》中的"巧笑倩兮,美目盼兮"诗句,这一化美为媚的动态描写,"直把个绝世美人,活活的请出来在书本上滉漾"(孙联奎《诗品臆说》),即便在千载之下读之,犹如亲其笑貌。

尽管我国古典诗论中没有化美为媚这个术语,但注重动态美的表现却是从《诗经》以来的一贯传统。试看杜甫的《少年行》诗:

马上谁家白面郎?临阶下马坐人床。不通姓氏粗豪甚,指点银瓶索酒尝。

这首诗表现一个白面少年郎豪迈可人的意态。诗人没有作静态的描述,而全部作了动态的演示:白面少年郎春风得意地骑着马在街上顾盼自如,忽然他似乎闻到了酒香,于是纵辔到人家阶前,下马入堂,直坐床上,不通姓氏,却手指银瓶说道:"快将酒拿来尝尝。"这段动态的表现,直将白面少年郎豪纵不羁、意气飞扬的神态,跃跃欲动于纸上。再看杜甫的《闻官军收河南河北》诗:

> 剑外忽传收蓟北,初闻涕泪满衣裳。欲看妻子愁何在?漫卷诗书喜欲狂。白日放歌须纵酒,青春结伴好还乡。即从巴峡穿巫峡,便下襄阳向洛阳。

唐代宗广德元年(763年),流寓在梓州(治所在今四川三台)的杜甫得知史思明之子史朝义兵败自缢、官兵收复河南河北的消息,欢欣若狂,喜极而涕,以满含激情的笔墨,写下了这首"生平第一首快诗"(浦起龙《读杜心解》)。全诗从"忽传"喜讯开始,写自己一会儿哭,一会儿笑;一会儿看妻子,一会儿卷诗书;一会儿放歌,一会儿纵酒。诗人借助多种动作的描写,将"喜欲狂"之态表现得淋漓尽致。最后二句虽连用"巴峡""巫峡""襄阳""洛阳"四个地名,但通过"即从""穿""便下""向"字眼的串联,便形成了一个个疾速飞驰的画面,从而使诗人那渴望还乡的急迫心情给读者留下极其深刻的印象。顾宸曾称赞说:"此诗之'忽传''初闻''却看''漫卷''即从''便下',于仓卒间,写出欲歌欲哭之状,使人千载如见。"(《杜诗详注》引)又如李白的《玉阶怨》诗:

> 玉阶生白露,夜久侵罗袜。却下水精帘,玲珑望秋月。

这首诗既不像一般诗歌那样直抒胸臆式的表达情意,也不像一般戏剧那样以对话来展示人物的心理,而是采用哑剧的动作化来暗示主人公的情感。全诗虽仅四句,却表现了女主人公一系列的行为动作。她先是站在阶砌上,企首盼望君王的恩幸,她内心似乎已失去了希望,然在失望中又怀着的希望,就在这希望与失望的感情交替中，不觉已月至中天，露寒浸湿罗袜。她意识到君王不会再来，于是心怀绝望幽怨之情转身退入帘内。本以夜深、怨深，无可奈何而进屋，进屋后自然就怕明月转朱阁、低绮户，照得人难以入眠，因而放下水精帘。帘既下矣，仍不能寐，虽不忍见秋月，但辗转反侧，夜长难耐，最后还是通宵睁大着双眼，藉望月而自遣。对于这首小诗，前人已有过许多赞誉，如萧士赟云："无一字言怨，而隐然幽怨之意见于言外。"(《分类补注李太白诗集》) 李锳云："无一字说到怨，而含蓄无尽，诗品最高。"(《诗法易简录》) 俞陛云云："其写怨意，不在表面，而在空际。"(《诗境浅说续编》) 这些赞誉都指出了此诗不明说怨而怨意深藏其中的艺术特点，这个艺术特点正是诗人采用在不断变化的动态中表现人物情感的艺术手段来实现的。

不仅人物的表现可以化美为媚，景物的描绘也可以化美为媚。我们看苏轼的两首《六月二十七日望湖楼醉书》诗：

黑云翻墨未遮山，白雨跳珠乱入船。卷地风来忽吹散，望湖楼下水如天。(其一)

放生鱼鳖逐人来，无主荷花到处开。水枕能令山俯仰，风船解与月徘徊。(其二)

望湖楼在杭州西湖边，古人在这个美丽的风景区不知写下了多少赞美的诗篇，而作者的这两首绝句之所以在今天还为人们所赏，就在于他那化美为媚的描绘。前一首写雨过放晴，首句以"黑云翻墨"表现雨意甚浓，次句以"雨珠乱跳入船"表现骤雨从天而降，三四句以"卷地风吹"表现雨过天晴，水天

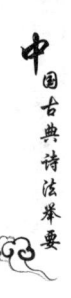

一色。后一首写月夜泛舟，更是句句用动态表现，从鱼鳖逐人到荷花盛开，从船与山共俯仰到船与月相徘徊，将西湖美景表现得生气盎然、意趣横生。当我们读完这两首诗，无疑在脑中会留下强烈的印象。再如苏轼的《南乡子·黄州临皋亭作》词：

晚景落琼杯，照眼云山翠作堆。认得岷峨春雪浪，初来，万顷蒲萄涨渌醅。　　春雨暗阳台，乱洒歌楼湿粉腮。一阵东风来卷地，吹回，落照江天一半开。

这首词乃是作者透过对自然界的倏忽变化所表现出来的坦然，来展现自己达观的人生态度以及超旷的精神世界。作者在描绘眼前之景时，没有采用静态的叙述，而是采用了晚景之"落杯"，云山之"照"眼，江水之"涌浪"，乌云之"翻滚"，春雨之"乱洒"，东风之"卷地"，夕阳之"晚照"等动态的演示，给全词增添了翻腾之势，读之犹如身临其境，令人有趣味无穷之感。就以开篇的"晚景落琼杯"为例，这个"落"字下得传神，它不仅具有"映"的意思，而且还表现出词人初见酒杯映衬晚景时所产生的刹那间的幻觉。若将此句改为"琼杯映晚景"，或许意思更明了直接，符合日常事理，但只是静态的，缺乏一种灵动感。又如浦翔春的《野望》诗有这样一联：

旧塔未倾流水抱，孤峰欲倒乱云扶。

"旧塔""孤峰"都是静态的景象，但诗人没作泛泛的描写,而是将旧塔放到流动的水中来表现,将孤峰放到浮动的云中来刻画,从而化美为媚,将原本安静的塔与山,写得扑扑欲动,其生气与情趣,绝不是静态的绘画所能传神的。

诗法之四:体物入微

体物入微,就是要求诗人以敏锐的感觉,对所描写的景物作精微的观察与深入的体验,抓住其特征,作穷形尽相的描摹。如郑锡《送客之江西》诗有这样一联:"九派春潮满,孤帆暮雨低。"一个"低"字,细腻传神地刻画出雨脚压帆的景象。沈德潜特别欣赏这个"低"字,他说:"著雨则帆重,体物之妙,在一低字。"(《唐诗别裁集》)诗人若不作细致的观察,不作设身处境的体验,便难以将这一景象精妙切当地表现出来。

诗歌史上,杜甫是一位以体物入微、描摹精工而著称的诗人,试看他的《水槛遣心二首》之一:

去郭轩楹敞,无村眺望赊。澄江平少岸,幽树晚多花。细雨鱼儿出,微风燕子斜。城中十万户,此地两三家。

这首诗表现诗人定居草堂后的闲适心情。诗中五六句是历代人们传诵的体物入微、刻画细腻的名联。细雨落在水面上,形成一只只水泡,鱼儿于是就浮上来欢欣地跳跃着,因而有"细雨鱼儿出"之句;微风吹拂,燕子借势飞行,因而有"微风燕子斜"之句。如果雨猛，鱼儿就潜伏到水底去了，如果风急，燕子就会禁受不住。可见，这雨与鱼、风吹与燕飞之间的微妙关系，诗人体察得多么的精细，描写得多么的传神。再看他的《春夜喜雨》诗：

好雨知时节，当春乃发生。随风潜入夜，润物细无声。野径云俱黑，江船火独明。晓看红湿处，花重锦官城。

这是一首被纪昀称为"通体精妙"（《瀛奎律髓刊误》）之作。诗人描写春雨确实达到了出神入化的境界。就说第二联"随风潜入夜，润物细无声"，诗人刻画入夜而降的春雨极其细腻。春雨的特征是细密绵长。在夜阑人静之时，它随风而来，悄悄地落下，无声地润泽着万物，好像怕搅醒人们春宵清梦似的。诗人于句中用一个"潜"字，一个"细"字，不仅描绘出春雨飘洒之状，也传达出了春雨润物之神，真可谓是穷物之情，尽物之态。所以仇兆鳌称赞说："曰'潜'、曰'细'，写得脉脉绵绵，于造化发生之机，最为密切。"（《杜诗详注》）

南宋词人史达祖的《绮罗香》词之咏春雨，在曲尽物态方面与杜甫的这首《春夜喜雨》诗有着异曲同工之妙。词如下：

做冷欺花，将烟困柳，千里偷催春暮。尽日冥迷，愁里欲飞还住。惊粉重、蝶宿西园，喜泥润、燕归南浦。最妨它、佳约风流，钿车不到杜陵路。沉沉江上望极，还被春潮晚急，难寻官渡。隐约遥峰，和泪谢娘眉妩。临断岸、新绿生时，是落红、带愁流处。记当日、门掩梨花，剪灯深夜语。

此词系作者自度曲，通篇未着一"雨"字，而无字不与题依。开端"做冷欺花，将烟困柳"，意为春雨像是在酝酿寒意以欺凌百花，又像是在纺烟织雾以困绕杨柳，仅此八字已将春雨写活。"千里偷催春暮"点明时序，着一"偷"字，传出春雨无声的脚步，可谓摄住春雨之魂，与杜甫"随风潜入夜，润物细无声"诗中的"潜"字同妙。"尽日"二句，刻画春雨迷离欲飞的情态尤为细切。随后以蝶因粉重而惊，燕因泥润而喜，人因受阻而佳约成空的各个侧面，写出了春雨中的景致。下片从庭院之雨转到郊野之雨的描绘，春潮晚急、野渡无人，引起怀人之情，因而见到被雨而模糊隐约的远山，以为是女子之泪粘眉湿，然后引出落红新绿，既切春雨，又含送春念远之情，最后以西窗听雨怀人作结。全词体物精微，摹写入妙，句句清隽可思，故姜夔赞为"将春雨神色拈出"(《历代词话》引)。史达祖的《双双燕》词之咏燕，也是一首体物入微、穷形尽相之作。词云：

过春社了，度帘幕中间，去年尘冷。差池欲住，试入旧巢相并。还相雕梁藻井，又软语商量不定。飘然快拂花梢，翠尾分开红影。　　芳径，芹泥雨润。爱贴地争飞，竞夸轻俊。红楼归晚，看足柳昏花暝。应自栖香正稳，便忘了、天涯芳信。愁损翠黛双蛾，日日画栏独凭。

此词亦是作者自度曲，通篇不见一"燕"字，而句句是在说燕。作者以"过春社了"指明燕子的活动时间，以"帘幕""雕梁藻井""芳径"点出燕子的生活环境，以"飘然快拂""竞夸轻俊"形容燕飞时的轻捷身影，以"翠尾""红影"描摹燕子的艳丽色彩，可谓刻画精巧细致。词中共两次写燕飞，先是"拂花"，有游赏之乐，故曰"飘然"，后是"贴地"，有竞夸之意，故曰"轻俊"；另外又以"差池"写飞而未住之状，"相并"写试入未稳之刻，真如黄昇所赞"形容尽矣"（《中兴以来绝妙词选》）。作者咏燕，又将生气灌注其中，既写出燕子择居徘徊之状（如"还相雕梁藻井，又软语商量不定"）；又写出燕子定巢乐居之情（如"红楼归晚，看足柳昏花暝"），并用燕子双双栖香正稳反衬玉人夜夜画栏独凭，反结"双双燕"本意，从而使全词情深味永，妙有远神，故王士禛评为"咏物至此，人巧极天工矣"（《花草蒙拾》）。

　　王夫之曾云："体物而得神，则自有灵通之句，参化工之妙。"（《姜斋诗话》）而体物得神的前提就是观物细微。观物细微，方能识得真，勘得破，方能穷物之情，尽物之态，令人诚可悦而咏也。苏轼在其文中载有二则关于观物不切的故事。一则说蜀中有杜处士，好书画，所藏精品以百数，尤爱其中唐代画家戴嵩画牛一轴。一日曝书画，有一牧童见之，拊掌大笑说："此是画斗牛，然牛相斗用力于角，尾则抽搐入两股之间，今却掉尾而斗，谬矣。"处士笑而然之。对此，苏轼发论说："古语云：耕当问奴，织当问婢，不可改也。"（《书戴嵩画牛》）另一则说五代画家黄筌画飞鸟，颈足皆展。有人指出：飞鸟缩颈则展足，缩足则展颈，无两展者。验之，信然。对此，苏轼也发了一番议论："乃知观物不审者，虽画师且不能，况其大者乎！君子是以务学而好问也。"（《书黄筌画雀》）尽管苏轼对创作中观物入微的重要性有如此的认识，可偏偏他自己的作品亦未能避免观物不审的毛病。试看其《卜算子》词：

　　缺月挂疏桐，漏断人初静。谁见幽人独往来？缥缈孤鸿影。　　惊起却回头，有恨无人省。拣尽寒枝不肯栖，寂寞沙洲冷。

　　这首词咏孤鸿，鸿雁的生活习性是栖宿在田野草丛间，未尝在树枝上停息，所以也就不存在"拣尽寒枝不肯栖"的问题。对此作的因观物不切而失事理之真，王若虚曾为之辩护说："以其不栖木，故云耳。"（《滹南诗话》）此说可谓强词夺理。据词意，苏轼乃是借孤鸿寄托自己不愿与世俗同道的情怀，既然本心就不肯随波逐流，何必还要作一番选择？若果真如此，岂不矫情太甚？

　　刘熙载曾指出："言此事必深知此事，到得事理曲尽，则其文确凿不可磨灭。"（《艺概·文概》）这提醒我们，诗之写景状物，有时仅仅靠身之亲历、目之亲瞻并不够，还得作一番设身处境的体验。这是因为诗歌创作不可能像写生一般，都是直面眼前所见，而常常是据往迹，按陈编。往迹、陈编尽管包含着自己或他人正确的观察实践，但在作眼前景物的描绘刻画之用时，倘不进行一番设身局中，潜心腔内，忖之度之，以揣以摩的体验，依然会导致形貌之失、事理之误。试看王安石的《岁晚》诗：

　　月映林塘澹，风含笑语凉。俯窥怜绿净，小立伫幽香。携幼寻新菂，扶衰坐野航。延缘久未已，

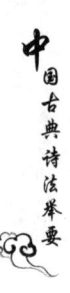

岁晚惜流光。

"岁晚"即"晚岁"之意，谓年老，但所写皆秋景而非冬景。据《漫叟诗话》载，作者自以为此诗可比谢灵运，"议者亦以为然"，实际却是琢句虽工而体物不亲。诗以"月"字领起全篇，而第三句"俯窥怜绿净"并不是夜间情景。试想，夜色中的池塘之"绿净"，何以能"窥"得见？即使月光再明亮，亦不会"映"出池塘水之绿色来。这显然是诗人将往日所见之景用作眼前所睹时，未能作一番设身处境的体验所致。方干的《山中言事》亦有此失。诗如下：

日与村家事渐同，烧松啜茗学邻翁。池塘月撼芙蕖浪，窗户凉生薜荔风。书幌昼昏岚气里，巢枝夜折雪声中。山阴钓叟无知己，窥镜捋多鬓欲空。

中间二联写了山中不同季节的景物，故非实录当前所见。其中"池塘月撼芙蕖浪"句明显不符实情，既然是"池塘"，何以能翻滚芙蕖之"浪"？这在事理上讲不通，看来诗人是将他处所获之印象，作为山中池塘之景来表现了。亚里士多德在《诗学》中曾言："虽不实然，而或当然。"这是说，诗人之所写可以不是情事，但须入情理。方干若能在下笔之前对所写之景作一番设身处境的体验，就不会有此失误了。

体物不亲，有时倒不是诗人没作设身处境的体验，而是这种体验不够准确。试看尤袤的《海棠盛开》诗：

两株芳蕊傍池阴，一笑嫣然抵万金。火齐照林光灼灼，形霞射水影沉沉。晓妆无力燕支重，春醉方酣酒晕深。定自格高难着句，不应工部总无心。"

海棠花素以娇美著称，被誉为"花中神仙"。前人形容海棠"其花甚丰，其叶甚茂，其枝甚柔，望之绰绰如处女"（王象晋《群芳谱》）。这首咏海棠诗，前六句着意于秾丽娇娆的丰姿神采的刻画，突出了盛开海棠的形态之美；后二句写道：不是杜甫无心咏海棠，而是海棠格高令其难以下笔。杜甫在蜀多年，无咏海棠诗，尤袤将此归为海棠"难着句"，亦不碍理，然以"格"称海棠，就不符物之本性了。从诗人自己所咏之句看，海棠是以韵胜而非格胜，这表明诗人观物虽无失，而体物却未到位。刘勰曾云："吟咏所发，志惟深远，体物为妙，功在密附。"（《文心雕龙·物色》）所谓"密附"，就是指体物而能贴切事物的情状。

诗法之五：遗貌取神

遗貌取神就是略形貌而取神骨。它要求诗人在咏物时，放弃形似的追求，而力图捕捉、传达出事物的神情与韵致。这种创作方法是由南朝顾恺之、谢赫所提出的"以形写神""气韵生动"的绘画理论在诗歌理论中的继承与发展。如陆龟蒙《白莲》诗："素花多蒙别艳欺，此花端合在瑶池。无情有恨何人觉，月晓风清欲堕时。"诗人之咏白莲，没有拘泥于其形迹的描绘，而是表现了白莲清逸超俗、含情幽怨的情韵，所以沈德潜称之为"取神之作"(《唐诗别裁集》)。

杜甫的咏物诗最能体现这一超形以得神、复由神以涵形的创作方法。试看其《见王监兵马使说近山有白黑二鹰赋诗二首》：

雪飞玉立尽清秋，不惜奇毛恣远游。在野只教心力破，于人何事网罗求。一生自猎知无敌，百中争能耻下鞲。鹏碍九天须却避，兔藏三窟莫深忧。（其一）

黑鹰不省人间有，度海疑从北极来。正翮抟风超紫塞，玄冬几夜宿阳台。虞罗自觉虚施巧，春雁同归必见猜。万里寒空只一日，金眸玉爪不凡材。（其二）

作为咏白黑二鹰诗，一般人写作时，容易在白黑二字上求故实，而杜甫却不在毛色上著想，只就二鹰奇矫之骨、威猛之姿、抟空之势、思秋之意进行摹写，故能遗其形迹，得其神理，不落纤巧家数，读之有如白黑二鹰竦峙飞击眼前。从鹰之精神骨力下笔，这正是杜甫高明的地方。杜甫的其他咏物之作也无不有如此之妙，如其咏鹤，则说"老鹤万里心"(《遣兴五首》之一)；咏孤雁，则说"飞鸣声念群"(《孤雁》)；咏画鹰，则说"何当击凡鸟，毛血洒平芜"(《画鹰》)；咏朱凤，则说"愿分竹食及蝼蚁，尽使鸱枭相怒号"(《朱凤行》)；咏马，则说"所向无空阔，真堪托死生。骁腾有如此，万里可横行"(《房兵曹胡马》)，真可谓写一物而全副精神皆见。

遗貌取神之作，往往是既咏物，又不限于咏物。既咏物，使有题中之精蕴,又不限于咏物,便有题外之远致,这样的作品自然要比描摹酷肖之作更有回味的余地,所谓"取形不如取神"(田同之《西圃词说》)也。北宋词坛有两首咏杨花词,一是章质夫的《水龙吟》,一是苏轼的和韵之作。章词如下:

> 燕忙莺懒花残,正堤上、柳花飘坠。轻飞乱舞,点画青林,全无才思。闲趁游丝,静临深院,日长门闭。傍珠帘散漫,垂垂欲下,依前被、风扶起。　　兰帐玉人睡觉,怪春衣、雪沾琼缀。绣床渐满,香球无数,才圆却碎。时见蜂儿,仰粘轻粉,鱼吹池水。望章台路杳,金鞍游荡,有盈盈泪。

全词用白描手法,将杨花刻画得惟妙惟肖,因而传诵一时。苏轼在和韵之作中并没有步章质夫之后尘,对杨花作毫发毕肖的描摹,他的高明之处就于取神题外,以思妇之情咏杨花,融入人生之意味,因而更引人遐想。其词如下:

> 似花还似非花,也无人惜从教坠。抛家傍路,思量却是,无情有思。萦损柔肠,困酣娇眼,欲开还闭。梦随风万里,寻郎去处,又还被、莺呼起。不恨此花飞尽,恨西园、落红难缀。晓来雨过,遗踪何在?一池萍碎。春色三分:二分尘土,一分流水。细看来,不是杨花,点点是离人泪。

我们来看俞陛云对此词的解读:"起二句已吸取杨花之全

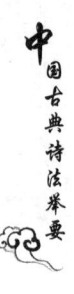

神。'无情有思'句以下，人与花合写，情味悠然。转头处别开一境。'西园落红'句隐喻人亡邦瘁，悫然忧国之思。'遗踪萍碎'句仍归到本题。'春色'三句万紫千红，同归尘劫，不仅为杨花惜也。结句怨悱之怀，力透纸背，既伤离索，兼有迁谪之感。"(《宋词选释》)全词正如俞陛云所分析的，幽怨缠绵，直号言情，非复赋物。刘熙载更是精到地指出："东坡《水龙吟》起云：'似花还似飞花。'此句可作全词评语，盖不离不即也。"(《艺概·词曲概》)

  刘熙载所说的"不离不即"，实际上已将遗貌取神的精髓概括而出。如果即而不离，作诗就会粘皮带骨，生意索然；如果离而不即，作诗就会空泛肤廓，远离事理。有些咏物之作所以笔无远情，往往就在没能把握好其中的关系。下面分别论述。

  先说即而不离。北宋诗人石延年的《红梅》诗有这样二句："认桃无绿叶，辨杏有青枝。"咏梅而从植物分类学上与桃、杏作比较，说要把梅认作桃吧，可梅没有桃那样有绿叶；要把梅认作杏吧，则梅有青枝而杏没有。虽说这写出了梅的形态特征，且也切题，然何诗意之有？因而苏轼亦作了一首《红梅》诗，嘲之云："诗老不知梅格在，强拈绿叶与青枝。"苏轼所谓的"梅格"，便是指题外之神，即梅所象征的文人的品格精神。石延年由于粘滞物相，所以写出的诗如同试帖体一般。李贺的《竹》也是一首即而不离之作：

  入水文光动，抽空绿影春。露华生笋径，苔色拂霜根。织可承香汗，裁堪钓锦鳞。三梁曾入用，一节奉王孙。

竹，历来是中国文人理想人格的化身，所以诗人在咏竹之际，总是将自己的精神渗透于其中。如咏竹之直节，有"贞姿曾冒雪，高节欲凌云"（孙岘《赋竹送锺员外》）；"人怜直节生来瘦，自许高材老更刚"（王安石《华藏院此君亭》）。又如咏竹之虚心，有"未出土时先有节，便侵云去也无心"（李师直《咏竹》）；"为重凌霄节，能虚应物心"（卢象《和徐侍郎丛筱咏》）。而李贺此诗，只局限于竹之本身，粘皮着骨，毫无远神，故读来令人乏味。若遮去诗题，用作儿童猜谜，倒无不可。

再说离而不即。王若虚曾经说："论妙于形似之外，而非遗其形似。不窘于题，而要不失于其题，如是而已耳。"（《滹南诗话》）所以，"遗貌"并不是意味着可以全然弃形，还得具有一定的具象性因素。形只有制约、指向着神，神才能反过来丰富、充实着形。仍以咏竹诗为例。《王直方诗话》有一则有趣的记载，说是王祈去求见苏轼，自夸云："我有《竹》诗二句，最为得意。"因诵曰："叶垂千口剑，干耸万条枪。"苏轼笑曰："好则好极，则是十条竹竿，一片叶儿也。"事后，苏轼风趣地对人说："世间事忍笑为易，惟读王祈大夫诗不笑为难。"以"剑""枪"写竹，可见诗人象外追神的努力，可为了象外追神，连具象性的因素也遗弃了，这样的咏物又如何能获得传神之美呢？

诗法之六：以小见大

在绘画中，画家们常常以"竖划三寸，当千仞之高，横墨数尺，体百里之迥"（宗炳《山水画序》）。这种"以小见大"的艺术方法，也经常在诗歌创作中运用。如杜甫《紫宸殿退朝口号》诗"香飘合殿春风转，花覆千宫淑景移"，通过具体而微的景物描绘，反映出唐朝百官上朝的盛况，显示了皇恩浩荡的气势，被王夫之称为"以小景传大景之神"（《姜斋诗话》）。

文学艺术所反映的生活总是有限度的，正如黑格尔指出："靠单纯的摹仿，艺术总不能和自然竞争，那就像一只小虫爬着去追大象。"（《美学》）以小见大手法的运用就在于高度概括、集中、浓缩地表现社会生活。从这一点出发来看，诗歌中能以小景传大景之神固然可佳，但是还更应该做到"一语为千万语所托命"（刘熙载《艺概·文概》），也就是说，通过具有典型意义的人或事，反映出重大的社会生活和思想主题。试看张祜的《宫词二首》其一：

故国三千里，深宫二十年。一声何满子，双泪落君前。

诗写宫女的哀怨。前二句写其去家之远和入宫之久，后二句写其悲哀之情和"不是思君是恨君"的怨愤，诗人极为浓缩、概括地勾勒出一个宫女的悲惨一生。画面虽小，但所寄寓者深，所感慨者大。读者可以从这个宫女远离故乡、幽闭深宫的身世中，想象到几千年来的封建社会里千千万万的宫女的不幸命运，领悟出诗人隐藏在形象背后的无限的更为深刻的思想意义。又如韩翃的《寒食》诗：

春城无处不飞花，寒食东风御柳斜。日暮汉宫传蜡烛，轻烟散入五侯家。

寒食是我国古代的一个传统节日，在清明前一或二日。《西京杂记》载："寒食日禁火，赐侯家蜡烛。"唐代制度，到清明这天，皇帝宣旨取榆柳之火赏赐近臣，以示皇恩。这首诗通过寒食节家家禁火而独"五侯"之家可获传烛分火的日常生活小场景，表现了当时一个颇为重大的主题，即宦官专权的政治弊端。"五侯"，原指东汉宦官单超等同日封侯的五人，其后便成宦官的代称。中唐以后，宦官权力日渐扩大，已有左右朝廷的趋势。韩翃正是借寒食赐火事，讥讽了唐代宦官的专权。所以吴乔指出："唐之亡国，由于宦官握兵，实代宗授之柄。此诗在德宗建中初，只'五侯'二字见意，唐诗之通于春秋者也。"（《围炉诗话》）再如刘辰翁的《柳梢青》词：

铁马蒙毡，银花洒泪，春入愁城。笛里番腔，街头戏鼓，不是歌声。　　那堪独坐青灯，想故国、高台月明。辇下风光，山中岁月，海上心情。

苏味道《正月十五夜》诗云："火树银花合，星桥铁锁开。"从此词的"银花""月明"可知，这乃是一首元宵抒怀之作。尽管元宵之夜，街头仍可见"银花"，可闻"戏鼓"，但"铁马蒙毡"的时代背景，使得本是点缀节日气氛的花灯犹如是在抛洒着辛酸的烛泪，使得原为增添节日欢乐的歌声尽已变成刺人心灵的异族杂腔。刘辰翁《金缕曲》词云："暮年诗、句句皆成史。"其实何止是诗，他的词也具有史的价值。这首小词，就是通过"笛里番腔"这个细小的生活场景，反映出南

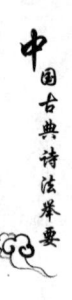

宋政权被元灭亡之后的社会现实。

以小见大犹如佛学中的"纳须弥于芥子"。把一座高大的须弥山纳入一颗芥子之中，不是一件容易的事。不少诗歌或只见须弥不见芥子，令人感到空洞粗疏，落拓不亲；或只见芥子不见须弥，使人觉得细碎猥琐，风格卑弱。要达到从芥子之微见出大千世界的艺术境界，首先诗人要善于把握事物的特征，精心选择有典型意义的细节予以突出表现，正如德国文艺理论家莱辛所说："诗所选择的那一种特征应该能使人从诗所用的那个角度，看到那一物体的最生动的感性形象。"(《拉奥孔》)蒋捷的《虞美人·听雨》一词便有如此之妙。词如下：

少年听雨歌楼上，红烛昏罗帐。壮年听雨客舟中，江阔云低，断雁叫西风。　　而今听雨僧庐下，鬓已星星也。悲欢离合总无情，一任阶前点滴到天明。

词人蒋捷，出身于江苏宜兴巨族，先辈中多南宋大官，宋度宗咸淳十年（1274年）举进士，元兵占领临安后，便在江南一带流落漂泊，自号为竹山。如此丰富的经历，坎坷的人生，自然有无数的情事可以表现，但如果是面面俱到的话，那么再长的篇幅也写不完、道不尽。诗人避免了森罗万象的陈列，而把一生的历程分为少年、壮年和晚年三个时期，通过对"听雨"一事的不同环境与感受，反映出这三个时期不同的生活面貌。歌楼听雨，让读者看到了其少年时期沉浮于声色之娱的欢乐情状；客舟听雨，让读者看到了其壮年时期流落漂泊的悲苦生活；僧庐听雨，让读者看到了其晚年时期看穿人生世相后的处世态度。由于词人抓住了最为典型的生活特征，在寥寥数十字中，显现出了一生经历的完整性与丰富性。

要达到从芥子之微见出大千世界的艺术境界，其次诗人要善于将实景与虚景，或历史与现实融合为一，从而使读者能目注神驰。杜甫在称赞王宰的山水图画时说："尤工远势古莫比，咫尺应须论万里。"（《戏题画山水图歌》）此语虽是论画，也常常用来论诗，如俞陛云对王之涣《登鹳雀楼》诗"白日依山尽，黄河入海流。欲穷千里目，更上一层楼"所作的评价是："二十字中，有尺幅千里之势。"（《诗境浅说续编》）无论是咫尺万里还是尺幅千里，对于诗人来说就是要有虚实结合的本领。试看杜牧的《江南春绝句》：

千里莺啼绿映红，水村山郭酒旗风。南朝四百八十寺，多少楼台烟雨中。

这首诗只有寥寥二十八字，但在我们面前展现的却是一幅无边的江南春景图。全诗犹如快速转动的电影镜头：先是满地红花，乱飞群莺，遍野绿草；又是傍水村庄，依山城郭，招展酒旗；再是迷蒙烟雨之中金碧辉煌、重楼杰阁的寺庙。千里江南的无限风光，被绘得有声有色，一一如在读者眼前。宋顾乐赞赏说："二十八字中写出江南春景，真有吴道子于大同殿画嘉陵山水手段，更恐画不能到此耳。"（《唐人万首绝句选评》）而读者在面对这幅江南春景图时，又有无限的王朝之兴废可以感慨。此诗还曾引起过一段争论。明代杨慎认为，首句的"千里"当改为"十里"，因为"千里莺啼，谁人听得？千里绿映红，谁人见得？若作十里，则莺啼绿红之景，村郭、楼台、僧寺、酒旗皆在其中矣"(《升庵诗话》)。杨慎的可笑便是拘泥于诗人所描写的只能是实景。事实上，不仅"千里"已听不着，看不见，即作"十里"，亦未必听得着，看得见。所以何文焕提出反驳说："此诗之意既广，不得专指一处。"(《历代诗话考索》)"不得专指一处"，就是因为诗人已将实景与虚景、历史与现实融合为一。正是由于这种融合，使读者能够充分调动自己的想象，进行神驰万里的欣赏活动，全诗也由此获得以小见大的艺术效果。

诗法之七：烘云托月

烘云托月，原是指绘画时以渲染云彩来衬托月亮，后逐渐被人们比喻为一种点染映衬的艺术手法。这种点染映衬法，不仅是作山水画的秘诀，如"平地楼台，偏宜高柳映人家；名山寺观，雅称奇杉衬楼阁"，而且被广泛运用于诗歌创作之中，如孟浩然《宿建德江》诗的"野旷天低树，江清月近人"，以极目四野、远天低树映衬旷野无际；以月影映水、傍船近人映衬江水澄清，从而使主体形象格外鲜明饱满地表现了出来。

诗歌创作中烘云托月手法的运用，大致分以景衬景与以景衬情两种。以景衬景除为突出主体形象之外，多用于状难写之景，即月不可画，因而画云。欧阳修在《六一诗话》中曾载有梅尧臣的这样一段话：

诗家虽率意，而造语亦难。若意新语工，得前人所未道者，斯为善也。必能状难写之景，如在目前，含不尽之意，见于言外，然后为至矣。贾岛云"竹笼拾山果，瓦瓶担石泉"；姚合云"马随山鹿放，鸡逐野禽栖"等，是山邑荒僻，官况萧条，不如"县古槐根出，官清马骨高"为工也。

被梅尧臣认为状出难写之景的诗句"县古槐根出，官清马骨高"，便是用的映衬手法。"县古"由于有了"槐根出"的映衬，"古"意就显示出了；"官清"由于有了"马骨高"的映衬，"清"意也更形象化了。槐根盘出，古态盎然；马骨瘦高，清廉可风，自然是一幅"山邑荒僻，官况萧条"的鲜明景象。再看吴融的《春词》：

鸾镜长侵夜，鸳衾不识寒。羞多转面语，妒极定睛看。金市旧居近，钿车新造宽。春期莫相误，一日百花残。

方回曾评此诗云："三四非十分着意，何以说得至此。"（《瀛奎律髓》）这两句写得好，固然在于诗人捕捉住了美人真切动人的神情，但亦得之于诗人所采用的映衬的手法。"羞多""妒极"都是难写之景，而诗人通过借助"转面语""定睛看"的映衬，便使得美人含羞的神色、怀妒的神态生动逼真地展示了出来。

还有一种难写之景常用映衬的手法来表现，那就是事物的气象。刘熙载曾说："山之精神写不出，以烟霞写之；春之精神写不出，以草树写之。"（《艺概·诗概》）山之精神与春之精

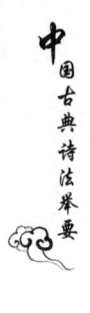

神虽能感受但却无可捉摸，难以表现，而通过与之相联系的有形之烟霞、草树点染映衬后则能充分展现出来。试看王维的《终南山》诗：

> 太乙近天都，连山接海隅。白云回望合，青霭入看无。分野中峰变，阴晴众壑殊。欲投人处宿，隔水问樵夫。

这首诗从多个方面描绘了终南山雄伟的气势。"白云回望合，青霭入看无"二句是描写终南山气象的千古名句，意思是说，刚从山上下来，回头望去，白云已合拢了；青霭蒙蒙，进入了其中却又看不见。这一烟云变灭、青霭迷蒙的景色正是终南山气象的显现。如果离开了白云、青霭的描绘，则终南山神气索然。用草树写春之精神的，可举王安石《泊船瓜洲》诗之"春风又绿江南岸，明月何时照我还"，春风一过，绿草遍地，显示出了春天的勃勃生机。

诗歌创作中用得更多的是以景衬情。以景衬情，诗人虽不言情而情自足，使作品更显得含蓄深沉。试看刘方平的《春怨》诗：

> 纱窗日落渐黄昏，金屋无人见泪痕。寂寞空庭春欲晚，梨花满地不开门。

这是一首宫怨诗。首句写时间之凄清。太阳渐渐落下，黄昏渐渐来临，这是最容易使人触虑成端、沿情多绪的时候，所谓"最难消遣是黄昏"。次句写情怀之悲伤。诗人先用汉武帝金屋藏娇的典故表明所写之人的身份与处境，然后以"泪痕"点明其怨情。第一句是第二句的衬托，唯其日落黄昏，才更显宫女感伤之深。后二句写环境之孤寂。时节已近晚春，庭院空无一人，面对此景，意兴阑珊，于是房栊深闭，任凭梨花满地。这两句也是对第二句的衬托，诗人通过空庭春晚、梨花满地的渲染，衬托出宫女的伤春之情、迟暮之感。尽管全诗没有直接描写宫女的情怀，但在景物的层层衬托之下，我们深深地感受到了她的哀怨。因而刘永济称赞说："诗人用心之细，体情之切，俱非易到。"（《唐人绝句精华》）又如司空曙的《云阳馆与韩绅宿别》诗：

　　故人江海别，几度隔山川。乍见翻疑梦，相悲各问年。孤灯寒照雨，湿竹暗浮烟。更有明朝恨，离杯惜共传。

　　这是一首惜别诗，抒写诗人与韩绅久别重逢、来朝又将分手的喜恨交集的心情。首联写昔别，以"江海""山川"对举，表明与友远隔，欲求相见之难；次联写今逢，以"疑梦""问年"的描写，传出久别忽遇、既喜又悲之情；尾联写将别，以"恨""惜"之字眼，诉说友朋离索、依依难舍之意。既有昔别，又有今逢，再有将别，诗人不是将题意都表达出来了吗？那为何还要第三联呢？确实第三联"孤灯寒照雨，深竹暗浮烟"的写景，在全诗的艺术结构中似乎并不显得特别重要，不过你若要把此联从诗中抽出，无疑会减弱全诗沉郁的气氛，会使读者失掉深切的感受，所以近人王承治颇有见地地指出："此联状孤馆之凄凉以作陪衬，亦不可少。"（《评注唐诗读本》）

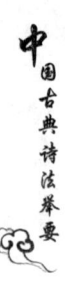

从感情的抒写来分析，前二句已从乍见之喜转入久别之悲，如果此联再就"悲"字正言直述，则易于穷尽，而难以感发人意，故诗人即景以托之，以景所显示的画面来衬托情思，起言外传情的艺术效果。孤灯寒夜，雨打竹林，烟云飘浮，这旅馆夜景的描写，不仅表现出当时的凄凉氛围，亦映衬出诗人的悲楚心情，从而加深了作品的意境，真可谓情因景而显，景因情而深。再看马致远的《天净沙·秋思》：

枯藤老树昏鸦，小桥流水人家，古道西风瘦马。夕阳西下，断肠人在天涯。

这首小令一共五句，前四句都是罗列自然景物，最后一句才点明活动于其中的是一个天涯飘零的"断肠人"。如果我们只读前四句，根本看不出作者究竟想表达些什么，结合了末句，才明白作者的用意。原来，画云者，意不在云也，而在于月也。这些景物都是为"断肠人"作映衬之用的。枯藤、老树、昏鸦的荒败，小桥、流水、人家的落寞，古道、西风、瘦马的悲凉，再加上西下夕阳的笼罩，构成了一个萧瑟凄凉的寒野秋暮的氛围。有了这样一个氛围的映衬烘托，作者虽没言愁，而天涯断肠人之愁思自见。所以王国维称赞这首小令"寥寥数语，深得唐人绝句妙境"（《人间词话》）。

刘熙载曾拈出过词的一种"点染"之法，他说："词有点、有染。柳耆卿《雨霖铃》云：'多情自古伤离别，更那堪冷落清秋节。今宵酒醒何处？杨柳岸、晓风残月。'上二句点出离别冷落，'今宵'二句乃就上二句意染之。点染之间，不得有他语相隔，隔则警句亦成死灰矣。"（《艺概·词曲概》）其所谓的点染，实际上就是烘云托月法。点者，正面点出，是"月"；染者，侧面烘托，是"云"。有点有染，形象才鲜明饱满，美感就丰富浓郁。正如刘熙载所举例的《雨霖铃》词，词人在"多情自古伤离别，更那堪冷落清秋节"二句中点出"离别""冷落"后，并没有就此打住，又以"今宵酒醒何处，杨柳岸、晓风残月"进行渲染烘托。今宵酒醒梦回，恰是明晨舟行已远之处，眼中所见，当是一片杨柳依依、晓风凄厉、残月欲落的景象，读这二句，我们能充分感受到其中蕴含的一片悲愁难已的情怀。词人用杨柳岸、晓风、残月三个景物组成一个萧疏衰飒的自然环境，再加上一个别酒醒来、不见情人的"我"构成一个凄清沉寂的场景，以景衬情，深切地烘托出了离别者的内心苦楚。

诗法之八：相题行事

相题行事，也就是围绕着题目做文章的意思。方东树曾云："有一题须认清一题安身立命处，然后布置周旋，皆望此立命归宿，措注而作用之。"（《昭昧詹言》）这种傍题而命意，傍意而吐辞，自然就能准确、集中、鲜明地突出作者所要表现的内容。试看卢纶的《与畅当夜泛秋潭》诗：

萤火飏莲丛，水凉多夜风。离人将落叶，俱在一船中。

这首诗是作者描写自己与友人畅当夜泛秋潭的情形。题曰"夜泛,曰"秋潭",就不仅要体现出"秋夜"的具体时间,还要体现出符合"潭"的具体环境。在诗中,诗人以"萤火""夜风"切夜,以"莲丛""落叶"切秋,以"水凉""船"切潭,其中"萤火"既切夜,又切秋,"莲丛"既切秋,又切潭,全诗紧紧扣住诗题展开,显示了诗人相题行事的艺术把握能力。

　　"下笔千言,离题万里",是作文的一种常见病,诗歌作品尽管篇幅短小,但若一不留神,亦难免会有此失。如李白的《赠任城卢主簿潜》诗:

　　　海鸟知天风,窜身鲁门东。临觞不能饮,矫翼思凌空。钟鼓不为乐,烟霜谁与同。归飞未忍去,流泪谢鸳鸿。

　　诗有题,所以标明本意,使读者知其为此事而作也。作为一首赠诗,虽不必谈及对方的家世、科第、爵秩、事功及宠遇,但本人与对方的关系或相赠之意是至少要点明的,而李白的这首诗却一概俱无,致使内容与题目有如风马牛不相及。当然像李白这种诗题诗旨各行其道、南辕转赴北辙的作品毕竟少有,大部分的情况是因相题偏差而导致诗不称题。古人所强调的"相题行事",这"相题"便是关键。相题相得准,诗旨就合题;相题有偏差,诗旨就离题。试看杜甫的《奉和贾至舍人早朝大明宫》诗:

　　　五夜漏声催晓箭,九重春色醉仙桃。旌旗日暖龙蛇动,宫殿风微燕雀高。朝罢香烟携满袖,诗成珠玉在挥毫。欲知世掌丝纶美,池上于今有凤毛。

当时奉和贾至《早朝大明宫》诗的还有王维与岑参。对这四首同题之作,历来议论颇多,但杜诗所获评价并不高。胡震亨云:"早朝四诗,名手汇此一题,觉右丞擅场,嘉州称亚,独老杜滞纯无色。"(《唐音癸签》)唐汝询云:"岑、王矫矫不相下,舍人则雁行,少陵当退舍。"(《唐诗解》)这些评论是否恰当,我们于此不论,不过就合题而言,杜甫只做"早"字,而没有把"朝"字放在正位上,致使主题落空,这显然是不及三人的地方。沈德潜的《唐诗别裁集》中就不选此诗,或许就是这个原因。

作诗须切题,然切题而未称题情,亦不算完美。《唐才子传》载有这样一个故事,齐己写了一首《早梅》诗,去求教于郑谷。郑谷读后就诗中"前村深雪里,昨夜数枝开"一联指出:"数枝非早也,未若一枝佳。"齐己深为佩服,遂拜郑谷为"一字师"。"数枝"非不切题,但就题情而言,"一枝"无疑更贴切"昨夜"才开的早梅景象。韦应物的《寄李儋元锡》也是一首不称题情之作。其诗云:

去年花里逢君别,今年花开又一年。世事茫茫难自料,春愁黯黯独成眠。身多疾病思田里,邑有流亡愧俸钱。闻道欲来相问讯,西楼望月几回圆。

李儋,字元锡,当时任殿中侍御史。在这首寄赠之作中,诗人倾吐了对友人的思念与盼望,同时也抒发了自己矛盾苦闷的心情。全诗八句皆佳，尤其是第三联，历来备受称赞。然而此诗正如纪昀所说："上四句竟是闺情语，殊为疵累。"(《瀛奎律髓刊误》)这便是诗人下笔之际未能把握题情的缘故。

相题行事，除了必须称合题情之外，还有一个称合体裁的问题。刘勰在《文心雕龙·熔裁》中曾提出过写好文章的三个准则，其中第一条就是"履端于始，则设情以位体"，意思是说要根据内容来确定体裁。作文如此，作诗也当如此。因为每一种诗体，都有它自己的特性，诗人的选择，只有适合和发挥这一诗体的特点，才能当行出色。袁枚在《随园诗话》中曾说："某画折兰小照，求题七古。余晓之曰：'兰为幽静之花，七古乃沉雄之作，考钟鼓以享幽人，与题不称。'"可见，他在创作时是颇注意随题成体的。

就诗体而言，主要有古风、律诗、绝句之分，体裁与题情不协，就是将宜于此体表现之题材用彼体来表现，有如方凿圆枘。这主要有以下两种情况：

一是不宜古而用古或宜古而不用古。试看两首诗：

骤浴未甚适，徐浴始陶然。兰汤三沐后，颓然如醉眼。问我何所似？如与妇交欢。(李渔《新浴》)

长安九城路，戚里五侯家。结束趋平乐，联翩抵狭斜。高楼临远水，复道出繁花。惟见相如宅，蓬门度岁华。(皇甫冉《长安路》)

古风又有五古与七古之别。五古庄重质朴，有较强的叙事功能，故宜于表现严肃的主题，如杜甫的《自京赴奉先县咏怀五百字》《北征》等。李渔用如此庄重的诗体写洗澡这样的生活小事，并形容洗澡的快感胜过夫妻同房，实在是离谱太甚。七古纵横排宕，兼抒情与叙事于一体，故宜于表现起伏跌宕或复杂多变的情感与事态，如李白的《蜀道难》《梦游天姥吟留别》等。像描写长安这个宏伟繁华的皇都景象，自然用七古更能体现其阔大的气势，而皇甫冉此诗却是选用五律，因而令人有气格局促的感觉。

二是以律为绝或以绝为律。胡应麟曾以李杜诗为例批评说："杜之律，李之绝，皆天授神诣。然杜以律为绝，如'窗含西岭千秋雪，门泊东吴万里船'等句，本七言律壮语，而以为绝句，则断绵裂缯类也。李以绝为律，如'十月吴山晓，梅花落敬亭'等句，本五言绝妙境，而以为律诗，则骈拇枝指类也。"（《诗薮》）律与绝的区别主要在风格情调上，律诗工整凝重，贵气健；绝句语近情遥，贵韵长。杜甫的"窗含西岭千秋雪，门泊东吴万里船"，不惟写景工，兼有气象，正是律诗中好语，忽然遽止，令读者怅然若失，所以被胡应麟指责为"断绵裂缯"。杜甫的《奉和严郑公军城早秋》绝句也是这种情况。其诗云："秋风袅袅动高旌，玉帐分弓射房营。已收滴博云间戍，欲夺蓬婆雪外城。"语意实，语气重，给人的感觉这是一首未成律诗。胡应麟所论李白诗的原作是这样的：

胡人吹玉笛，一半是秦声。十月吴山晓，《梅花》落敬亭。愁闻《出塞》曲，泪满逐臣缨。却望长安道，空怀恋主情。（《观胡人吹笛》）

胡应麟认为，前四句已构成了一个完整的意境，正合绝句以情致见长、以韵味取胜的本色，加上四句衍成律诗，就如骈拇枝指。这一评判是颇有道理的。李白有一首同题之作《青溪半夜闻笛》，其云："羌笛《梅花引》，吴溪陇水情。寒山秋浦月，肠断玉关声。"同样的内容以绝句出之，便觉意味深长。由此亦可见出相题行事在艺术创作中的重要性。

在这里我们还得顺便说一下制题的问题。题者，许慎《说文解字》释为"额"。额是人体头部最为显眼的位置，由此可见古人对文章题目的重视。孙祖诒曾云："古人之工为诗者，无不工于制题。"（《瓶粟斋诗话》引）这是因为制题也是诗歌创作的一个组成部分。题制得好，则如人之眼目俱明，足以坐窥万象。而有些诗人则以为篇题无关诗病，草草而成。试看梅尧臣的《岸贫》诗：

无能事耕获，亦不有鸡豚。烧蚌晒槎沬，织蓑依树根。野芦编作室，青蔓与为门。稚子将荷叶，还充犊鼻裈。

据诗意，可知是写住在河岸边贫民的生活，可诗题则令人不解所谓。古人有云："读诗之法，当先看其题目。"（《诗法指南》引）先读到这种摸不着头脑的诗题，谁还会有兴趣去欣赏诗篇？

辛文房在《唐才子传》中论述独孤及时曾指出："立题乃诗家切要，贵在卓绝清新，言简而意足，句之所到，题必尽之，中无失节，外无余语，此可与知者商榷云。"这段话实际上对诗的制题提出了三个要求，一是"言简"，二是"无失节"，三是"无余语"。而制题之不工往往与这三者有关，即题详尽、漏义与赘语。

先说详尽。如苏轼有一诗题为《昔在九江,与苏伯固唱和。其略曰:我梦扁舟浮震泽,雪浪横空千顷白。觉来满眼是庐山,倚天无数开青壁。盖实梦也。昨日又梦伯固手持乳香婴儿示予,觉而思之,盖南华赐物也。岂复与伯固相见于此耶?今得来书,知已在南华相待数日矣。感叹不已,故先寄此诗》,共一百零二字,而全诗只有八句五十六字。题详尽,诗味就浅薄无余韵。方南堂说得好:"立题最是要紧事,总当以简为主,所以留诗地也。使作诗义意必先见于题,则一题足矣,何必作诗?然今人之题,动必数行,盖古人以诗咏题,今人以题合诗也。"(《辍锻录》)

再说漏义。如李白的《下途归石门旧居》诗,从诗首尾所写"吴山高,越山青,握手无言伤别情。将欲辞君挂帆去,离魂不散烟郊树";"挹君去,长相思,云游雨散从此辞。欲知怅别心易苦,向暮春风杨柳丝"可知,这是一首留别诗,而诗题却无此义。诗题下只有补上"别人"二字,题意才算完整。又如读张九龄的诗题《初发道中寄远》《初发道中赠王司马兼寄诸公》,总感不够明了,原因就在题中漏标地名。拿宋之问的《初发荆府赠长史》、欧阳詹的《初发太原途中寄太原所思》作对比,无疑是后者来得醒目。

三说赘语。如梅尧臣的《二月七日吴正仲遗活蟹》诗云:"年年收稻卖江蟹,二月得从何处来。满腹红膏肥似髓,贮盘青壳大于杯。定知有口能嘘沫,休信无心便畏雷。幸与陆机还往熟,每分吴味不嫌猜。"诗所描写的是河蟹而非海蟹,河蟹是高蛋白的食物,与黄鳝一样,死即不可食。所以送蟹者,绝无送死蟹之理。由此,诗题中"遗活蟹"的"活"字赘矣。

诗法之九：非喻不醒

比喻是诗歌创作中重要的艺术手法之一。早在先秦时代，墨子就已认识到比喻的作用："辟也者，举也（他）物而以明之也。"刘勰在《文心雕龙·比兴》中进一步提出：比喻，"盖写物以附意，扬言以切事者也"。这也就是说，运用比喻，可以使所描绘的事物生动、鲜明与深刻。《诗经》中比喻已有大量运用，如《硕人》在表现卫夫人姜氏的美貌时写道："手如柔荑，肤如凝脂，领如蝤蛴，齿如瓠犀，螓首蛾眉。"诗人通过一系列生动的比喻，展示了卫夫人形象的美，给人的印象极为鲜明。如果诗中不用比喻，而只是写：其手啊纤细白嫩，其肤啊洁白细腻……，那么，我们就不可能获得如此清晰深刻的感受，古人因此有"非喻不醒"之说。

诗歌创作中，诗人们常常借助比喻来描绘自然景物，如"飞流直下三千尺，疑是银河落九天"（李白《望庐山瀑布》）；"日出江花红胜火，春来江水绿如蓝"（白居易《忆江南》）；"回乐峰前沙似雪，受降城下月如霜"（李益《夜上受降城闻笛》）；"欲把西湖比西子，淡妆浓抹总相宜"（苏轼《饮湖上初晴后雨》）；"昨日春如十三女儿学绣，一枝枝、不教花瘦"（辛弃疾《粉蝶儿》）等等。这些诗句，由于运用了精当贴切的比喻，使得所描绘的景物明朗醒目，并且充满新美的活性。

比喻对于感情的表达，更具有神奇的艺术效果。因为感情是抽象无形的，诗人一旦以具体形象的事物作比，不仅能省却许多笔墨，而且能引导欣赏者获得鲜明深刻的感受与理解。试看李煜的《虞美人》词：

春花秋月何时了，往事知多少。小楼昨夜又东风，故国不堪回首月明中。　　雕栏玉砌应犹在，只是朱颜改。问君能有几多愁，恰似一江春水向东流。

全词追怀故国，表现了词人作为亡国之君的哀痛。上片，抚今追昔，抒写人世之无常的悲感；下片，从物是人非引出自己的愁怀。词人于结句以滔滔滚滚、永无穷尽的江水来比喻自己心中的万斛愁恨，既生动鲜明，又自然贴切。看不见、摸不着的抽象情思"愁"，在词人的笔下，化为了人们具体可感的艺术形象，江水之长、之深、之广、之无尽，无疑加深了我们对词人愁的理解与感受。又如秦观《八六子》词之开端：

倚危亭，恨如芳草，萋萋刬尽还生。

"恨如"二句从李煜《清平乐》词之"离恨恰如春草，更行更远还生"化出，以春草之刬除不尽喻愁不可解，恨不能已，无疑大大增强了作品的形象性与感染力，所以周济称之为"神来之笔"（《宋四家词选》）。

在一般情况下，诗歌只是采用一个比喻来表现一个对象，可为了加强诗情的力度，使作品的形象更鲜明突出，诗人们也往往采用"博喻"的艺术手法。所谓博喻，就是用多种多样的比喻来表现某一具体事物或某一抽象的思想感情。用钱钟书

《虞美人（春花秋月何时了）》

的话说，是"一连串把五花八门的形象来表达一件事物的一个方面或一种状态"，以车轮战法"连一接二的搞得那件事物应接不暇，本相毕现，降伏在诗人的笔下"(《宋诗选注》)。如韩愈《送无本师归范阳》诗，写贾岛诗胆的泼辣，一连用了"蛟龙弄角牙，造次欲手揽。众鬼囚大幽，下觑袭玄窞。天阳熙四海，注视首不颔。鲸鹏相摩窣，两举快一啖"八句四个比喻。这些比喻，以其充沛恣肆的气势，以其丰富繁密的形象，毕现了所描绘事物的本相，深化了读者感受的程度。正如钱钟书所说："诗中之博依繁喻，乃如四面围攻，八音交响，群轻折轴，累土为山，积渐而高，力久而入。"(《管锥编》)又如苏轼的《百步洪》诗在形容船行的迅疾时这样写道："有如兔走鹰隼落，骏马下注千丈坡。断弦离柱箭脱手，飞电过隙珠翻荷。"一连用了七个比喻，不仅将轻舟在急流中飞速行驶的情景生动形象地展示在读者眼前，而且也给予读者一种层出不穷、变化多端的妙感。

不过，尽管苏轼诗"连用七喻，实古所未有"(赵翼《瓯北诗话》)，但只要我们作苛刻批评的话，就可以指出，苏轼在喻体的形象与形象之间，还缺乏有机的联系。这一缺憾，在贺铸的《青玉案》词中得到了克服。其词云：

凌波不过横塘路，但目送、芳尘去。锦瑟华年谁与度。月桥花院，琐窗朱户，只有春知处。飞云冉冉蘅皋暮。彩笔新题断肠句。试问闲愁都几许？一川烟草，满城风絮，梅子黄时雨。

此词乃是借美人不遇寄寓自己失意的情怀。下片，词人在翘首引盼和痛苦的绝望中发出凄苦的低问:"试问闲愁都几许?"在作答时,词人连用了三个比喻:"一川烟草,满城风絮,梅子黄时雨。"这结尾博依繁喻的手段,不仅加深加厚了愁的感人力量,而且由于这些喻体形象之间的有机联系,构成了一幅江南梅雨时节的风景图。一片风景,一种心情,芳草萋萋,飞絮蒙蒙,细雨纷纷,何尝不是他郁黯心情的表露?他的"闲愁"也如迷漫天地的梅子烟雨一般,无边无际地梭织着,使他无法逃遁,无法挣脱,这时昏暗的暮色又渐近渐浓。在凄苦之景的重重包围之中,他的生命似乎也已窒息了。周济曾云:"方回于言情中布景,故秾至。"(《宋四家词选》)这些比喻便可看出贺铸的熔景入情之妙。难怪黄庭坚要写诗叹赏:"解道江南断肠句,只今惟有贺方回。"(《寄贺方回》)

　　在运用比喻的过程中,有两种情况是必须要引起注意的,一是设喻粗鄙,一是比拟不伦。先说设喻粗鄙。如《太平广记》卷二五八引北齐高敖曹的《杂诗》:

　　冢子地握槊,星宿天围棋。开坛瓮张口,卷席床剥皮。(其一)
　　桃生毛弹子,瓠长棒槌儿。墙欹壁亚肚,河冻水生皮。(其三)

　　这两首诗句句取譬,我们不能说这些比喻的本体与喻体之间毫不相类,也不能说这些比喻缺乏想象与新奇,可我们读来实在是感到俗不可耐,其原因即在设喻之粗鄙不堪。类此例子还不少见,如《北梦琐言》载包贺断句"雾是山巾子,船为水鞡鞋""棹摇船掠鬓,风动水槌胸";《杨文公谈苑》载朱贞白咏月"八月十五夜,一似没柄扇";《野获编》载周如斗、胡宗宪联句"瓶倒壶撒溺";《柳南随笔》载某禅师雪诗"天公大吐痰";《樵说》载某仿李白诗"小时不识雨,只当天下痢",等等。这些诗句虽不能排除好事者托以成之,但也并非是空穴来风,因为有不少名家亦每有此弊。如陈陶的《海昌望月》诗中有这样四句:

　　重轮运时节,三五不自由。拟抛云上锅,欲搂天边球。

以"云上锅""天边球"来比喻空中明月,有何诗趣可言?这位写出"可怜无定河边骨,犹是春闺梦里人"(《陇西行》)名句的诗人,竟会作出如此粗鄙的比喻,着实让人有些意外。再看苏轼的《新城道中二首》之一:

　　东风知我欲山行,吹断檐间积雨声。岭上晴云披絮帽,树头初日挂铜钲。野桃含笑竹篱短,溪柳自摇沙水清。西崦人家应最乐,煮葵烧笋饷春耕。

这首诗用轻松活泼的笔调抒写自己旅途中的愉悦心情。可第二联的以"絮帽"(老人戴的帽子)喻"岭上晴云",以"铜钲"(敲打的铜锣)喻"树头初日",用笔近于轻佻,取譬也毫无雅趣,同时这两个词在诗中让人明显地感到与全诗的氛围、情调格格不入。所以纪昀评苏诗,于此联曰:"三四自恶,不必曲为之讳"(《瀛奎律髓刊误》)。

　　再说比拟不伦。比喻的运用有个前提,即无论是喻与被喻

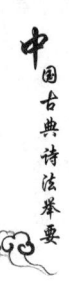

的两个事物的差别多大，其间总要有一根可以联结的纽带。有了这根纽带，比喻才贴切，诗意才形成。但这个前提，往往被一些诗人所忽视。试看王安石的《落星寺》诗：

窣云台殿起崔嵬，万里长江一酒杯。坐见山川吞日月，杳无车马送尘埃。雁飞云路声低过，客近天门梦易回。胜概唯诗可收拾，不才羞作等闲来。

诗的尾联告诉我们，作者登临落星寺，颇有感慨，故借诗抒情。次句的"酒杯"二字是对远望中的长江所下的比喻。有王安石诗选在解释此句时说，李贺《梦天》诗"遥望齐州九点烟，一泓海水杯中泻"，与之"是同类性质的比喻"。实际上这两个设喻根本不能相提并论。说在天上看海，海水像似杯中泻，很生动贴切；而说长江像酒杯，则不伦不类了。长江既然有"万里"之长，则何以能用"酒杯"取譬？为此我们很怀疑，诗人当时是否真有身处其境的感受。

就诗的设喻来说，两个事物之间仅仅有某个关联点是远远不够的，还必须注意到设喻与物性之间是否合情，是否和谐。黄庭坚的《春雪呈张仲谋》诗，就是因未能考虑到比喻双方的和谐，故给人以强取类比之感。其首联云：

暮雪霏霏若撒盐，须知千陇麦纤纤。

雪与盐在形状、颜色方面很接近，所以从某些特定角度看，咏雪以盐喻是可行的，如苏辙诗句"云覆南山初半岭，风干东海尽成盐"（《次韵子瞻赋雪》）。而黄庭坚此诗乃是状"霏霏"暮雪,因此用"撒盐"比拟便与物性不谐。《世说新语》中有个咏雪故事,一日谢安与儿女讲论文义,俄而雪骤,便出题曰:"白雪纷纷何所似?"兄子谢朗曰:"撒盐空中差可拟。"兄女谢道蕴曰:"未若柳絮因风起。"两者高下自明。故苏轼有云:"柳絮才高不道盐。"(《谢人见和前篇二首》之一)不知诗才颇高的黄庭坚何以还会袭用如此拙劣的比喻。尽管比喻都不免是跛足的,但总要能站得住、跨得出才行。刘勰说得好:"故比类虽繁,以切至为贵,若刻鹄类鹜,则无所取焉。"(《文心雕龙·比兴》)

诗法之十:取类不常

上文谈到《世说新语》中"咏雪"的故事,谢道蕴以柳絮喻纷纷飞雪,无疑要比谢朗的撒盐之喻来得高明。但假设诗人们咏雪都以柳絮作比的话,那又会产生怎样的情况呢?不言而喻,读者必感乏味,这正如西谚所谓:"第一个把花比作美人的是天才,第二个是庸人,第三个就是笨伯了。"从这个角度来看,白居易的《对火玩雪》诗便是一首平庸之作。诗如下:

平生所心爱,爱火兼怜雪。火是腊天春,雪为阴夜月。鹅毛纷飞堕,兽炭敲初折。盈尺白盐寒,满炉红玉热。稍宜杯酌动,渐引笙歌发。但识欢来由,不知醉时节。银盘堆柳絮,罗袖拽琼屑。共愁明日销,便作终年别。

103

此诗的构思颇见巧心。其中"火是腊天春,雪为阴夜月"之设喻,既新颖贴切,又生动形象。可是状雪的三个比喻"鹅毛""白盐""柳絮",不惟累赘,读来亦毫无美感可言。"鹅毛""白盐"本非俊语,这且不论,即"柳絮"一词在唐宋亦已是不新鲜了。陈师道的咏雪诗有这样两句:"遥知吟榻上,不道絮因风。"(《雪中寄魏衍》)方回在《瀛奎律髓》中评云:

> "遥知吟榻上,不道絮因风",此教人作诗之法也。"撒盐空中差可拟",此固谢家子弟之拙,"未若柳絮因风起",未可谓谢夫人此句冠古也。想魏衍此时作诗,必不用此等陈言,乃后山意也。

　　新样屡为则成陈,巧制不变则刻板,显然以柳絮状雪在当时已蜕变为陈腐套数,这也可以从杨万里《和马公弼雪》诗句"盐絮吟来总未安"见出。

　　从艺术思维的角度来讲,比喻是诗人由甲事物与乙事物的类似上发生联想。诗人在描绘甲事物时,借助更生动有趣而形象具体的乙事物作比,可以加深读者的审美感受。但是诗人设喻也往往会陷于一种两难的境地,一方面"凡比必于其伦",另一方面"凡喻必以非类"。凡比必于其伦,是要求比喻的双方应有类似的特征;凡喻必以非类,是要求比喻的双方不应为同类,即刘勰所说的"取类不常"(《文心雕龙·比兴》)。而要满足这两方面的条件,诗人就必须充分施展想象,在两个似乎毫无关联的事物中捕捉到其灵犀暗通之处。由于类似联想首先是在最相近的事物间发生的,诗人一旦懒于精思,就会落入因习惯而凝固成的一种比喻定式之中，正如范德机所谓的"如咏妇人者，必借花为喻；咏花者，必借妇人为比"(《木天禁语》)。这种以类为类的比喻，当然不会引起读者的意外与新奇之感。柳絮之喻就说明了这个问题。

比喻的运用要使得读者产生新奇独特的感受，诗人须跳出习惯性的思路，"尽量在貌似不伦不类的事物中找出相关联的特征，从而把相隔最远的东西出人意外地结合在一起"(黑格尔《美学》)。优秀的诗人总是这样努力的。如古诗中常以"练"作为长河的喻体，所谓"澄江静如练""澄江似练"，等等。而李白却取"练"为奔马的喻体，其诗有云："马如一匹练，明日过吴门。"(《送武十七谔》)两件几乎毫无相涉的事物黏合为一个绝妙的比喻，使人觉得天地间似乎无物不可取譬，无物不可类似。钱钟书指出："愈能使不类为类，愈见诗人心手之妙。"(《谈艺录》)不少传诵的诗歌，往往得之于诗人的妙比奇喻所揭示的一般人难以觉察的事物关系。试看秦观的《浣溪沙》词：

漠漠轻寒上小楼，晓阴无赖似穷秋，淡烟流水画屏幽。　　自在飞花轻似梦，无边丝雨细如愁，宝帘闲挂小银钩。

这是一首伤春之词。上片写寒气袭人的春天早晨，独上小楼，为浓阴密布的森冷天气而恼恨。下片以落花轻飘、细雨蒙蒙之景表现自己幽渺的情思。其中词人用了两个精妙的比喻：飞花轻似梦、丝雨细如愁。"飞花"与"梦"，"丝雨"与"愁"，不相类似，无从类比，但诗人以"轻"和"细"的特征把它们联结起来，不仅传达出词人微妙的情思，而且构成了一个空灵蕴藉、清幽婉美的意境。再看贺知章的《咏柳》诗：

  碧玉妆成一树高，万条垂下绿丝绦。不知细叶谁裁出，二月春风似剪刀。

  全诗共用了三个比喻。第一句以玲珑晶莹的"碧玉"比喻柳树的纯净明丽，第二句以柔软细长的"绿丝绦"比喻柳枝的柔曼风姿。这两句虽工于形容，但尚属咏柳常境，未见戛戛独造之奇。真正令人击节叹赏的是第三个比喻："不知细叶谁裁出，二月春风似剪刀。"剪刀与春风之间毫无相似或相近之处，但一经诗人联想的点化，便缀联得那么的新颖自然，趣味横生。正是诗人的巧思妙喻出人意表，所以这首诗能够千古流传。

  取类不常，在于诗人不同寻常的联想，在于诗人独特的艺术创新，但这并不意味前人使用过的某个比喻后人就不能再用，只要能通变翻新而不是沿袭模拟，虽是旧喻，同样会给人以新奇的感受。如沈德潜在评李白《赠汪伦》诗"桃花潭水深千尺，不及汪伦送我情"时指出："若说汪伦之情比于潭水千尺，便是凡语，妙境只在一转换间。"（《唐诗别裁集》）又如花与美人之喻，早已被前人用过无数次了，而李清照在《醉花阴》词中却运用得颖奇不凡。词如下：

  薄雾浓云愁永昼，瑞脑消金兽。佳节又重阳，玉枕纱厨，半夜凉初透。　　东篱把酒黄昏后，有暗香盈袖。莫道不消魂，帘卷西风，人比黄花瘦。

此词作于重阳，其时李清照的丈夫赵明诚正负笈远游，每逢佳节倍思亲，词人焚香独坐，柔肠寸断。黄昏之际，她终于无法忍受离愁的煎熬，到"东篱"边"把酒"浇愁。然而更令她销魂的是，人竟比篱边的菊花还要消瘦。全词的构思颇见新巧，深刻地传达出女主人公销魂荡魄的相思之苦。尤其是末尾"莫道不消魂，帘卷西风，人比黄花瘦"三句，借花喻人，神态尽出。首先，菊花本是无生命之物，以肥瘦摹写其形态，已见新颖，又以人的肥瘦相比，更见构想的新巧。不仅传达出词人面对黄花时凄苦伤感的情思，也使读者获得意外与新奇之感而历久难忘。其次，"瘦"字又契合了前文的"愁"字，因为有了"永昼"别愁的折磨，故而衣带渐宽，形容枯槁，比起清秀瘦削的菊花更显清癯。从中我们分明可以看出一个身体瘦弱、满面憔悴的少妇形象。

第三章 语言的锻炼

第三章 语言的锻炼

诗歌是语言的艺术。诗人不但要使自己的语言准确鲜明、生动形象，而且还要新颖精警，含蓄蕴藉。杜甫曾说他"新诗改罢自长吟"（《解闷十二首》），这"改"诗的过程，也就是语言的锻炼过程。对此，杜甫给自己所定的目标是"语不惊人死不休"（《江上值水如海势聊短述》）。文字频改，功夫自出，所以我们读杜诗总有一唱三叹、意味无尽之妙。古代诗人都十分重视语言的锻炼，为斟字酌句，往往呕心沥血，所谓"百炼为字，千炼成句"（《诗人玉屑》引皮日休语），说的就是不肯随手落笔。佳诗靠锻炼，但又忌雕琢，那么，如何锻炼才能使诗歌的语言恰到好处？这就是本章所要介绍的艺术技巧。

诗法之一：颠倒词序

李东阳曾云："诗用倒字倒句法，乃觉劲健。"（《麓堂诗话》）关于倒句法，我们在第四章"结构的安排"中会有论述，这里只说倒字法。倒字，即颠倒诗中文字的次第，通常是为了化平淡为神奇，避呆板为灵动，增加笔力，强化声势。试看王之涣的《登鹳雀楼》诗：

白日依山尽，黄河入海流。欲穷千里目，更上一层楼。

第二句"黄河入海流"是"黄河流入海"的倒装,词序一经颠倒,在文字的肌理中,便涌出一股劲健的力量。首先,"流"字发音舒缓永长,放在句末,用以延长声势,可以模拟出黄河宽广辽远、浩荡千里的形态;其次,"入海"二字居中,就成为"流"的修饰词,读者自能想见黄河惊涛骇浪、奔腾咆哮的流动气势。此句若用顺序,则绝无如此意境开阔、气势雄浑之感,只能是平庸凡俗的笔墨。再看王维的《过香积寺》诗:

不知香积寺,数里入云峰。古木无人径,深山何处钟。泉声咽危石,日色冷青松。薄暮空潭曲,安禅制毒龙。

第三联意为泉水从高高的石罅中流出,其声微细如咽;日光投射到古木老林之中,给人以幽冷的感受。按照语意的排列,这两句应该是"危石咽泉声,青松冷日色","咽"与"冷"两词为使动用法。诗人以颠倒出之,便突出了入耳的泉声与触目的日色,从而进一步烘托出深山丛林的僻静。

杜甫是个擅长运用颠倒词序手法的诗人。宋代王得臣曾说杜诗之所以"语峻而体健",就在于将常语"多颠倒用之"(见《诗人玉屑》)。翻开杜甫诗集,也确实如此。如《望岳》诗:

岱宗夫如何?齐鲁青未了。造化钟神秀,阴阳割昏晓。荡胸生层云,决眦入归鸟。会当凌绝顶,一览众山小。

诗的第三联若按照语言排列的常态性次序来写，应该是望层云之生而胸为之荡，望归鸟之入而眦为之裂，诗人以"荡胸""决眦"倒装在前，使得诗句的语势更为曲折，笔力更为劲健，情韵更为丰富。所以刘辰翁说此联"句不必可解，登高意豁，自见其趣"（《杜诗镜铨》引）。又如《曲江二首》之一：

　　一片花飞减却春，风飘万点正愁人。且看欲尽花经眼，莫厌伤多酒入唇。江上小堂巢翡翠，花边高冢卧麒麟。细推物理须行乐，何用浮荣绊此身。

诗的第二联"且看欲尽花经眼，莫厌伤多酒入唇"，通常的表达形式应该是"花经眼——欲尽——且看，酒入唇——伤多——莫厌"。这两句诗的目的并不是要写花与酒，写花是强调"经眼"之花"欲尽"而抓紧看，写酒是强调"酒"虽已"伤多"而仍不辞。因为"且看"与"莫厌"是诗人所要表现的重点，将其倒置在句首，自然就加重了语气。联系全诗，我们不难体会出作者的言外之意。

当然，杜甫也不是每次运用都能做到传情入韵，有时也会出现故意颠倒词序、炫奇斗胜的情况。试看其《秋兴八首》之八：

　　昆吾御宿自逶迤，紫阁峰阴入渼陂。香稻啄余鹦鹉粒，碧梧栖老凤凰枝。佳人拾翠春相问，仙侣同舟晚更移。彩笔昔曾干气象，白头今望苦低垂。（"香稻"一作"红豆"）

诗的第二联颠倒了词序，正常逻辑关系应该是"鹦鹉啄余香稻粒，凤凰栖老碧梧枝"。刘师培对此并没盲目推崇，他指出："夫鹦鹉、凤凰，皆系主词，豆、粒、梧、枝，皆系谓词，而杜氏必欲倒其词以自矜研炼，此非嗜奇之失乎？"（《论文杂记》）他还说：夫今日所以不敢议杜甫者，以其名高也。若初学作文之人，造语与杜同，必斥之为文理不通矣。刘氏所论，合情合理，因为这两句在"常语"形式上作"颠倒"，看不出有什么情思内容上的需要，语反而不见佳处，虽不倒亦可。

除出于修辞需要外，诗中的颠倒词序往往是出于格律的需要。有因平仄而颠倒的，如"入镜鸾窥沼，行天马渡桥"（韩愈《春雪》），顺序应是"窥沼鸾入镜，渡桥马行天"，但就不成声律了；有因押韵而颠倒的，如"平沙细草荒芊绵，惊鸿脱兔争后先"（苏轼《画韩幹牧马图》），为了押韵而把"先后"颠倒为"后先"；有因对仗而颠倒的，如"笑我生尘甑，惭君有敝袍"（范成大《春晚即事》），"生尘甑"是"甑生尘"的颠倒，诗人为了同"有敝袍"对仗。有因句式而颠倒的，如"云薄翠微寺，天清皇子陂"（杜甫《重过何氏五首》之二），正常的词序为"翠微寺云薄，皇子陂天清"，句式原上三下二，颠倒后乃上二下三。

出于修辞也好，出于格律也罢，词序的颠倒要注意不能破坏形象，不能引起误解，这是因为这种颠倒不是随心所欲的，而是要受约定俗成的规范限制，下引两段论述：

凡"山河""廊庙"之类，颠倒通用。若"天地"不可倒用，倒则为泰卦。曹子建《桂之树行》

曰："下下乃穷极地天。"岂别有见耶？又如"诗酒""儿女"，皆两物也，倒则为一矣。（谢榛《四溟诗话》）

诗用连二字，有可颠倒互换者，有不可颠倒互换者。如"云烟"可作"烟云"，"山河"可作"河山"之类，此可以互换者也。"云霞"即不可作"霞云"，"山川"即不可作"川山"，此不可互换者。总以昔人用过适于上口者为顺耳。（毛先舒《诗辩坻》）

可见，哪些词可以颠倒使用，哪些词不可颠倒使用，没什么特别的原因或理由，据习惯用法而定。一旦违反习惯，就会给诗留下笑柄。如翁卷《宿邬子寨下》："秋至昏星易，空长楚月孤。"将"长空"倒为"空长"，虽无碍理解，但总给人拗逆不顺之感。又如黄庭坚《怀半山老人》："啜羹不如放麑，乐羊终愧巴西。"句中用了乐羊啜羹与秦西巴放麑两个典故，然诗人将西巴倒装为巴西，实在过于随意，有违常情。而钱载《晓趋草凉驿》诗中的倒字则更是到了"逐奇而失正"的程度：

相送莫相别，我行凤县之。……峰前路去有，坞后水来知。

将"之凤县"说成"凤县之"，将"有路去"说成"路去有"，将"知水来"说成"水来知"，如此胡乱颠倒，真是莫名其妙。

诗法之二：夺胎换骨

"夺胎换骨"是北宋诗人黄庭坚所倡导的诗歌创作的一种方法。所谓"夺胎"，即"窥入其意而形容之"，如白居易诗云："醉貌如霜叶，虽红不是春。"苏轼夺胎而为"儿童误喜朱颜在，一笑那知是酒红"。所谓"换骨"，即"不易其意而造其语"，如孔稚圭诗云："山虚钟磬彻。"黄庭坚换骨而为"山空响管弦"。夺胎与换骨都是取古人成句加以修改，构成自己的诗篇，其区别在于前者着重于诗意的研炼，后者着重于句面的改造。由于在使用中经常有纠缠的情况，至杨万里起便将它们合为一体（参见《诗人玉屑》）。

夺胎换骨法在创作中早已产生，但在理论上提出，则自黄庭坚始。他的理论依据是："老杜作诗，退之作文，无一字无来处；盖后人读书少，故谓韩杜自作此语耳。古之为文章者，真能陶冶万物，虽取古人之陈言，入于翰墨，如灵丹一粒，点铁成金也。"（《答洪驹父书》）"诗意无穷，而人之才有限。以有限之才，追无穷之意，虽渊明、少陵不得工也。"（惠洪《冷斋夜话》引）也就是说，诗做到宋朝，再要造出新的构思、新的语言、新的表现方式是难而又难，而借助夺胎换骨，便能以故为新，突过古人。夺胎换骨法在黄庭坚之前就已存在，经黄庭坚倡导之后又历久不衰，自是有着它的某种合理成分在内的。诗歌创作总是要借助各种艺术手法与技巧，而各种艺术手法与技巧又都是在前人创作的基础上形成的，因此，在某种意义上可以把夺胎换骨看成是对前人创作经验的借鉴。事实上，确有不少作品因借助夺胎换骨之法而在形象的鲜明、艺术的含蓄、语言的工稳等方面胜于前人。试看陈与义的《虞美人》词：

张帆欲去仍搔首，更醉君家酒。吟诗日日待春风，及至桃花开后却匆匆。　　歌声频为行人咽，记著尊前雪。明朝酒醒大江流，满载一船离恨向衡州。

此词题为"大光祖席，醉中赋长短句"，是作者在湖南衡山县留别友人席大光之作。开端写不得不去又不忍即去的矛盾情感，"吟诗日日待春风，及至桃花开后却匆匆"二句，道出了依依惜别之情。过片描绘了饯别席上主客的凄恻情景，"明朝酒醒大江流，满载一船离恨向衡州"，设想别后离恨，词人把离恨喻作有重量、有体积之物，将"满载一船"而去，可想见其感情的深挚沉郁。这二句从苏轼《虞美人》词"无情汴水自东流，只载一船离恨向西州"中化出，然通过"大江"与"一船"的对举及"满载"的浓墨刻画，全词的气势更为悲壮，情致更为凄怆，我们还能深切地感受到词人的身世飘零之感。

以上的袭用翻新毕竟还是属于句法的研炼，故多少让人感到有些单纯，如果把它用在诗意的研炼而又能表现得好，则整篇作品的诗情会更浑成，意境会更动人。试看陈陶的《陇西行》诗：

誓扫匈奴不顾身，五千貂锦丧胡尘。可怜无定河边骨，犹是春闺梦里人。

这首传诵一时的诗是袭用李华《吊古战场文》中"其存其殁，家莫闻知；人或有言，将信将疑；悁悁心目，寝寐见之"的语意写出的。明代杨慎甚至找到了更早的出处，认为是化用汉贾捐之《议罢珠崖疏》"父战死于前，子斗伤于后，女子乘亭鄣，孤儿号于道，老母、寡妇饮泣巷哭，遥设虚祭，想魂乎万里之外"的文章。不过贾文表现的是家人已知征夫战死，李文表现的是家人对征夫的存殁将信将疑，都不如此诗所表现的闺中少妇还深信丈夫活着的悲剧性强。诗人把前人的话融化到自己的诗意中，变出新意，使全诗的内容更深刻，意境更浑成。我们读后无不感到这是诗人身处社会现实的真实写照，是诗人发自内心的感慨和同情。所以魏泰认为此诗是"袭而愈工，若出于己者"（《临汉隐居诗话》）。

夺胎换骨诗法的提出，既有着积极意义，如借鉴前人丰富的创作经验，也有着消极作用，即导致诗人们脱离社会现实生活。就以陈师道为例，他在学习与运用前人诗法尤其是杜甫诗法中，有"活"的一面，如其《除夜对酒赠少章》诗，虽对杜诗有所依傍，但写出了自己的感情与意境，也有"死"的一面，如常在杜甫诗句中窃取数字而形成自己的诗句，像"林昏出幽磬""乾坤著腐儒"就是改自杜诗的"林昏罢幽磬""乾坤一儒腐"。作为江西诗派三宗之一的陈师道的某些创作就已显示出如此弊病，更不用说其他诗人了。一时张此旗以蔽身而大肆剽窃蹈袭者充斥诗坛，本为偶得拈来之浑成，遂著裁改拆补之痕迹。试看以下诗例：

王安石《段氏园亭》："漫漫芙渠难觅路，翛翛杨柳独知门。"（乃是沿袭刘威《游东湖黄处士园林》的"遥知杨柳是门处，似隔芙蓉无路通"。）

曾几《张子公招饭灵感院》："僧窗各自占山色，处处薰炉茶一瓯。"（乃是沿袭黄庭坚《题落星寺》的"蜂房各自开户牖，处处煮茶藤一枝"。）

陆游《寓驿舍》："九万里中鲲自化，一千年外鹤仍归。"（乃是沿袭丁谓《移道州》的"九万里鹏容出海，一千年鹤许归辽"。）

范成大《元日》："酒缸幸有乾坤大，丹鼎何忧日月迟。"（乃是沿袭杜荀鹤《送九华道士游茅山》的"日月浮生外，乾坤大醉间"。）

这些诗句孤立地看，倒还不错，而一旦探明源流，便露出丑来，原来都是随人作计的货色。这种"只是向古人集中作贼"（冯班《钝吟杂录》）的作品，人们当然不会喜欢。

在夺胎换骨的理论指导之下，黄庭坚自己的诗歌创作也坠入了陈陈相因的怪圈之中。他的诗常常自觉或不自觉地蹈袭着别人的现成模式，如杜甫诗有"落月满屋梁，犹疑照颜色"，他便有"落日映江波，依稀比颜色"；白居易诗有"百年夜分半，一岁春无多"，他便有"百年中去夜分半，一岁无多春再来"；梅尧臣诗有"南陇鸟过北陇叫，高田水入低田流"，他便有"野水自添田水满，晴鸠却唤雨鸠归"；王安石诗有"只向贫家促机杼，几家能有一钩丝"，他便有"莫作秋虫促机杼，贫家能有几钩丝"。这种模拟剽窃的恶习一直影响到明清诗坛。

袁枚曾指出："后之人未有不学古人而能为诗者也。然而善学者，得鱼忘筌；不善学者，刻舟求剑。"（《随园诗话》）那么怎样才能得鱼忘筌而不是刻舟求剑呢？关键在于诗人须"自有境界"，正如王国维所说："非自有境界，古人亦不为我用。"（《人间词话》）。杨万里有诗云："闭门觅句非诗法，只是征行自有诗。"陆游有诗云："纸上得来终觉浅，绝知此事要躬行。"也就是说，诗人须"师造化"，要从创作实践出发，去把握诗歌的表现手法。苏轼曾指出："子美之诗，集大成者也。学诗当以子美为师，有规矩故可学。"（见《后山诗话》）然正如谢榛所言："子美不遭天宝之乱，何以发忠愤之气，成百代之宗？"（《四溟诗话》）古人的优秀之作都是他们感受和把握现实的艺术结晶。只有有了广博的生活阅历，才能丰富自己的感情与作诗的题材，才能对各种艺术规则之成立具有更深刻的理解，这样在创作中，前人的艺术规则一方面由于相对独立的美学意义而得到相对的固定，另一方面又由于不断与新内容相结合而产生的变化，从而使作品达到"譬诸日月，虽终古常见，而光景常新"（李德裕《文章论》）的"活"的境界。宋代诗人陈与义就是一个很好的例证。其"以简洁扫繁缛，以雄浑代尖巧"（刘克庄《后村诗话》）的诗风转变，就是因为有了靖康之难发生后的"避虏连三年，行半天四维"（《正月十二日自房州城遇虏至，奔入南山，十五日抵回谷张家》）的生活经历。他在诗中写道："但恨平生意，轻了少陵诗。"（同上）这时他才开始深切地体会到杜甫对于现实生活的关注所在其诗歌创作中的意义，因而从学黄庭坚、陈师道，转而效法杜甫沉郁悲壮的作品。当从士大夫之情趣、怀抱的狭小圈子里解脱出来，写身世之感、家国之恨，也就为他学习、掌握与运用杜诗的沉郁之风格、宏深之意境提供了内在基础，诗歌创作因此而大有长进，被纪昀评为"感时抚事，慷慨激越，寄托遥深，乃往往突过古人"(《四库全书总目提要·简斋集提要》)。

诗法之三：片言百意

　　胡仔《苕溪渔隐丛语》所引《高斋诗话》有一段记载，一次秦观入京拜见苏东坡，东坡问他："别作何词？"秦观举"小楼连苑横空，下窥绣毂雕鞍骤"。东坡笑道："十三个字，只说得一个人骑马楼前过。"秦观问东坡近作，东坡举"燕子楼空，佳人何在？空锁楼中燕"。晁无咎评论说，这十三个字，"道尽张建封燕子楼一事"。从这则故事中，我们不难看出个中道理：诗词作品贵在用最少的文字包涵尽可能多的意蕴，以求得刘禹锡所说的"片言可以明百意，坐驰可以役万景"(《董氏武陵集纪》)的艺术效果。这种艺术效果也正是诗人们在创作中所孜孜以求的。试看欧阳修《蝶恋花》词：

　　庭院深深深几许？杨柳堆烟，帘幕无重数。玉勒雕鞍游冶处，楼高不见章台路。　　雨横风狂三月暮，门掩黄昏，无计留春住。泪眼问花花不语，乱红飞过秋千去。

　　这首词表现了女主人公对自己丈夫在外寻欢作乐的内心苦闷。上片写所望，深深庭院，蒙蒙烟柳，重重帘幕，形象地寓示出环境之凄寂冷清和女主人公惨然孤独的情怀。下片叙所感，在雨横风狂、春归日昏的层层渲染下，女主人公终于诉出命运的悲哀。此词在感情的表现上极为深厚缜密，特别是最末"泪眼"两句，十四个字中含有四层意思：因花而有泪，此一层意；因泪而问花，此一层意；花竟不语，此一层意；不但不语，且又乱落飞过秋千，此一层意。虽仅片言，有着如此丰富的容量，实在令人惊叹诗人那片言百意的功夫。

当然，片言百意也并不是以追求诗句所写的情事越多越好。吴沆《环溪诗话》引张右丞论诗云："凡人作诗，一句只说得一件事物，多说得两件，杜诗一句能说得三件、四件、五件事物，此其所以妙。"他举例说：杜甫《七月一日题终明府水楼二首》之"绝壁过云开锦绣，疏松夹水奏笙簧"，"即是一句说四件事"；杜甫《奉和贾至舍人早朝大明宫》之"旌旗日暖龙蛇动，宫殿风微燕雀高"，"即是一句说五件事"。如果按照他的这种说法，那么陈师道《赠二苏公》诗之"桂椒楠栌枫柞樟"一句中所写的事物更多了，虽杜甫亦不容专美，这显然是论诗入魔了。作为一种诗歌艺术，片言百意追求的是语言的表现力，即经过诗人的锤炼，使得诗句就像是浓缩了的铀，能在读者的联想里释放出巨大的能量。我们来看温庭筠的《商山早行》诗：

晨起动征铎，客行悲故乡。鸡声茅店月，人迹板桥霜。槲叶落山路，枳花明驿墙。因思杜陵梦，凫雁满回塘。

这首诗历来脍炙人口，特别是其中的三四两句，更为人们所赞赏，曾被梅尧臣称为"状难写之景如在目前，含不尽之意见于言外"（欧阳修《六一诗话》引）。这两句，诗人精心选取了有关早行的六个最具象征性的意象（鸡声、茅店、月、人迹、板桥、霜）叠加在一起，句中没有任何的串接词语和演绎说明，这不但极大地增加了诗的密度，又因为意象之间连接的不确定性而为读者创造了丰富的联想空间。读者阅读时，自能感受到超于字面意义的道路之辛苦、羁旅之悲凉的不尽之言。

凡片言百意之作，其语言必定是精练的。像杜甫《哀江头》诗的"同辇随君侍君侧"，既说同辇，又说随君，再说侍君侧，一事重复三次，就无法与"百意"沾边了。但是，语言的精练也不可求之过度，连必要的交待也加以省略，从而导致语意的含糊不清。贾岛《哭柏岩和尚》诗有"写留行道影，焚却坐禅身"二句，据《六一诗话》载，当时人都戏称后句为"烧杀活和尚"。从字面上看，"坐禅"是生前事，"焚却"是死后事，因此这样的理解并不错。难道诗人果真反映这样一件恐怖的事情？当然不是，他的本意是说，僧人坐禅时端然不动的身躯死后被焚烧了。很显然是诗人一味讲求精练而导致了这个笑话。谭元春的《德山》诗也有此病：

> 维舟无所住，深入乱云间。江水高僧性，梨花古佛颜。塔灵抽寸寸，碑晦想班班。秘密闻幽鸟，威仪见别山。穿筠不愿尽，烹蕨有时还。移步孤峰下，如同树影闲。

此诗抒写自己停舟登山入寺的所见所感。第二联中的"梨花古佛颜"，当是以梨花之白来比拟古佛之颜，而与之相对的"江水高僧性"，以江水来比拟怎样的高僧之性呢？是说江水的宁静深沉，还是说江水的奔腾不息？我们若要明白诗人所表达的意思，自然还得费思一番。谭元春的不少诗都有此病，所以钱谦益在《列朝诗集小传》中对他"作似了不了之语"提出了批评。

若语言的精练求之过度，还经常会产生杜撰词语的弊病，令人感到艰涩难解。如罗隐的《秋日富春江行》诗：

> 远岸平如剪，澄江静似铺。紫鳞仙客驭。金颗李衡奴。冷叠群山阔，清幽万象殊。严陵亦高见，归卧是良图。

此诗叙秋日富春江之游，描写颇有气色。除第五句的"冷叠"一词外，只要有一定的典故知识，全篇的词语是不难理解的。这个"冷叠"便属罗隐的杜撰，因为我们从未见有谁将"冷"字与"叠"字合在一起用的。诗人可能既想说群山冷清，又想说群山重叠，为了能用最少的文字表达出这两层意思，就硬造了这个词语。我们并不反对作者自铸新词，但至少也得符合语言的规范吧。

从诗歌创作来看，杜撰词语最容易发生在使用典故之际。用典的目的之一是为加深和扩展作品的内在容量，这自然要求诗人用最精练的语言把故事概括出来。有时诗人为了能尽量的省略，也不管读者是否能够理解。如李商隐的《喜雪》诗：

> 朔雪自龙沙，呈祥势可嘉。有田皆种玉，无树不开花。班扇慵裁素，曹衣讵比麻？鹅归逸少宅，鹤满令威家。（下略）

"班扇"以下四句，一句一典，都是用来衬托雪色之洁白。其中"曹衣讵比麻"出于《诗经·曹风·蜉蝣》的"蜉蝣掘阅，麻衣如雪"。这一古典成语竟被概括为"曹衣"一词，简直令人绝倒。语言学认为，词或词组所表示的意义，必须为说话的人和听话的人所共同了解，而这个"曹衣"有几个读者能够探明其中的含义呢？若将此典概括成"曹国麻衣"，读过《诗经》的人也就不难理解了。如胡宿《雪》诗的"色欺曹国麻衣浅，寒入荆王翠被深"。不过这个宋代诗人胡宿也经常犯杜撰词语的毛病。如其《馆中候马》诗：

紫陌归鞍后，端门午鼓余。铜池衔落景，铁柱掩残书。水远沟声细，花闲壁影疏。去驺呼已远，自笑守应庐。

尾句的"应庐"一词，未见有所本，难以解释，原来诗人是据应璩《百一诗》"问我何功德，三人承明庐"句而自造。其诗中诸如此类的自造词语甚多，如因《老子》有"如登春台"语，即用"老台"；因杜牧诗有"谁人得似张公子，千首诗轻万户侯"，即用"诗户"，所以卢文弨在《龙城札记》中责为"生僻不可为训"。

诗法之四：淡中有味

在诗歌创作中，"淡"和"味"是很难统一在一起的，即

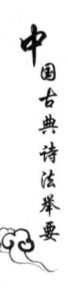

使像黄庭坚这样的大诗人也曾发过感叹:"平淡而山高水深,似欲不可企及。"(《与王观复书》)不过,在我国的古典诗歌中,我们还是能够读到不少淡而有味的佳作。先看两首:

　　君自故乡来,应知故乡事。来日绮窗前,寒梅着花未?(王维《杂诗》)
　　绿蚁新醅酒,红泥小火炉。晚来天欲雪,能饮一杯无?(白居易《问刘十九》)

　　这两首诗都是采用平常询问的口吻,没有难字僻句,没有华词丽藻,然而游子思乡之念,朋友共饮之情,沛然流于其中。读之如食橄榄,初尚疑其苦涩,回味始觉如饴,而其芳馨则永留齿颊间。
　　诗歌史上,如果要以淡中有味为标准评比最佳诗人的话,那必定是非陶渊明莫属了。他的诗总是能在平淡的语言中流动着一种难以言传的韵味。试看他的《饮酒》诗:

　　结庐在人境,而无车马喧。问君何能尔?心远地自偏。采菊东篱下,悠然见南山。山气日夕佳,飞鸟相与还。此中有真意,欲辨已忘言。

　　这首诗是陶渊明辞官归隐时所作。全篇就如话家常,清简平淡,纯朴自然,但它并不浅薄,而是淡而有味。起首二句写自己在人群聚居的地方过着隐居的生活;三四句说因为心境高远,自然就摆脱了环境的困扰。仅仅四句,就已包含了令人咀嚼不尽的意蕴。"采菊"一联是千古流传的名句,完全将人们引入了脱尘的世界;"山气"一联则进一步表现诗人内心深处那种怡然自得的闲情逸致。诗人最后说,我已领会到此中的真意,无待言说,也不必言说。这一结尾,自然使全诗更耐寻味。全诗写茅庐,写东篱,写南山,写暮霭,写菊花,写飞鸟,不着一色,白描无华,然而又那么的富有诗意,这就在于诗人将自己的真实感受全部蕴藏在形象的描写中,故能平易中见深远,素雅中呈风骨,正如苏轼所说的"外枯而中膏,似淡而实美"(《东坡题跋》)。

葛立方曾指出:"欲造平淡,当自组丽中来,落其华芬,然后可造平淡之境。今之人多作拙易语,而自以为平淡,识者未尝不绝倒也。"(《韵语阳秋》)黄子云也曾指出:"理明句顺,气敛神藏,是谓平淡,如十九首岂非平淡乎?苟非绚烂之极,未易到此,窃见诗家误以浅近为平淡。"(《野鸿诗的》)这告诉我们,淡非果淡,乃天下至味,是一种达到了千锤百炼又不见刀斧痕迹、自绚丽中来却褪尽芳华的境界。仍以陶渊明《饮酒》诗为例。其"采菊东篱下,悠然见南山"二句,宋朝的不少陶诗版本,都将"见南山"作"望南山"。为此苏轼很不满意地说,改此一字,"觉一篇神气索然也"(《苕溪渔隐丛话》引)。采菊东篱下,悠然见南山,则本自采菊,无意望山,偶然间抬起头来,目光恰与南山相会,故悠悠忘情,闲远自得。而以意无所属的"见"字易为目有定视的"望"字,正如蔡居厚所云:"便有褰裳濡足之态矣。"(《蔡宽夫诗话》)"褰裳濡足",就是撩起衣服过水,比喻有意为之,刻意雕琢,这自然就破坏了原诗的神理意趣。由此可以见出,这个"见"字看似平常,意实深微。我们再来看李煜的一首《虞美人》词:

春花秋月何时了，往事知多少。小楼昨夜又东风，故国不堪回首月明中。　　雕阑玉砌应犹在，只是朱颜改。问君能有几多愁，恰似一江春水向东流。

整首词不假雕琢，纯用白描，正如王国维所说："其言情也必沁人心脾，其写景也必豁人耳目。其辞脱口而出，无矫揉妆束之态。"（《人间词话》）然而我们又能从其平淡的语言中领略到无穷的韵味。词的起句写宇宙之运转无穷，次句写人生之短暂无常，两句中包容了古往今来多少情意。从章法上看，这开端两句以奇语劈空而下，在对比中见承应。接下"小楼"句中以"又"字与"何时了"密衔，随后以"故国"句折进，读者自能感受其感情的波澜。过片"雕阑"二句承"故国"说，回首往事，从物是人非中引出自己的愁怀。最后以东流不绝的江水比喻心中难以穷尽的万斛愁恨。全词外体物情、内抒心象，语言明畅自然，全不见用功用力之处，似乎是不假思索地信手写来，然意蕴又极深厚。所以谭献说此词"当以神品目之"（谭评《词辨》）。

周济在《介存斋论词杂著》中评温庭筠、韦庄、李煜的词时说："毛嫱、西施，天下美妇人也，严妆佳，淡妆亦佳，粗服乱头，不掩国色。飞卿，严妆也；端己，淡妆也；后主，则粗服乱头矣。"其不以浓淡而有所抑扬，颇为公允，然将李后主词喻为粗服乱头，又未免失当。正如袁枚所指出的："匪沐可洁？匪熏何香？西施蓬发，终竟不臧。"（《续诗品》）李后主之词，乃极炼如不炼、出色而本色、人籁悉归天籁，故仍属有妆，并非粗服乱头者。

在周济之前，不少诗人也有过类似的误解，以为淡者无须再"妆"，任其粗服乱头，致使他们的诗往往浮浅枯槁，淡而无味。试看白居易诗：

门有医往来，庭无客送迎。病销谈笑兴，老足叹嗟声。鹤伴临池立，人扶下砌行。脚疮春断酒，那得有心情。(《病疮》)

诗写因脚生疮而心情不佳，无难字僻句及华辞丽藻，淡是淡了，却味同嚼蜡。原因何在呢？就在于诗人误以浅近为平淡，不经意、不费力，故流于直致率易。再看梅尧臣诗：

汲井辘轳鸣，寒泉碧瓮盛。欲为三伏美，方俟十旬清。漫忆黄公舍，徒闻韦氏名。熟时梅杏小，独饮效渊明。(《腊酒》)

梅尧臣很不满当时的西昆诗风，故于创作中每每以平淡矫浮艳。其佳作可谓朱弦疏越，淡而有味，正如胡仔所称："圣俞诗工于平淡，自成一家。"(《苕溪渔隐丛话》) 但也有不少作品因求自然直寻而忽略于锻炼，从而显露出平沓与枯瘠。如以上这首诗，就既不见精深之用意，亦不见运笔之变化，毫无诗意可言。

说到"淡"，我们不妨顺便讲一下它的对立面"浓"。在我们生活的这个世界，质实古朴是一种美，华采绮丽也是一种美。正如风和日丽、万紫千红的春景使人心花怒放，天高云淡、山远林疏的秋色也令人心旷神怡。苏轼《饮湖上初晴后雨》诗云："欲把西湖比西子，淡妆浓抹总相宜。"只要是相宜的话，质实古朴与华采绮丽都自有存在的价值。

但就我国的审美传统来看，是重淡妆而轻浓抹的。如谢灵运的诗淡，便有"如初发芙蓉，自然可爱"之誉，颜延之的诗浓，便有"如铺锦列绣，雕缋满眼"之讥。又如韦庄的词淡，就有"弦上黄莺语"之誉；温庭筠的词浓，就有"画屏金鹧鸪"之讥。一些大诗人论诗，也往往是重淡轻浓的，如李白诗云："自从建安来，绮丽不足珍。"（《古风》）陆游诗云："我初学诗日，但欲工藻绘。中年始少悟，渐若窥宏大。"（《示子遹》）元好问诗云："一语天然万古新，豪华落尽见真淳。"（《论诗绝句》）贵淡轻浓的审美观念的形成，是与我国历来以重朴素的儒家思想和崇尚自然的道家思想占统治地位相关联的。不过也有一些诗评家能够摆脱重淡轻浓的传统观念的束缚，肯定浓的作品的价值。如谢榛云："作诗虽贵古淡，而富丽不可无。"（《四溟诗话》）陈衍云："诗贵淡荡，然能浓至，则又浓胜矣。"（《石遗室诗话》）袁枚在《续诗品》中对诗歌华采的美学意义则作过充分的肯定："明珠非白，精金非黄。美人当前，烂如朝阳。虽抱仙骨，亦由严妆。"所以说，无论是浓抹还是淡妆，都自有其独特的美学价值。试看骆宾王的《王昭君》诗：

敛容辞豹尾，缄恨度龙鳞。金钿明汉月，玉箸染胡尘。妆镜菱花暗，愁眉柳叶颦。唯有清笳曲，时闻芳树春。

此诗写王昭君出塞之怨恨，写得高华浓丽，璀璨动人，诗的前六句中用了六个绝美的比拟词藻：豹尾、龙鳞、金钿、玉箸、菱花、柳叶。这些华丽的词藻，如珠玉一般贯穿诗篇。作者如此藻饰，却不使人有繁缛排叠、华而不实之感，因为这全是切合着王昭君的身份及其辞别皇帝、离别皇宫的情景的。豹尾、龙鳞是写皇宫的壮丽，金钿、柳叶是写昭君的美貌，作者愈是突出皇宫的壮丽与昭君的美貌，也就愈反衬出塞外之凄凉与昭君之怨恨。因此，尽管全诗很浓丽，但感情丰富，格调高逸，可谓是丽语超妙。

诗歌创作的情况表明，华丽的作品容易流于藻饰，故往往外腴而中枯，貌丰而神朽，这也是我国审美传统重淡轻浓的原因之一。试看花间词代表作家温庭筠的两首《菩萨蛮》：

小山重叠金明灭，鬓云欲度香腮雪。懒起画蛾眉，弄妆梳洗迟。　　照花前后镜，花面交相映。新帖绣罗襦，双双金鹧鸪。（其一）

水精帘里颇黎枕，暖香惹梦鸳鸯锦。江上柳如烟，雁飞残月天。　　藕丝秋色浅，人胜参差剪。双鬓隔香红，玉钗头上风。（其二）

在这两首短短的词中，就有"绣罗襦""金鹧鸪""水精帘""颇黎枕""香腮""香红""暖香""鸳鸯锦""玉钗"等色彩浓艳的物象。作者的夸缛斗炫，就是为了掩饰苍白的情感。读这样的作品，只会对华丽的词藻有较强的感受，在情感上很难获得感悟与触发。王国维曾指出："'画屏金鹧鸪'，飞卿语也，其词品似之。"（《人间词话》）画屏上的金鹧鸪，虽富丽但无生命，这正比喻出了温词艳装浓裹、缺乏情感的特征。这正如沈

《菩萨蛮（小山重叠金明灭）》

德潜所说:"若胸无感触,漫尔抒词,纵辨风华,枵然无有。"(《说诗晬语》)

那么,有所感触是否就可一任藻饰?是否就华而有实了?也不能这么认识。一般说来,华美之笔,应与宏丽之境、绵密之情相配合,同时还应该做到"以意为主,辅之以华丽"(吴可《藏海诗话》),不然亦会导致雕饰。李商隐的《四年冬以退居蒲之永乐,渴然有农夫望岁之志,遂作忆雪,又作残雪诗各一百言,以寄情于游旧》便是一首这样的作品:

旭日开晴色,寒空失素尘。绕墙全剥粉,傍井渐消银。刻兽摧盐虎,为山倒玉人。珠还犹照魏,璧碎尚留秦。落日惊侵昼,余光误惜春。檐冰滴鹅管,屋瓦镂鱼鳞。岭霁岚光坼,松暄翠粒新。拥林愁拂尽,著砌恐行频。焦寝忻无患,梁园去有因。莫能知帝力,空此荷平均。(《残雪》)

由诗题可知,此乃诗人退居永乐之际的"寄情于游旧"之作。既然是"寄情",内心自必有感。从创作心理分析,诗人因见雪为万物所共有,想到自己远离帝京,得不到朝廷的识拔,从而希望前游故旧能相援引。这种感情应当是极其沉郁的,故不应该采用丽笔,更不应该施以过多的藻饰。然而由于诗人未能意识到这一点,致使全诗藻绘过多,用事过滥,作为主要表现内容的思想情感反倒显得单薄贫乏,读后便觉华而不实。正是在这个意义上,刘勰告诫说:"繁华损枝,膏腴害骨。"(《文心雕龙·风骨》)这也是我们在使用华采绮丽的词藻时所千万要留意的。

诗法之五：借石他山

在读古典文学作品时，我们常常会发现，有些作者往往把前人的诗句一字不改地用到自己的作品之中。如曹操《短歌行》中的"呦呦鹿鸣，食野之苹。我有嘉宾，鼓瑟吹笙"四句，完全直录《诗经·小雅·鹿鸣》。又如王实甫《西厢记》第四本第三折［端正好］中的"碧云天，黄叶地"二句，则直接从范仲淹的《渔家傲》词中移用而来。对于这种借用，古人非但没有把他们看成"窃贼"，而且还美其名曰"借石他山"。黄昇的《花庵词选》中更有一段有趣的记载：

> 宋子京过繁台街，逢内家车子，有搴帘者曰：小宋也。子京归，遂作《鹧鸪天》一词曰："画毂雕鞍狭路逢，一声肠断绣帘中。身无彩凤双飞翼，心有灵犀一点通。　　金作屋，玉为笼，车如流水马如龙。刘郎已恨蓬山远，更隔蓬山一万重。"都下传唱，达于禁中。仁宗知之，问内人第几车子，何人呼小宋。有内人自陈：顷传御宴，见宣翰林学士，左右内臣曰：小宋也。时在车子偶见之，呼一声尔。上召子京，从容语及，子京惶惧无地，上笑曰：蓬山不远。因以内人赐之。

宋祁《鹧鸪天》词中"身无彩凤双飞翼，心有灵犀一点通"二句，为李商隐《无题二首》之一的颔联；"车如流水马如龙"一句，为李煜《望江南》词的第四句；"刘郎已恨蓬山远，更隔蓬山一万重"二句，为李商隐《无题四首》之一的末联。对这种公行劫掠之作，"留意儒雅，务本向道"的宋仁宗非但没有责备他，而且成全了他的好事，当时也没有人视其为"偷语"者。

诗词艺术贵词必己出，意自心来，为何借用前人成句还能得到人们的首肯？这正如王若虚所说："物有自然之理，人有同然之见，语意之间，岂容全不见犯哉？"（《滹南诗话》）所以"意到即可用，不必皆自己出"。当然，既然是借石他山，就必须要达到"攻玉"的效果，也就是说，借用前人成句要有助于更好地表现自己的感情，有助于创造出原诗没有的新意。晏几道的《临江仙》词就是借用成句的典范：

> 梦后楼台高锁，酒醒帘幕低垂。去年春恨却来时。落花人独立，微雨燕双飞。　记得小蘋初见，两重心字罗衣。琵琶弦上说相思。当时明月在，曾照彩云归。

这首词是作者抒写对已别的爱人（即歌女小蘋）的怀念，全词深厚闲雅，含蓄蕴藉，意境隽永。其中"落花人独立，微雨燕双飞"二句，原是五代翁宏《春残》中的诗句。有趣的是原诗并不出名，翁宏也不为人所知，倒是在晏几道袭用之后，却屡屡为人所称道。如谭献说："名句，千古不能有二。"（《复堂词话》）陈廷焯说："既闲婉，又沉著，当时更无敌手。"（《白雨斋词话》）究其原因，主要是这二句移用得极为熨帖和自然。原诗的全文是:"又是春残也,如何出翠帷?落花人独立,微雨燕双飞。寓目魂将断,经年梦亦非。那堪向愁夕,萧飒暮蝉辉。"很显然,这两句在原诗中与上下并不谐和,放到此词中,与全词的气氛和情调更相适应了,更能体现出词的意境。在这里,作者的感情不是强烈的喷发,而是通过凄清而富有美感的画面来展示的。"独立"二字已寂寞可想,又以"双飞"反衬,更见其冷寂,而这又是以"微雨""落花"为背景,写尽了作者茕独孤子的情怀。这幅画面,取景较轻,设色较淡,与感时伤别的悠悠情思交融得极为浑成,令人有咏歌嗟叹、低徊不尽之感。借用达到如此浑成而如己出,可以说,已不失为是一种创造。再看林逋的诗《山园小梅》:

众芳摇落独暄妍,占尽风情向小园。疏影横斜水清浅,暗香浮动月黄昏。霜禽欲下先偷眼,粉蝶如知合断魂。幸有微吟可相狎,不须檀板共金尊。

这首诗有"千古绝调""脍炙天下"之誉,特别是其中的"疏影"一联,历来备受赞美。但据李日华《紫桃轩杂缀》载,这两句乃是借用江为的诗"竹影横斜水清浅,桂香浮动月黄昏"。江为的这两句诗,上句是写"竹"之影,下句是写"桂"之香,可我们感觉其写得并不确切。竹子干直叶茂,就不能用"横斜"描写,桂花香气浓郁,就不能以"浮动"形容。林逋把这两句改为咏梅,前句写花枝,梅树先花后叶,故曰"疏影",且枝条错落有致,故曰"横斜";后句写花香,梅花香气清淡,所以飘散在空中的清香会令人产生若有若无的"浮动"之感。这两句把梅花孤洁的形象与特质入妙地传达了出来。诗人借用前人诗句恰到好处,不仅不见拆补割掇的痕迹,还与自己诗浑成一体,构成新的意境。

借用成句以"恰似古人觅我,而非我觅古人"为上,不然,则会被讥之为"偷语的钝贼"(皎然《诗式》)。古代诗人中,做过这种钝贼的还真不少,宋代的惠崇便是一个。试看他的《访杨云卿淮上别墅》诗:

地近得频到,相携上野亭。河分冈势断,春入烧痕青。望久人收钓,吟余鹤振翎。不愁归路晚,明月上前汀。

其中第三句为司空曙诗,第四句为刘长卿诗,作者将它们用入自己的诗中,实在见不出有什么必要。由于借用而没能自出新意,浑然天成,致有生吞活剥之消,连他的弟子也吟诗道:"河分冈势司空曙,春入烧痕刘长卿。不是师偷古人句,古人诗句似兄诗。"极尽谐谑之能事(见《贡父诗话》)。再看苏轼的《送张嘉州》诗:

少年不愿万户侯,亦不愿识韩荆州。颇愿身为汉嘉守,载酒时作凌云游。虚名无用今白首,梦中却到龙泓口。浮云轩冕何足言,惟有江山难入手。峨眉山月半轮秋,影入平羌江水流。谪仙此语谁解道,请君见月时登楼。笑谈万事真何有,一时付与东岩酒。归来还受一大钱,好意莫违黄发叟。

此诗写得相当粗糙,如前三句连用三"愿"字,下笔极其

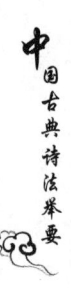

随意。又如末尾的"归来还受一大钱,好意莫违黄发叟",也毫无诗意可言。诗中"少年"二句来自李白的《与韩荆州书》,"峨眉"二句来自李白的《峨眉山月歌》,从全诗看,这些借用既不见真趣,也不见深意,更不见创新,仅仅是割掇古语而已,真可谓活者死矣,灵者笨矣。

诗法之六:俗中出雅

诗是一门讲究文字优美雅致、意味隽永含蓄的艺术,但是它也不排斥点缀些俚言俗语,正如谢榛所说:"诗忌粗俗字,然用之在人,饰以颜色,不失为佳句。譬诸富家厨中,或得野蔬,以五味调和,而味自别,大异贫家矣。"(《四溟诗话》)大诗人杜甫在创作中便不忌俗语入诗,其作品中通俗的口语时时可见。试看他的《春水生二绝》之二:

　　一夜水高二尺强,数日不可更禁当。南市津头有船卖,无钱即买系篱旁。

此诗乃忧水上涨淹没草堂而作。罗大经曾评价说:"少陵诗有全篇用常俗语而不害其为超脱,如此章是也。"(《杜诗详注》引)确实,此诗用语虽俚直,但放荡自然,足洗凡俗,我们读来能感受到有一股清新活泼的生活气息。再看他的《夜归》诗:

夜半归来冲虎过，山黑家中已眠卧。傍见北斗向江低，仰看明星当空大。庭前把烛嗔两炬，峡口惊猿闻一个。白头老罢舞复歌，杖藜不睡谁能那？

深夜归舍，并没有什么好写之处，而杜甫以身之所经、心之所感、耳目之所见，写得夜色凄然，夜景寂然。正如浦起龙所谓"即景成诗，极有孤兴"（《读杜心解》）。诗中的"家中已眠卧""明星当空大""嗔两炬""闻一个"等词语，显然不是通常的律诗用语而是日常俗语，可诗人信手拈弄，让诗呈现出了别种风味。

我们从杜甫的诗可以看出，以俚俗语点化入诗句中，并不伤雅。这也说明，语言的俗与诗味的雅是不相矛盾的。事实上，有不少诗人为了获得更多的读者，常力求把诗写得平易通俗。《冷斋夜话》记载："白乐天每作诗，令老妪解之。问曰：解否？妪曰解，则录之；不解，则易之。"连老妪都能理解的诗，自然是通俗至极了。王安石曾评价白居易诗："世间俗言语，已被乐天道尽。"其诗之通俗可见一斑。像杜甫、白居易这种多用通俗语而又能够使诗歌达到很高的艺术成就，就在于他们"俗中出雅"的本领。所以蔡绦曾云："诗家不妨间用俗语，尤见工夫。"（《西清诗话》）

然而有些批评家对俗语入诗持坚持反对的态度，如朱熹要求诗人"胸中不可着一字世俗言语"（《诗人玉屑》引）；冒春荣也要求诗人"用字最宜斟酌，俚字不可用"（《葚原诗说》）。其原因，恐怕与许多作品以俚语入诗但却陷于语言粗俗流便、格调鄙俚低下有关。试看下面两首诗：

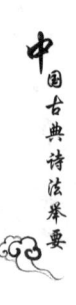

>昨醉黄昏归，连倒三四五。摩挲青莓苔，叫我惊著汝。（卢仝《村醉》）
>
>东家一老婆，富来三五年。昔日贫于我，今笑我无钱。渠笑我在后，我笑渠在前。相笑傥不止，东边复西边。（寒山《东家一老婆》）

这两首作品的共同毛病就是取里巷语入诗而缺乏艺术的点化，因而毫无雅趣，毫无诗意。如前一首只是直白白地描写接二连三倒下的醉态，哪有诗味可寻？寒山的诗虽然讽刺嘲笑了某种世态人情，但近于滑稽，读来只感到俗不可耐，难登大雅之堂。很显然这都是诗人缺乏对美的感受能力所导致的。所以苏轼告诫说："街谈市语，皆可入诗，但要人镕化耳。"（《竹坡诗话》引）再看黄庭坚的《少年心》词：

>对景惹起闲闷。染相思，病成方寸。是阿谁先有意，阿谁薄幸。斗顿凭，少喜多嗔。　合下休传音问。你有我，我无你分。似合欢桃核，真堪人恨。心儿里，有两个人人。

此词表现一对情人间的既爱又恨的矛盾复杂的心情。这种感情应当说可以写得非常深厚缠绵，然而作者却让一个俗气的小市民操着一口俚语来诉说，使全词流入庸俗，令人感到亵渎不可名状。所以刘熙载批评他"以俚语侮弄世俗，若为金、元曲家滥觞"（《艺概·词曲概》）。

那么，在诗歌创作中如何采入俚俗语而又不伤雅致呢？陆时雍说得好："诗有灵襟，斯无俗趣矣。有慧口，斯无俗韵矣。乃知天下无俗事、无俗情，但有俗肠与俗口耳。古歌、子夜等诗，俚情亵语，村童之所赧言，而诗人道之，极韵极趣。汉铙歌乐府，多婪人乞子儿女里巷之事，而其诗有都雅之风。"（《诗镜总论》）这段话揭示了俗中出雅的秘密：诗人有了高尚的艺术情趣，高超的艺术技巧，便能化俗为雅；反之，则只能是俗不可耐。试看两例：

莫入红尘去，令人心力劳。相争两蜗角，所得一牛毛。且灭心中火，休磨笑里刀。不如来饮酒，稳卧醉陶陶。（白居易《不如来饮酒》）

恨君不似江楼月，南北东西。南北东西，只有相随无别离。　恨君却似江楼月，暂满还亏。暂满还亏，待得团圆是几时？（吕本中《采桑子》）

白诗句句用俚俗的词汇，自然晓畅，一读就懂，而诗意颇新警雅致，很耐寻味。方回云："人言白诗平易，'相争两蜗角，所得一牛毛'，岂不奇崛？胸中所见高，则下笔自高，此又在乎涵养、省悟之有得，不得专求之文字间耳。"（《瀛奎律髓》）吕词写离情，上下片均以"恨"字开头，既"恨君"不似江楼明月之相随无别，又"恨君"却似江楼明月之暂满还亏。全词虽用通俗口语写成，但借助了巧妙的构思、贴切的比喻，尤其是利用了《采桑子》词调的复叠的特点，故读来情深韵美、语畅意长。

诗词中的"俗"还有一层意思，即是指陈词滥调，老生常谈。姜夔曾云："人所易言，我寡言之；人所难言，我易言之，自不俗。"（《白石道人诗说》）陈衍亦云："诗最忌浅俗。何谓俗？人人所喜语是也。"(《石遗室诗话》)"人所易言""人所喜语"都是"俗",避俗,是否就是寡言之或不言之呢？并不是。如果前人写过的诗意或用过的词语都不能重复的话,那么后世诗人如何进行创作？就连"为人性僻耽佳句,语不惊人死不休"的杜甫的作品,也并不是都能语语惊人、言言去陈,所以这同样要借助俗中出雅的手法。如"花好月圆"早已是诗歌中的凡庸之意、俗滥之词,但近人蒋麟振虽沿用却写得主意清新、措词婉雅,其《送女友》诗曰:"三年衣袖芬馨在,人海苍茫一面缘。此后关山千万里,愿花常好月常圆。"腐朽之言化为了神奇之诗。由此可知,俗中出雅说到底还是在于炼意,在于熔化的功夫。

诗法之七：惜墨如金

据《唐诗纪事》记载：有一年诗人祖咏参加朝廷考试,试官出题是《终南山望余雪》。按应试诗格式规定,当写五言六韵十二句才算成篇。祖咏却只写四句:"终南阴岭秀,积雪浮云端。林表明霁色,城中增暮寒。"试官问他为何不写完全篇,答曰:"意尽。"这个故事告诉我们,诗歌创作应惜墨如金,意达则已。杜甫的《石壕吏》便是一首惜墨如金的佳作。诗如下：

　　暮投石壕村,有吏夜捉人。老翁逾墙走,老妇出门看。吏呼一何怒！妇啼一何苦！听妇前致词：

"三男邺城戍。一男附书至，二男新战死。存者且偷生，死者长已矣！室中更无人，惟有乳下孙。有孙母未去，出入无完裙。老妪力虽衰，请从吏夜归。急应河阳役，犹得备晨炊。"夜久语声绝，如闻泣幽咽。天明登前途，独与老翁别。

陆时雍称赞此诗云："其事何长，其言何简。"(《唐诗镜》)说的就是诗人善于剪裁，惜墨如金。一开端，只一句投宿，便进入"有吏夜捉人"的主题。接下"吏呼""妇啼"，可当得数十言。全诗写了"老翁逾墙走"，未写他何时而归；写了老妇"请从吏夜归"，未写她是否被捉去；写了"如闻泣幽咽"，未写泣者是谁。如果将这些事情全部交待得清清楚楚，不知要费去多少笔墨。诗人于结尾处只以"独与老翁别"一句，便使读者全于言外得知。正是由于这种精练、简洁的笔墨，才使得全诗能在一百二十个字之内，反映出无比深广的社会现实。

惜墨如金，最要避免求全。《庄子》有云："凫胫虽短，续之则忧。"意思已表达清楚了，再去反复申说，势必会走向反面。试看温庭筠的《梦江南》词：

梳洗罢，独倚望江楼。过尽千帆皆不是，斜晖脉脉水悠悠。肠断白蘋洲。

此词写得清新流畅，极尽缠绵、凄伤、挚厚之情，被谭献称为"犹是盛唐绝句"(谭评《词辨》)。然而从意境上看，觉辞意俱尽，无咀嚼回味之余地，正如李冰若所说："飞卿此词末句，真为画蛇添足，大可重改也。'过尽'二语既极惆怅之情,'肠断白蘋洲'一语点实,便无余味,惜哉!惜哉!"(《栖庄漫记》)按朱光潜的说法,"把'肠断白蘋洲'五字删去,意味更觉无穷"。何为其然?因前几句已写出一个倚楼等待离人归来却一再失望的思妇形象,"斜晖"句景中有情,足以给人无限联想的空间,再以"肠断"添足,一泻无余,神形俱失,遂成败笔。再看柳宗元的《渔翁》诗:

渔翁夜傍西岩宿,晓汲清湘燃楚竹。烟销日出不见人,欸乃一声山水绿。回看天际下中流,岩上无心云相逐。

苏轼曾云:"此诗有奇趣,然其尾两句,虽不必亦可。"(惠洪《冷斋夜话》引)确实,后削冗句,浑成一绝。第一联的暮宿晨兴,已见渔翁的闲适自在;第二联的画外清音,已见渔翁的超凡绝俗,若就此结尾,便余情不尽,恰到好处。诗人却为蛇添足,又续"回看天际下中流,岩上无心云相逐"二句以点实,不仅与前面的叙述角度相矛盾,亦破坏了全诗的意境神韵。

惜墨如金,还要勇于割爱。李渔曾云:"作宾白者,意则期多,字惟求少,爱虽难割,嗜亦宜专。每作一段,即自删一段,万不可删者始存,稍有可削者即去。"(《闲情偶寄》)所谈虽是戏曲,诗歌当是同理。不少诗作意味不足,倒不是辞意不佳,而是不忍割爱所致。试看李群玉的《雨夜呈长官》诗:

远客坐长夜,雨声孤寺秋。请量东海水,看取浅深愁。愁穷重于山,终年压人头。朱颜与芳景,暗赴东波流。鳞翼思风水，青云方阻修。孤灯冷素艳，虫响寒房幽。借问陶渊明，何物号忘忧。无因一酪酊，高枕万情休。

这首诗抒写在异乡的雨夜感怀，述情叙怨，可谓委曲周详，然而韵味却不厚，难以令人动情，问题便在于不忍割爱。开首二句远客长夜、秋雨孤寺的交待，情景已明；三、四句量水东海、比愁深浅的设喻，启人以思，只此说住，便可想见言外有无限情事。然诗人偏把愁重压人、年华随波、仕途受阻诸情事全部端将出来，故反成饶舌。

以上所谈惜墨，主要是就篇法而言的，从句法来看，也有个惜墨的问题。惜墨如金，对篇法来说，要求做到篇中无闲句；对句法来说，则要求做到句中无闲字。谢榛曾云："炼句之法有二忌，如冶人当造五寸之钉，而强之七寸，虽长而细，不利于用也；如圬者筑七尺之墙，五尺以砖，二尺以坯，然遭久雨，砖则无恙，而坯自颓矣。"（《四溟诗话》）这两个比喻打得很形象，只能造五寸之钉的铁，勉强拉长至七寸，结果是长而无用；只能砌五尺之墙的砖，凑上土坯砌成七尺，自然是易于颓垮。谢榛指出这一点乃是有针对性的，确有诗人在创作中懒于精思，不惜笔墨，敷衍成句。试看朱庆馀的《和刘补阙秋园五首》之一：

闲园清气满，新兴日堪追。隔水蝉鸣后，当檐雁过时。雨余槐穗重，霜近药苗衰。不似朝簪贵，多将野客期。

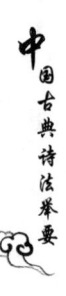

此诗写秋园之景，但在第二联中于"蝉鸣"前冠以"隔水"，于"雁过"前冠以"当檐"，实在看不出有什么必要。很显然，诗人无意锤炼，信手拈来就支凑用上了。再看李白的《陪族叔刑部侍郎晔及中书贾舍人至游洞庭五首》之一：

洞庭西望楚江分，水尽南天不见云。日落长沙秋色远，不知何处吊湘君。

王夫之曾指出，诗的第二句有"滞累"之病，"以有衬字故也"(《姜斋诗话》)。衬字，即闲语也，当是句中的"水""南"二字。因为删去这二字，意思也相当清楚，可见此句乃拉字凑数而成。所以冒春荣有云："七言句若可截去二字作五言，便不成诗。须字字去不得，方是好诗。"(《葚原诗说》)

必须认识的是，惜墨并不是以字数的多少来衡量的。魏际瑞指出："切到精详，连篇亦谓之简。"(《伯子论文》) 我们不能因惜墨而随意省减，从而导致语意不明。在诗歌创作中，这一点是有着许多教训的。试看江淹《颜特进延之侍宴》诗的开端：

太微凝帝宇，瑶光正神县。揆日粲书史，相都丽闻见。列汉构仙宫，开天制宝殿。

第二句的"神县"一词，乃是诗人将中国之古称"赤县神州"随意挑取二字组合而成，而通常的习惯是，或以"赤县"代中国省略"神州"，或以"神州"代中国省略"赤县"。这里压缩成"神县",实属罕见,若不作解释,人们还真会误以为是某个县名。

尽管有时诗句中某些字眼的省减不致引起读者的误解,但若影响到诗句本身情调的和顺亦属不当。试看王安石的《秋露》诗:

日月跳何急?荒庭露送秋。初疑宿雨沽,稍怪晓霜稠。旷野将驰猎,华堂已御裘。空令半夜鹤,抱此一端愁。

首句从韩愈"日月如跳丸"诗句而来,然有"丸"字,"跳"字乃有意,此处省"丸"字而用"跳"字,自然就不雅驯,令人有削足适履之感,可谓是只欠一字,辞理俱诎。

诗歌创作,既讲惜墨,又讲泼墨。这是因为浓烈挚厚的情感,有时三言两语难以尽情,而用墨如泼,反复抒写,极尽铺陈渲染之能事,便能获得酣畅淋漓的效果。所以我们既要惜墨如金,也不能排斥用墨如泼。在此顺便欣赏一下诗歌中泼墨法的运用。试看贺铸的《青玉案》词:

凌波不过横塘路,但目送,芳尘去。锦瑟华年谁与度?月台花榭,琐窗朱户,只有春知处。碧云冉冉蘅皋暮,彩笔新题断肠句。试问闲愁都几许?一川烟草,满城风絮,梅子黄时雨。

此词写自己幽伤的情怀。上片借不遇美人表现自己凄寂惆怅的心境。换头,自述相思之苦,然欲以彩笔题诗,以寄愁情,却空有断肠之句,于是发"闲愁几许"之问,最后以梅子烟雨作结。从内容看,此词并不见新意,但藻采秾丽秀雅,修辞造妙入微,却是它词所难企及。正如先著所云:"语句思路,亦在目前,而千万人不能凑泊。"(《词洁》)如末尾的"一川烟草,满城风絮,梅子黄时雨",连用三句景物描绘来写"闲愁",以加深加厚愁的感人力量,真可谓是用墨如泼。我们读后,不但不觉得噜苏、拖沓,反而有淋漓酣畅之感。如果删去"一川烟草,满城风絮"二句,而独留"梅子黄时雨"一句,从感情的表达来看,也并非不可,但形象就不够饱满,兴味就不够悠扬。再看李商隐的《泪》诗:

永巷长年怨绮罗,离情终日思风波。湘江竹上痕无限,岘首碑前洒几多。人去紫台秋入塞,兵残楚帐夜闻歌。朝来灞水桥边问,未抵青袍送玉珂。

诗的前六句,也就是全诗四分之三的篇幅,诗人采用了犹如排句和叠句的手法,一连写了六个古人流泪之事,首句写宫怨之泪,次句写离人之泪,三句写伤逝之泪,四句写怀德之泪,五句写身陷异域之泪,六句写英雄末路之泪。六件事,六种泪,没有层次上的递进,也不与诗人自身相关。这种写法似令人不可理解,但是作品所包含的纵聚千古伤心人之泪,未抵青袍之泪湿的主题思想,就是在这种铺陈渲染的泼墨手法中,得到了深刻有力的表现。如果诗人对前述六个古人流泪之事只是概括一下,很精练地表达出来,也不是不可以,但诗的感情浓度就不会这么深厚,更不会获得如此强烈的艺术感染力。

诗法之八：用事入妙

用事，亦称用典，即在作品中征引神话传说、历史故事以及经史子集中的语句。这是古典诗歌创作中经常运用的艺术手法之一。因为诗歌这一体裁，受到格律、字数的严格限制，有时很难把曲折复杂的情事表达出来，而如能于古事中觅得与此情况相合者熔铸于诗句中，既能加深和扩展作品的内在容量，又可使读者产生广阔的联想。试看辛弃疾的《贺新郎·别茂嘉十二弟》词：

> 绿树听鹈鴂，更那堪、鹧鸪声住，杜鹃声切。啼到春归无寻处，苦恨芳菲都歇。算未抵、人间离别。马上琵琶关塞黑，更长门、翠辇辞金阙。看燕燕，送归妾。　　将军百战身名裂，向河梁、回头万里，故人长绝。易水萧萧西风冷，满座衣冠似雪。正壮士、悲歌未彻。啼鸟还知如许恨，料不啼清泪长啼血。谁共我，醉明月？

辛茂嘉为辛弃疾族弟，是一个勉力抗金而重节气之人，以罪谪徙，辛弃疾借送别而发家国之感。从用典看，作者广征古事以言离别之恨：王昭君辞汉嫁匈奴，陈皇后失宠居长门，卫庄姜挥泪送戴妫，李陵异域别苏武，太子丹易水诀荆轲。作者虽选用五事，但读来并不厌其多，因为一方面这些古事都与国破家亡有关,是极悲痛的"别恨",作者借此可直接表露内心的怨愤;另一方面,这些古事或出于史书,或出于文学作品(王昭君出塞、陈皇后贬长门屡见于文学作品,庄姜送戴出于《诗经》《左传》,苏李诀别出于《汉书》,荆轲辞燕出于《史记》),均为当时人们所熟悉,再加上经过作者琵琶关塞、翠辇金阙、瞻望不及、河梁万里、易水风寒等形象的描绘与气氛的渲染,既使人容易理解,又给人强烈感受。就连要求诗歌"不使隶事之句"的王国维,也称此词"语语有境界,此能品而几于神者"(《人间词话》)。

不过,从辛词的用事来看,并不都有以上这首词那么浑然天成的境界。他的胸襟、他的豪致,常使他作词一气呵成,不假修饰,因此有时能达到自然超妙,有时却不免露出弊端。如用典,常太多太滥,流于堆砌,显出累赘,后人讥他"掉书袋",不为无因。据《桯史》记载,辛弃疾曾对岳珂批评其"用事多"而大喜说:"君实中予痼。"可见,对于这一缺点,他自己也是承认的。所以,刘熙载在《艺概·词曲概》中向诗人们提出"用事入妙"的要求。所谓"入妙",就是用事如同不用,即如叶梦得所言:"必至于不得不用而后用之,则事词为一,莫见其安排斗凑之迹。"(《石林诗话》)或如胡应麟所言:"若黄金在冶,至铸形成体之后,妙夺化工,无复丝毫痕迹。"(《诗薮》)这种融化不涩、天然浑成的境界是完全有可能达到的,试看王安石的《书湖阴先生壁》诗:

　　茅檐长扫静无苔,花木成畦手自栽。一水护田将绿绕,两山排闼送青来。

诗中"护田"出典于《汉书·西域传》,"排闼"出典于《史记·樊哙传》。即使我们不知道这两个字眼的来历,也能明白诗句的意思,领略其中的情趣。因为它在字面上和上下文贯通,在意义上配合着眼前的景物,达到了用事不使人觉、若胸臆语的境界。再看李商隐的《昨夜》诗:

不辞鹈鴂妒年芳,但惜流尘暗烛房。昨夜西池凉露满,桂花吹断月中香。

这是诗人于失意之际写的悼亡诗。前两句盖言不怨群芳衰歇,年华将逝,但惜流尘满室,伊人已亡。后两句抒发伤逝之情,谓昨夜西池凉露盈满,狂风将桂枝吹折,触绪生悲,情何以堪!诗的第一句出典于《离骚》:"恐鹈鴂之先鸣兮,使百草为之不芳。"鹈鴂即杜鹃,春分鸣则众芳生,秋风鸣则众芳歇。诗的第二句出典于潘岳《悼亡诗》之"床空委清尘"。由于这两个典故的巧妙运用,读者即使不知出典,同样可以体会其中丰富的意味,而一经拈出其中所隐含的典故,又能很自然地引起多方面的联想,加深对诗的内蕴的理解。

刘熙载指出:"词中用事,贵无事障。"(《艺概·词曲概》)事障者,大约有四个方面,即援古牵强、用典冷僻、使事深晦和误用古事。下面分别述之。

先说援古牵强。当诗人有幽隐复杂的情事难以表达时,援引古事以相发明,可得意简言赅、情态毕出之效。不过,诗人在借彼之意、言己之情中,要获得这一境界,首先须注意到引得的确,用得恰当,而这一点却常被一些诗人所疏忽。试看温庭筠的《马嵬驿》诗:

穆满曾为物外游，六龙经此暂淹留。返魂无验青烟灭，埋血空成碧草愁。香辇却归长乐殿，晓钟还下景阳楼。甘泉不得重相见，谁道文成是故侯？

马嵬驿是唐玄宗赐死杨贵妃处，诗的第四句"埋血空成碧草愁"，借"苌弘血"的故事写杨妃。苌弘是春秋时周人，因遭谮而被放归蜀，自恨忠而蒙冤，遂刳肠而死，其血三年化为碧玉。可以看出，诗人用此典寄予了对杨妃的同情。然而杨妃之死虽有令人同情处，但毕竟不能与有志之士的抑郁而终相提并论，所以此事用于此并不妥帖。

用事而不切文情，往往与诗人滥用自夸以矜其博有关。黄庭坚是一个"宁不工而不肯不典"（赵翼《瓯北诗话》）的诗人，所以在用典时常有生吞活剥的情况。试看他的《清明》诗：

佳节清明桃李笑，野田荒垅只生愁。雷惊天地龙蛇蛰，雨足郊原草木柔。人乞祭余骄妾妇，士甘焚死不公侯。贤愚千载知谁是，满眼蓬蒿共一丘。

寒食在清明的前一或二日，咏清明而及寒食，自无不可。传说寒食节是为纪念介子推的，所以诗的第六句便援引了介子推有功不愿受禄、焚死绵山的故事。而与此句相对的"人乞祭余骄妾妇"，用《孟子·离娄》中墦间乞食的故事，我们却看不出与清明或寒食有什么关系。如果诗人只是泛言清明所见，那又怎知其必骄妾妇呢？很显然诗人只管拿来，全不顾是否切合文情。黄庭坚的词亦常有此病，试看一首《忆帝京》：

薄妆小属闲情素,抱着琵琶凝伫。慢撚复轻拢,切切如私语。转拨割朱弦,一段惊沙去。万里嫁、乌孙公主。对易水,明妃不渡。泪粉行行,红颜片片,指下花落狂风雨。借问本师谁,敛拨当心住。

此词是赠给弹琵琶的歌妓的。过片以乌孙公主及王昭君远嫁异域以琵琶传怨的故事,来形容弹琵琶歌妓所奏出的悲苦之音,应属恰当。但诗人又在王昭君马上琵琶的故事中,扯进荆轲刺秦,众人送至易水,高渐离击筑悲歌的故事,且不说文辞不通,于乐器也不合。如此用典,怎不让人感到牵强可笑呢?

再说用典冷僻。清代袁枚曾写过一首《过马嵬吊杨妃》诗,其中有一联"金鸟锦袍何处去,只留罗袜与人看",用了《新唐书·李石传》中的话,本不是什么僻典,而读者人人问出处,袁枚便将此作从诗集中删去了(事见《随园诗话》卷六)。这种为读者着想的做法很值得赞赏。不过,也有一些诗人与袁枚完全相反,他们好用僻事僻典,似乎是故意要人看不懂或不能全懂。这里我们又要说到黄庭坚了。与其同时的魏泰就说他"喜作诗得名,好用南朝人语,专求古人未使之事,又一二奇字缀葺而成诗"(《临汉隐居诗话》)。许尹在《黄陈诗集注序》中则进一步指出"其用事深密,杂以儒佛、虞初稗官之说,《隽永》《鸿宝》之书,牢笼渔猎,取诸左右"。我们只要翻一下南宋初年任渊所注的《山谷内集》,便可证实其话不虚。《内集》收诗七百十五首,用典之书仅任渊所注明出处的就达四百余种,其中除了读书人所必读与习见的书外,还用了不少冷僻的文集、小说乃至道藏佛经。试看一些诗例：

《听宋宗儒摘阮歌》："自疑耆域是前身，囊中探丸起人死。"用《耆域经》中耆域能医众病之事。

《题王黄州墨迹后》："掘地与断木，智不如机舂。圣人怀余巧，故为万物宗。"本孔融《肉刑论》"贤者所制，或逾圣人。水碓之巧，胜于断木掘地"之意。

《题燕邸洋川公养浩堂画》："陈郎浮竹叶，着我北归人。"事出《幻影传》。陈季卿下第不得归，终南山翁折竹叶，命季卿注视壁上瀛寰图，遂得缩地归。

有多少读者在吟咏以上诗句时能与出典相联系？用事如此冷僻，不是故设人为障碍吗？这种不良的风气还影响到宋代词坛，吴文英便是典型代表。试看他的《宴清都》词开端：

绣幄鸳鸯柱，红情密，腻云低护秦树。

这首词咏连理海棠。"绣幄"，指用来护花的彩绣大帐；"鸳鸯柱"，指连理海棠；"红情密"，系形容海棠花花团锦簇，这些都还算可以理解，"腻云低护秦树"句，则就令人费解了。"秦树"是什么意思？原来出典在《阅耕录》。该书记载说，秦中有双株海棠，高达数十丈，故作者以"秦树"指连理海棠。这一句乃是以女子的云鬟衬香腮比喻翠叶护红花。读这样的作品简直如同解哑谜一般。有人曾为黄庭坚、吴文英这类作品辩护说,不是他们用事过僻,而是读者学识太浅,故时时要对典故问名探姓。如果诗歌一定要满腹学问的人才能读懂的话,那还有什么意义呢?就创作者来说,欲求作品胜人,并不在用生典,对此清代的钱泳说得相当透彻:"看古人诗文,不过将眼面前数千字搬来搬去,便成绝大文章。乃知圣贤学问,亦不过将伦常日用之事,终身行之,便为希贤希圣,非有六臂三首牛鬼蛇神之异也。"(《履园谭诗》)

接下说使事深晦。使事深晦与否,全在诗人的运用,与典故本身无关。如黄庭坚的《演雅》诗中有这样一句:"春蛙夏蜩更嘈杂。"语出杨泉《物理论》:"虚无之谈,无异春蛙秋蝉,聒耳而已。"杨泉此书不为读书人习见,按理说是个生僻的典故,然而不注引出处,也无碍我们的理解。相反,若诗人使事不当,有些耳熟能详的典故倒会使人眢眢莫测其所指。试看李商隐的《谒山》诗:

从来系日乏长绳,水去云回恨不胜。欲就麻姑买沧海,一杯春露冷如冰。

诗的前两句很易读懂。三四句用了两个典故,一是《神仙传》卷七麻姑对王方平所说的话:"接待以来,已见东海三为桑田。向到蓬莱,水又浅于往者会时略半也。岂将复还为陵陆乎?"二是《三辅黄图》引《庙记》:"神明台,武帝造,祭仙人处,上有承露盘,有铜仙人舒掌捧铜盘玉杯以承云表之露,和玉屑服之以求仙道。"这两个典故并不生僻,常为唐代诗人所用,前者如"节物风光不相待,桑田碧海须臾改"(卢照邻《长安古意》);后者则以李贺的《金铜仙人辞汉歌》最具代表性。然而同样的典故,用到李商隐的诗中,就变得深奥隐晦了,令人不明白他究竟表现的是怎样的思想感情。所以朱彝尊在称赞此诗"想奇极矣"的同时,又有"不知何所指"之憾(见《李义山诗集》沈厚塽辑评本)。就连学问深博的纪昀也不得不承认"未解其旨"(《玉溪生诗说》)。有些人曾自负其才为之解说,但都经不起推敲。如冯浩认为:"谒山者,谒令狐也。次句身世之流转无常,三句陈情,四句相遇冷淡也。"(《玉溪生诗集笺注》)说谒山就是谒令狐绹,是出于臆想,毫无事实依据,以下的解说当然也是附会穿凿了。又如何焯认为:"一杯春露,指武帝承露盘,言千年之乐尚不能得,安能买沧海乎?"(见《李义山诗集》沈厚塽辑评本)以"千年之乐尚不能得"来解释"一杯春露冷如冰",也让人有勉强凑合之感。毛奇龄曾说李商隐诗"皆在半明半暗之间"(《西河合集》),此话虽是以偏概全,却也道出了其诗用意过深、用词过晦的事实,而这种弊病又主要是在使事时产生的,所以元好问要发出"诗家总爱西昆好,独恨无人作郑笺"(《论诗三十首》)的感叹。

最后说误用古事。朱庭珍在《筱园诗话》中告诫说:"使事运典,最宜细心。"他要求的细心是:"第一须有取义,或反或正,用来贵与题旨相浃洽";"次则贵有剪裁融化,使旧者翻新,平者出奇"。我们不妨再补充一条,即"故事虽了在心目间,亦当就时讨阅,考引事实无差,乃可传信后世"。增加这条要求,是因为我们看到不少作品在使事时,张冠李戴、误引用之的情况较为严重。试看高适的《送浑将军出塞》诗中一联:

李广从来先将士,卫青未肯学孙吴。

这二句诗人以古代名将李广、卫青比拟浑将军，称颂他身先士卒、精于用兵。前一句所言之事史书有记载，后一句所言之事则不见于文献。考《史记》《汉书》，不学孙吴兵法者乃霍去病。《汉书·霍去病传》载："去病为人少言不泄，有气敢往。上尝欲教之吴孙兵法，对曰：'顾方略何如耳，不至学古兵法。'"可见，"卫青未肯学孙吴"乃是诗人粗心误记。王维也曾谬用卫霍事，其《老将行》诗中有这样二句：

卫青不败由天幸，李广无功缘数奇。

诗句通过卫青与李广的对举，诉说老将昔时遭遇。《汉书·霍去病传》云："去病所将常选，然亦敢深入，常与壮骑先其大军，军亦有天幸，未尝困绝也。然而诸宿将常留落不耦，由此去病日以亲贵，比大将军。"显然"不败由天幸"乃去病事，非卫青也。

蔡绦《西清诗话》指出："古今人用事，趁笔快而误者，虽名辈有不免。"苏轼便是这样一个诗人。其虽善用故事，但下笔痛快，常不复检本订之，因而多有误处。如《次韵钱舍人病起》诗：

何妨一笑千疴散，绝胜仓公饮上池。

《史记·扁鹊列传》载："长桑君亦知扁鹊非常人也，出入十余年，乃呼扁鹊私坐，闲与语曰：'我有禁方，年老，欲传于公，公毋泄。'扁鹊曰：'敬诺。'乃出其怀中药予扁鹊：'饮是以上池之水，三十日当知物矣。'乃悉取其禁方书尽与扁鹊。忽然不见，殆非人也。扁鹊以其言饮药三十日。"则知"饮上池"之水者乃扁鹊非仓公淳于意也。又如《次韵徐积》诗：

杀鸡未肯邀季路，裹饭先须问子来。

《庄子·大宗师》载，子祀、子舆、子犁、子来四人相与友。又载："子舆与子桑友，而霖雨十日。子舆曰：'子桑殆病矣！'裹饭而往食之。"由此可知，裹饭乃子桑而非子来事也。

在诗歌创作中，若能克服以上诸种毛病，那么，我们自然就能进入到"用事入妙"的境界。

诗法之九：设眼句中

眼者，神光之所聚者也。古人谈诗论词，有以眼为评判之标准，故有诗眼、词眼之说。所谓诗眼或词眼，指一句中最精练传神的一个字，它关系到整句诗的神采气韵，正如贺贻孙所说："一字之警，能使全句皆奇。"（《诗筏》）杨慎《升庵诗话》载有这样一个故事：孟浩然诗集的一个刻本，在《过故人庄》诗的"待到重阳日，还来就菊花"一联中脱一"就"字，有人为此感到遗憾，就想给它补上，有的补"醉"，有的补"赏"，有的补"对"，但都觉不妥。后来得到善本，原是"就"字，大家无不叹服。这个"就"便是眼字，其设于句中而产生的精妙之处在于，首先此字能体现出人与菊花的主宾关系，令人觉得菊花不是被动地在那里等候人们前去观赏，而是观赏者被菊花招引而来，这既点出了菊花的美丽动人，又点出了与故人的深厚情谊，而"对"字就突不出这层菊花招惹人来的意思。其次此字含有丰富的语意，包括有看、赏、醉等含义，令人有无限想象。若单独用"看"字，则缺乏"醉"的含义，若单独用"醉"字，则在感情上缺乏一种过渡。再次此字在诗句中有一种俗中出雅的作用，"待到重阳日"与"还来""菊花"九个字都极通俗，难以回味，著一"就"字，则全句新警雅致，颇耐咀嚼。

句中之眼的求得在于诗人的研炼。古人早已认识到"一字未稳，全篇皆疵"；"一字得力，通首光采"。因此很注重用字的精当与传神，所谓"吟安一个字，捻断数茎须"；"为求一字稳，耐得半宵寒"，说的就是不肯信手用字。唐诗中因字炼得好而使整个诗句增光添采的例子举不胜举。试看王湾的《次北固山下》诗：

客路青山外，行舟绿水前。潮平两岸阔，风正一帆悬。海日生残夜，江春入旧年。乡书何处达，归雁洛阳边。

诗中的"海日"句被胡应麟称为是"妙绝千古"(《诗薮》)的佳句，当时的中书令张燕公曾将它"手题政事堂，每示能文，令为楷式"。其妙就妙在句中之眼"生"字上。夜尽日出是人们对自然现象的基本认识，而诗人不说日"出"，却说日"生"。这个"生"字就把海日与残夜化成了有生命之物，同时诗人又把海日提到主语的位置加以强调，这就充分表现出了诗人面对太阳升临人间、曙光映照大地时的喜悦之情。全句的形象、气氛与情思全仰赖此字而体现。再看王维的《使至塞上》诗：

  单车欲问边，属国过居延。征蓬出汉塞，归雁入胡天。大漠孤烟直，长河落日圆。萧关逢候骑，都护在燕然。

  诗的第三联中"直"字与"圆"字，是这两句诗的"眼"，张文荪曾称之为有"十二分力量"（《唐贤清雅集》），其精妙之处恰如曹雪芹在《红楼梦》第四十八回中借香菱之口所说："想来烟如何直？日自然是圆的，这'直'字恰似无理，'圆'字似太俗。合上书一想，倒像是见了这景的，要说再找两个字换这两个，竟再找不出两个字来。""诗的好处，有口里说不出来的意思，想去却是逼真的；又似乎无理的，想去竟是有理有情的。"这两段话，也道出了"设眼句中"的意义与审美价值之所在。不妨再看杜甫"设眼句中"的例子：

  星垂平野阔，月涌大江流。（《旅夜书怀》）
  江山有巴蜀，栋宇自齐梁。（《上兜率寺》）

  前一联，句中眼字"垂"和"涌"，准确生动地表现出原野的辽阔广袤和水月交辉、大江奔流的声势。后一联，句中眼字"有"和"自"，涵盖几千里，包容数百年，诗人之吞吐山水之气、俯仰古今之情，于言外得之。

  一般来说，句中的眼字应该具有三个条件，一是形象性。眼字总能使人产生丰富的美感联想，如果缺乏鲜明的形象，读者就无法展示作品的艺术境界。如杜甫诗句"群山万壑赴荆门"(《咏怀古迹》),其中的眼字"赴",便给人千岩竞秀、万壑争流的鲜明生动的视觉形象。又如杜甫诗句"返照入江翻石壁,归云拥树失山村"(《返照》),其中的眼字"翻"与"失",将日射水,水漉石壁;云归树,树遮山村之景象传神地描画而出,被吴敬夫评为"刻划如画,而画所不能到"(《唐诗归折衷》)。二是准确性。眼字总能使人感到非此字不足以传其情,非此字不足以得其妙。如杜甫诗句"暗水流花径,春星带草堂"(《夜宴左氏庄》),其中的眼字"带",既表现了春星围绕草堂的态势,也表现了月落后的朦胧夜色,其他的字便无法确切地表现出这一情景,如"映"字有一种亮的感觉,就不适宜形容无月夜的星光,且与上句的"暗水"也不相协调。三是出新意。眼字总能超越人们固有的思维,将一些被习惯用法所用厌了的字,用于不常结合的词句之中,使人获得新颖奇特的感受。如杜甫诗句"江声走白沙"(《禹庙》),句中的"走"字平常得很,而一形容江声之过白沙,便产生了新奇的韵味,表现出了大自然的磅礴气势。又如"吐"字,常用于人为动作,然杜甫则有"四更山吐月"(《月》)之句,将其归于山之所为,这便使得原本通俗的"吐"字变得十分雅致,颇耐人讨索探求。

　　蔡居厚指出:"天下事有意为之,辄不能尽妙,而文章尤然。文章之间,诗尤然。世乃有日锻月炼之说,此所以用功者虽多,而名家者终少也。"(《蔡宽夫诗话》)这么说并不是不要诗人炼字,而是向诗人提出了更高的要求,即句中所设眼字不可有斧凿痕迹。宋祁《玉楼春》词的"红杏枝头春意闹"句,王国维曾称赞说:"著一'闹'字而境界全出。"(《人间词话》)这个词眼"闹"字,以听觉感受替代视觉感受来形容红杏的蓬勃繁盛,确实炼得颖奇不凡。不过换一个角度看,它还是留下了些微遗憾,那就是未能泯去锤炼的痕迹。这种感觉清代的彭孙遹就已产生,他在读了孙光宪的"留不得,留得也应无益"(《谒金门》);李清照的"眼波才动被人猜"(《浣溪沙》)等词句后,"觉'红杏枝头春意闹'尚书,安排一个字,费许大气力"(见《词统源流》)。或许有人会说这未免苛求太甚,但是我们为何就不能以刘熙载所要求的"极炼如不炼,出色而本色,人籁悉归天籁"(《艺概·词曲概》)的艺术标准来评判呢?至少这有助于我们在创作中引起注意。

炼字的有痕与无迹,往往可以衡量出诗词作品的高下。试看下面二例:

万里通秋雁,千峰共夕阳。(刘长卿《移使鄂州次岘阳馆怀旧居》)

万木迎秋序,千峰驻晚晖。(李嘉祐《至七里滩作》)

"千峰共夕阳"与"千峰驻晚晖"意境完全相似,但刘诗所炼的"共"字十分自然,而李诗所炼的"驻"字便觉费力。套用刘熙载的话说,前者人籁已悉归天籁,后者出色而未能本色。再比较二例。

朦胧淡月云来去。(李煜《蝶恋花》)
云破月来花弄影。(张先《天仙子》)

后一句王国维也曾称赞为"着一'弄'字而境界全出矣"（《人间词话》）。不过一与李词相比，就觉在天然之美方面稍逊一筹。

炼字而露出痕迹，常常在于诗人过度经营、刻意求奇。试看贾岛《访李甘原居》诗的颔联：

石缝衔枯草，查根渍古苔。

句中眼字"衔"与"渍"字，很明显是诗人煞费心思炼出的，然而这两个字并没有给诗句带来光彩，反令人有雕琢之感。在"语不惊人死不休"的杜甫诗中，也出现过这种毛病。如"碧知湖外草，红见海东云"（《晴二首》之一），这两句绘雨后新晴之景颇佳，然"知"字、"见"字就嫌生硬，所以毛先舒以为"浑读不妨大雅，拈出示人，将开恶道"（《诗辩抵》）。沈德潜曾指出："古人不废炼字法，然以意胜而不以字胜。"（《说诗晬语》）这正是设眼句中而达到极用意看似不用意、极着力看似不着力的关键。

诗法之十：板中求活

近体诗有对仗的要求，对仗除了做到字数相等、句型相似、平仄相拗之外，还得做到词性一致与词类相同。词性一致指名词对名词、代词对代词、形容词对形容词、副词对副词等；词类相同指天文类词对天文类词、时令类词对时令类词、地理类词对地理类词、草木类词对草木类词等。如孟浩然《过故人庄》诗的颔联"绿树村边合,青山郭外斜",从词性看,"绿""青"都是形容词,"树""山"都是名词,"绿树""青山"又都是偏正词组,"树边""郭外"都是名词加方位词,"合""斜"都是动词。从词类看,"绿"与"青"同属颜色类,"树"与"山"、"村"与"郭"同属地理类。上下句间,一个字扣一个字,没有一个字是意外。

初学作诗之人,为了求得这种属对的工整,不知要花费几许锻炼的工夫,山花对海树,赤日对苍穹,总算匀称妥帖,然而这还只是学诗的初阶,稍有进境,便有所谓"对偶不切失之粗,对偶太切失之俗"的说法。"对偶不切失之粗"这话不难理解,为何"对偶太切"又"失之俗"呢?曹雪芹在《红楼梦》中借林黛玉之口所作的一段诗评,颇有助于我们的认识。《红楼梦》第四十八回写香菱因爱陆游"重帘不卷留香久,古砚微凹聚墨多"一联,受到黛玉的批评:"断不可看这样的诗。你们因不知诗,所以见了这浅近的就爱;一入了这个格局,再学不出来的。"陆游的诗句是说自己在书房里烧了一炉香,挂上帘子,不让香味很快散掉;书桌上有个古砚台,墨已经磨好了,还没有开始写字。这么一段内容,陆游把它组成很工整的一联,显然他的对仗技巧已达到炉火纯青、熟练自如的境地,受到初学诗的香菱的追捧也不奇怪。黛玉为什么不让她学呢?因为这一联是死板的,根本看不到诗人的情感在里面。这样的诗自然没有学的价值,所以黛玉让香菱要多读王维、杜甫、李白、陶渊明的诗。

像陆游这种属对精工却缺乏情意的毛病在唐宋诗中还很常见,惠洪在《冷斋夜话》中指出"一千里色中秋月,十万军声半夜潮";"蝴蝶梦中家万里,子规枝上月三更";"深秋帘幕千家雨,落日楼台一笛风"诸联"初如秀整,熟视无神气",就是从这一批评角度入手的。黄白山也曾指出:"晚唐对仗工而反俗者甚多,如'万卷祖龙坑外物,一泓孙楚耳中泉';'烟横博望乘槎水,日上文王避雨陵';'数枝艳拂文君酒,半里红欹宋玉墙'。"(《载酒园诗话》引)他虽没有说明这几联"对仗工而反俗"的原因,但我们不难看出其中板滞而不够生动的问题来。

"对偶太切失之俗"并不是要诗人放弃对偶的工整,而是向他们提出更高的要求,即板中求活,用刘勰的话说就是"丽句与深采并流,偶意共逸韵俱发"(《文心雕龙·丽辞》)。王安石的《南浦》诗便有此妙。诗如下:

南浦东冈二月时,物华撩我有新诗。含风鸭绿粼粼起,弄日鹅黄袅袅垂。

面对南浦盎然的春色,诗人诗兴大发。"含风"二句系写眼前景物,也是历来传诵的对偶佳句。其中"含"对"弄"都是及物动词,"风"对"日"都是名词,"鸭绿"对"鹅黄"都是名词,"粼粼"对"袅袅"都是形容词,"起"对"垂"都是动词。不仅大类相同,小类也是相同的,如风、日是天文对;鸭绿代水,鹅黄代柳,是景物对,而鸭与鹅皆是家禽,绿与黄皆为颜色;粼粼、袅袅则均属形况叠字。上下句间,意之轻重,力之大小,如铢两悉称,然我们骤读之,似自然言语,未尝有对;细察之,乃觉工切精严,毫发不爽。而更让人称颂的,是这些所描摹的意象都带着诗人的情意。绿水含风,黄柳弄日,一个"含"字,一个"弄"字,已显现出感情的色彩。含风之水"粼粼"而起,弄日之柳"袅袅"而垂,我们自能感受到诗人面对美丽的大自然时内心所涌动的那份喜爱与欣赏。虽说诗人描摹的是客观的风景,但却透露出自己的心情。如果拿同样写景的对子"鱼跃练川抛玉尺,莺穿柳丝织金梭"来比较的话,哪个死板,哪个鲜活,真是一目了然。

诗的属对,或是摹景状物,或是抒情写意。对于摹景状物来说,要求的是背后的情感;而对于抒情写意来说,则要求的是流走的神韵。因为凡是两两相对总容易犯意近的毛病,古人所说的"合掌",就是形容上下诗句的意思雷同,好像是人的左右手掌。如郎士元的《送钱起》诗中有这样一联:"暮蝉不可听,落叶岂堪闻。""不可听"不就是"岂堪闻"吗?语异而意同,形成堆砌。流走的神韵要求在对偶中,诗人的感情是挥洒的,是流动的,而不是像"不可听"对"岂堪闻"那样,是死板的,是停滞的。试看杜甫的《登高》诗:

风急天高猿啸哀,渚清沙白鸟飞回。无边落木萧萧下,不尽长江滚滚来。万里悲秋常作客,百年多病独登台。艰难苦恨繁霜鬓,潦倒新停浊酒杯。

这首诗是杜甫五十六岁之际在夔州重阳登高时所作。全诗通过登高时所见秋江的景色,倾诉了暮年天涯、孤独多病的悲苦凄伤的感情,杨伦曾评之为:"高浑一气,古今独步,当为杜集七言律诗第一。"(《杜诗镜铨》)胡应麟更是说:"此诗自当为古今七言律第一,不必为唐人七言律第一也。"(《诗薮》)全诗采用八句皆对的形式,句法极其严整,可称是一篇之中句句皆律，一句之中字字皆律，然而读起来一意贯穿，一气呵成，于工整之中特具流丽的风姿。先看第一联"风急天高"，出句是仰望，对句是俯视，紧紧围绕着夔州江边富有秋季特征的六种景物风、天、猿、鸟、洲渚和沙滩来写，读来若未尝有对，但细细研读，不但句法相似、词性相对、平仄相拗，而且在写景中已寓及作者之情。再看第三联"万里悲秋"，仅十四个字就含有八层意思。万里，地隔辽远；悲秋，时序凄惨；作客，羁旅他乡；常作客，滞留长久；百年，年岁已暮；多病，身衰病疾；登台，远望故乡；独登台，无一亲朋。如此悲伤苍凉的情感以工整精严的对仗出之，而又能任笔挥洒，一气流转，脱口而出，全无板滞，这也正是杜诗的令人难及之处。

板中求活也有方法可用。一是借助流水对的形式，在骈偶之辞中意脉单行，以克服一味强调对称均衡而造成的板重凝滞。如骆宾王《在狱咏蝉》之"不堪玄鬓影，来对白头吟"；王维《送梓州李使君》之"山中一夜雨，树杪百重泉"；杜甫《赠别何邕》之"悲君随燕雀，薄宦走风尘"；白居易《赋得古原草送别》之"野火烧不尽，春风吹又生"；柳宗元《登柳州城楼寄漳、汀、封、连四州刺史》之"岭树重遮千里目，江流曲似九回肠"；元稹《遣悲怀》之"惟将终日常开眼，报答平生未展眉"。这些诗句语对而意流，化尽律家对属之痕。二是在创作中，当有好的意思而又必须打破属对时，可以采用宽对的形式，不过分计较词性或词类的相同，以免损伤意境。如陆游《游山西村》的"山重水复疑无路，柳暗花明又一村"，"山重水复"与"柳暗花明"对得很工整，而"疑无路"与"又一村"就调配不适，其中"无"是副词，"一"则是数词。但尽管对偶未能字字吻合，仍不害其为名联。

第四章 结构的安排

第四章 结构的安排

古人在诗歌创作中十分注重结构的安排，总结出了许多诸如起结开阖、钩挑呼应、草灰蛇线、顺逆绾插等章法。但古人也反对死守成法，纪昀在评杜审言的《登襄阳城》诗时就曾指出："子美《登衮州城》诗，与此如一板印出。此种初出本佳，至今辗转相承，已成窠臼，但随处改换地名，即可题遍天下，殊属捷便法门。"(《瀛奎律髓刊误》)结构的安排一旦形成固定的模式，成为诗人沿袭与模拟的规范，便就落入格套，令人厌倦。所以古人又同时强调规矩备具，而能出于规矩之外；变化不测，而亦不背于规矩。以意从法，只是死法；以意运法，才是活法。这一章所列举的十种诗法，基本上都体现了这种求通变的特点。

诗法之一：先声夺人

关于诗的开端，吴沆云："首句要如鲸鲵拨浪，一击之间，便知其有千里之势。"(《环溪诗话》)杨载云："破题要突兀高远，如狂风卷浪，势欲滔天。"(《诗法家数》)谢榛云："凡起句当如爆竹，骤响易彻。"(《四溟诗话》)各家所论有个共同之处，即要求起手先声夺人，出人意表。

从心理学的角度看，当人们接受到一个激发情绪的刺激时，就会导致相应的情绪反应，从而带来情感的变化。因此，

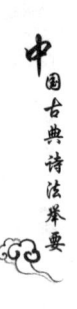

诗的开头写得奇惊有神，就会形成一股力量，逼着读者往下读。如岑参《陕州月城楼送辛判官入奏》诗的首联云："送客飞鸟外，城头楼最高。"这个令人惊绝的发端一下子就攫住了读者的心。

先声夺人，往往奇句开头。如曹植《赠徐幹》诗的前二句：

惊风飘白日，忽然下西山。

不说太阳下山，偏说狂风吹走落日，起笔便振人耳目。风惊而日飘，景象何以如此奇异？李善在《文选注》中的解释是："夫日丽于天，风生乎地，而言飘者。夫浮景骏奔，倏焉西迈，余光杳杳，似若飘然。"也就是说与时光的倏忽有关。实际上诗人并不仅仅是为表现时间的疾速，其著一"惊"字，一"飘"字，显然是以奇诡的开端使人一见而惊，不敢弃之。又如李贺的《雁门太守行》诗：

黑云压城城欲摧，甲光向日金鳞开。角声满天秋色里，塞上燕脂凝夜紫。半卷红旗临易水，霜重鼓寒声不起。报君黄金台上意，提携玉龙为君死。

"起语奇"，这是刘辰翁对此诗的称赞（高棅《唐诗品汇》引），其奇就奇在将敌军压境、边城火急的临战形势表现得不同凡响。在诗人的笔下，云似乎具有了沉重的分量与坚硬的质感，似乎具有凶猛的性格与摧毁性的力量。在黑云压城的严峻的关头，我方的景象则是守城将士披坚执锐，严阵以待，日光映照在他们的甲衣上，金鳞闪闪，耀人眼目。敌军围城，未必有黑云密布；守军列阵，也未必有日光助威，这奇特的造境，乃是诗人先声夺人的手段。黎简称李贺诗"工于发端"(《李长吉集评》)，于此便可见出。

先声夺人，起势必是不凡。如杜甫《奉先刘少府新画山水障歌》的起调：

堂上不合生枫树，怪底江山起烟雾？闻君扫却赤县图，乘兴遣画沧洲趣。

这首题画诗，不像一般诗歌从原委叙来，而是劈空而起。前二句以画作真，使人宛入真境，后二句落出画来，又以别幅陪起本幅。这样的开端，像自天而降的狂飙，又像骤然震响的爆竹，读后自有一种突兀可喜之感。又如元稹的《得乐天书》诗：

远信入门先有泪，妻惊女哭问何如？寻常不省曾如此，应是江州司马书。

此诗的首句抓住感情变化的一刹那，用万分悲慨的口气，突兀而来，惊人耳目。次句以"妻惊女哭"的场景来衬托诗人感情变化的突发性与偶然性。最后二句转到妻子的忖度与猜测，点明"先有泪"的原因。全诗感情浓郁，余味无穷。如果诗人从自己与挚友被贬、相互诗信问候开始逶迤道来，也可表现出两人间的友谊，但就形成不了全诗开篇突兀劲峭的气势，诗人的感情也不会表达得如此生动传神。

先声夺人，感情自然强烈。如孙光宪的《谒金门》词：

留不得,留得也应无益。白纻春衫如雪色,扬州初去日。　　轻别离,甘抛掷,江上满帆风疾。却美彩鸳三十六,孤鸾还一只。

此词写离情。开头"留不得",写欲留伊;"留得也应无益",写不欲留伊,诗人以奇特的笔势、遒警的语气道出感情的矛盾,醒人耳目。全词就留与不留的感情中展开。从内容看,去者未必不愿滞留,怨者未必不想挽留,词人是在怨极情况下才说出"留得也应无益"之语,这之中包含了多少无可奈何的心情,包含了多少强自挣扎的痛苦。又如冯延巳的《鹊踏枝》词:

谁道闲情抛弃久,每到春来,惆怅还依旧。日日花前常病酒,不辞镜里朱颜瘦。　　河畔青芜堤上柳,为问新愁,何事年年有?独立小桥风满袖,平林新月人归后。

起句从文前着笔,一个"久"字,使读者想见词人为摆脱闲情所作的种种努力。然而就在"闲情抛弃久"的前面,词人以"谁道"二字反问,于是这些努力全属徒然。接下二句转到对闲情抛弃不得的说明,一个"每"字,一个"还"字,一个"依旧",表示此种感情必然永在长存。既然如此,则不如索性"日日花前常病酒,不辞镜里朱颜瘦"。这种自暴自弃的语气,正是感情在极端痛苦之时发出的。仅开端的寥寥几句,词人便写得千回百转,从"抛弃"的挣扎到"依旧"的惆怅;从"镜里"的反省到"不辞"的决心,其中的感情是何其的沉郁。

诗的开端平淡无奇，缺乏先声夺人、出人意表的艺术效果，通常有三个原因。一是不加经营，草率为之。试看李远的《听人话丛台》诗：

有客新从赵地回，自言曾上古丛台。云遮襄国天边去，树绕漳河地里来。弦管变成山鸟哢，绮罗留作野花开。金舆玉辇无踪迹，风雨唯知长碧苔。

这是一首很不错的律诗。一二是题来之脉，次联描绘此台之高与形势之胜，转落后半，极俯仰凭吊之致。然而令我们感到美中不足的是诗开端二句太伤率易，毫无诗味可言。再看赵师秀的《桃花寺》诗：

旧有桃花树，人呼寺故云。石幽秋鹭上，滩远夜僧闻。汲井连黄叶，登台散白云。烧丹勾漏令，无处不逢君。

不难看出，后六句精致，前二句率易。真不知诗人用力何以前后如此不同。这样的开端要引导读者往下读完全篇，自然是相当困难的。

二是不能与诗体相称。试看梅尧臣的《送李殿丞通判蜀州赋海棠》诗：

尝闻蜀国海棠盛，因送李侯宜有诗。日爱西湖照宫锦，醉看春雨洗胭脂。郡无公事中园乐，民喜群邀匝树窥。望帝鸟声空有血，相如人恨不同时。

最鲜深浅非由染,解赋才华未得知。闻说赵昌今已老,试教图画两三枝。

这是首排律。胡应麟曾云:"凡排律起句,极宜冠裳雄浑,不得作小家语。"(《诗薮》)此诗起手二句便有些"小家语"味,若用在其他诗体之首,也无不可,而此处用作排律发端,就未免显得浅滑。再看杜甫的《题李尊师松树障子歌》:

老夫清晨梳白头,玄都道士来相访。握发呼儿延入户,手提新画青松障。障子松林静杳冥,凭轩忽若无丹青。阴崖却承霜雪干,偃盖反走虬龙形。老夫平生好奇古,对此兴与精灵聚。已知仙客意相亲,更觉良工心独苦。松下丈人巾屦同,偶坐似是商山翁。怅望聊歌紫芝曲,时危惨淡来悲风。

沈德潜在《唐诗别裁集》中批评起首二句"平调亦近率笔"。对七言古诗来说,以平调起头,须以警语作补救,如杜甫《戏为双松图歌》的发端"天下几人画古松,毕宏已老韦偃少",也只是平调,然接上"绝笔长风起纤末,满堂动色嗟神妙"二句,在文字的肌理中,便涌出一股力量来。而此诗起二句平平,接二句亦平平,从整首诗来说,这样的开端就太平易了,无法与诗体相称。

三是领脉过远。试看潘岳的《为贾谧作赠陆机》诗:

肇自初创,二仪烟煴。粤有生民,伏羲始君。结绳阐化,八象成文。茫茫九有,区域以分。

(一章)

　　神农更王，轩辕承纪。画野离疆，爰封众子。夏殷既袭，宗周继祀。绵绵瓜瓞，六国互峙。

(二章)

　　强秦兼并，吞灭四隅。子婴面榇，汉祖膺图。灵献微弱，在涅则渝。三雄鼎足，孙启南吴。

(三章)

　　南吴伊何，僭号称王。大晋统天，仁风遐扬。伪孙衔璧，奉土归疆。婉婉长离，凌江而翔。

(四章)

　　长离云谁，咨尔陆生。鹤鸣九皋，犹载厥声。况乃海隅，播名上京。爰应旌招，抚翼宰庭。

(五章)

这是一篇组诗，共有十一章，因限于篇幅，此处只引五章，昭明太子萧统将此诗选入《文选》中，看来他对此作还是蛮欣赏的。其实，这首诗的毛病相当严重。作者竟然从"肇自初创，二仪烟煴"一直写到"大晋统天，仁风遐扬。伪孙衔璧，奉土归疆"之后，才引出陆机来，这段历史概述，足足占去了全诗三分之一的篇幅，真不知铺叙这些历史内容有何必要。从诗题看，这是一首代作，或许是代作，诗人就索性卖弄一下了，这样的开端何以会打动人心呢？再看项斯的《边州客舍》诗：

　　闭门不成出，麦色遍前坡。自小诗名在，如今白发多。经年无越信，终日厌蕃歌。近寺居僧少，

177

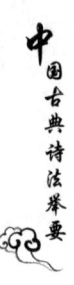

春来亦懒过。

以前四句为引端,至第六句"厌蕃歌"方才明题,这对全篇只八句的律诗来说,领脉未免太远了。方回以为只第六句就足以"唤醒一篇精神"(《瀛奎律髓》),但正如纪昀所指出的:"至第六句方点醒,究竟前四句太泛,不必曲为之词。"(《瀛奎律髓刊误》)

诗法之二:推开作结

古人曾将诗歌的起结分别喻为"凤头"与"豹尾",即要求开首美丽,出人意表;结尾响亮,有如撞钟。从诗歌的创作情况来看,往往是"凤头"易得而"豹尾"难成。其原因就如陈仅所说:"入手时,一鼓作气,可以自主,至结句鼓衰力竭,又须从上生意,一有不属,全篇尽弃,故好者尤鲜。"(《竹林答问》)张祜的《题润州金山寺》便是一首锐始懈终之作:

一宿金山寺,微茫水国分。僧归夜船月,龙出晓堂云。树影中流见,钟声两岸闻。因悲在朝市,终日醉醺醺。

全诗描尽了金山寺胜景,致使后人不复能措手,几同崔颢《黄鹤楼》诗,故古人或推为"绝唱"(方回《瀛奎律髓》);或评为"第一"(胡寿芝《东目馆诗见》)。然此诗的缺陷亦是相

第四章 结构的安排

《题润州金山寺》

当严重的，只需通读一遍，便可发觉前六句模写超绝，而尾联则庸俗鄙恶，堕入了打油诗格。沈德潜曾说张祜云："此公《金山》诗最为庸下。"（《唐诗别裁集》）其着眼点可能就在这个结尾。朱敦儒的《念奴娇》词亦有此病：

　　插天翠柳，被何人、推上一轮明月？照我藤床凉似水，飞入瑶台琼阙。雾冷笙箫，风轻环佩，玉锁无人掣，闲云收尽，海光天影相接。　谁信有药长生，素娥新炼就，飞霜凝雪。打碎珊瑚，争似看，仙桂扶疏横绝。洗尽凡心，满身清露，冷浸萧萧发。明朝尘世，记取休向人说。

　　此词描述自己在藤床上神游月宫。起端便奇：仰看天宇，翠柳如插在天空，明月似被推而上，在冰清玉洁的月色中，飘飘然飞入了瑶台琼阙。接下叙写在月宫中的所见所闻所感，用笔清雅隽洁，亦颇有情趣。然而末尾的"明朝"二句，读来却全无意味，如鼠尾接虎头。

　　杨妍曾指出："结句用事，须放开一步作散场，如剡溪之棹，自去自回，言有尽而意无穷，乃妙。"（《李贺歌诗辩注》）其所谓的"放开一步作散场"，便是推开作结的意思。上面所举的两首作品，所以锐始懈终，就在于作者犯了"死执"，未能别出一意，别开一境，致使意随语竭，毫无余韵可言。

　　推开作结的手段之一是旁入他意。王楙曾云："古人作诗断句，辄旁入他意，最为警策。"（《野客丛书》）试看杜甫的《缚鸡行》诗：

小奴缚鸡向市卖，鸡被缚急相喧争。家中厌鸡食虫蚁，不知鸡卖还遭烹。虫鸡于人何厚薄？吾叱奴人解其缚。鸡虫得失无了时，注目寒江倚山阁。

全诗围绕鸡与虫的得失敷衍而成。诗中写道，鸡之所以得者虫之所以失，虫之所以得者鸡之所以失，其得与失无法了结。当然，如果诗人仅仅告诉我们这个意思的话，全诗并无多大意义，正如金圣叹所指出的："此首全是先生借鸡说法。"（《杜诗解》）人之得失与鸡虫之得失何其相似，何时而已？这是诗人通过鸡虫之得失所要表现的。然而，若把这一思想直接点出，全诗必然浅淡无味。因此，诗人巧妙地把结句推开，将深远的思慨寄托在"注目寒江倚山阁"的自我形象的表现之中，使全诗留下了袅袅的余音。沈德潜评论此诗"宕开作结，妙不说尽"（《唐诗别裁集》），正是点明了其艺术特色。

陈与义作诗远诣老杜，他的《十月》诗的结尾学的就是《缚鸡行》。其诗如下：

十月北风催岁阑，九衢黄土污儒冠。归鸦落日天机熟，老雁长云行路难。欲诣热官忧冷语，且求浊酒寄清欢。孤吟坐到三更夜，枯木无枝不受寒。

诗的主旨是伤宦途多险，悲世路长艰。诗人在最后忽把笔势荡开，说枯木不受寒气的侵袭。这旁人他意的结句，表面看写的是枯木，实际上将自己内心的情感翻进了一层：虽夜已三更，寒气逼人，可自己早已是枯木无枝，故不觉严寒之凌逼。这样的结尾，自然让全诗获得了超远的意蕴。黄庭坚《寺斋睡起二首》之一的结尾"退食归来北窗梦,一江风月趁渔船";苏轼《二虫》诗的结尾"二虫愚智俱莫测,江边一笑无人识"等,也均是采用此法。

推开作结的手段之二是以景结情。我们先来看王昌龄的两首《从军行》的结尾方法。其一云:"烽火城西百尺楼,黄昏独上海风秋。更吹羌笛关山月,无那金闺万里愁。"其二云:"琵琶起舞换新声,总是关山离别情。缭乱边愁听不尽,高高秋月照长城。"前一首从独坐思家、吹笛寄怨写起,最后在本位收住,直抒相思之情。后一首从琵琶弹奏新曲写起,抒发不堪忍受的离别之情,最后以"高高秋月照长城"的画面来透露情思。相比较而言,后一首在结尾处该言情而不言情,反述眼前所见景物,使全诗空灵含蓄,获得了言外传情的艺术效果。所以沈义父指出:"结句须要放开,含有余不尽之意,以景结情最好。"(《乐府指迷》)再如钱起的《湘灵鼓瑟》诗:

善鼓云和瑟,常闻帝子灵。冯夷空自舞,楚客不堪听。苦调凄金石,清音入杳冥。苍梧来怨慕,白芷动芳馨。流水传潇浦,悲风过洞庭。曲终人不见,江上数峰青。

这是一首试帖诗,表现湘灵女优美动听的瑟曲之声。起首二句以总赞点题。中间四韵八句通过楚客怀怨、金石感泣、白芷吐芬、湘水生悲等描绘,极力表现曲声之神奇动人的力量。随后诗人从瑟声转到鼓瑟之人,但是"曲终人不见",诗人的心中不禁充溢了凄迷怅惘之情。结尾处,诗人没有把这一感情倾吐出来,而是用"江上数峰青"截住,把情渗透到景中,让读者在这幅时空无限的画面寻绎绵绵的情思。

推开作结的手段之三是探过一步。也就是不言当下，而以想象与怀忆融会而造诗境。试看李益的《春夜闻笛》诗：

寒山吹笛唤春归，迁客相看泪满衣。洞庭一夜无穷雁，不待天明尽北飞。

此诗是诗人谪迁江淮时思归之作。起句写闻笛，初春之夜，寒气犹存，那一阵阵的笛声，在谪贬的诗人听来像是家乡亲人的呼唤，于是禁不住泪湿衣裳。后二句诗人虚拟大雁北飞的情景，传达出自己不能如雁一样返回故乡的怨望与惆怅。这一宕笔，不言当下云何而当下意境可想，既避免了前幅实义已尽而继续申说的累赘，又深化了诗人的感情，扩大了读者的想象和增加了全诗的韵味。再看晏几道的《鹧鸪天》词：

小令尊前见玉箫，银灯一曲太娇娆。歌中醉倒谁能恨？唱罢归来酒未消。　春悄悄，夜迢迢。碧云天共楚宫遥。梦魂惯得无拘检，又踏杨花过谢桥。

这是一首怀人之作。上阕写昔时相见，手法一般，没有什么特别之处。下阕写今日相思，则愈写愈妙。词人先以"悄悄"写情景之凄寂，复以"迢迢"写春夜之漫长，其孤栖无寐之状乃能想见。接下又以天遥地远写再见为难，表现其为怨难胜之情。如果诗人再这样实写下去的话，就不免会露出"肠断""泪盈"之类的浅白语，感情道尽而又无法给人回味余地。

因此，词人探过一步作结，写"梦魂"却毫无实际人生的许多阻隔，时常能够自由地回到爱人的身边。这临去秋波的一转，把词人对思念者的钟情传神地表现了出来，真是媚语摄魂，令人执卷留连，若难遽别。与晏几道同时的道学家程颐，读了此结尾句，也笑赞道："鬼语也！"足见其感人之深。

必须注意的是，推开作结，别开一境，并非是抛开题意，不作收应，依然要兜裹全篇，补充题蕴。韩滤的《雨多极凉冷》便是未意识到这一点而导致游骑无归。诗云：

焉知三伏雨，已作九秋风。木叶凉应脱，禾苗润必丰。地偏山吐月，桥断水浮空。鸡犬邻家外，鱼虾小市中。

尾联虽宕开，却全在题意之外，不仅毫无远神可言，还令人感到莫名其妙。

诗法之三：一字作纲

杜甫《闻官军收河南河北》诗云："剑外忽传收蓟北，初闻涕泪满衣裳。却看妻子愁何在，漫卷诗书喜欲狂。白日放歌须纵酒，青春作伴好还乡。即从巴峡穿巫峡，便下襄阳向洛阳。"这首诗抒发了诗人初闻官军收复河南河北捷报之后的惊喜之情。通首以"喜欲狂"的"喜"为纲，先是写自己闻喜讯而泪满衣裳，再是写妻子闻喜讯而愁容顿消，然后从漫卷诗书、放声高歌、纵情饮酒写自己喜态，末尾由喜而将异日还乡路程一齐算出。全诗喜始喜终，一喜贯通，充分显示了"一字作纲"的结构特色。

一字作纲是以一字为绾毂，而敷辞为辐辏，它自然能够严密诗的结构，增加诗的强度。当然，这一个联系带动全篇的字眼，必须是全诗的题旨所在，使读者读到它的时候，会觉眼睛一亮，再联系全篇，就感豁然贯通。我们再看杜甫的《陪郑广文游何将军山林》诗之五：

剩水沧江破，残山碣石开。绿垂风折笋，红绽雨肥梅。银甲弹筝用，金鱼换酒来。兴移无洒扫，随意坐莓苔。

这首诗先写何将军山林之"剩水"的来源、"残山"的形成；再写绿笋、红梅；又写弹筝、换酒。尽管这些描写有大景小景之分，有动态静态之别，有色彩音响之趣，但是它们没有横的联系，不过，当我们读到最后二句时，乃可发现，其中的"兴"字将全诗绾合了起来。这个"兴"即游兴，是全诗的关键，一系列本不相关的镜头由它给串连到一根轴上。诗中前前后后所表现的意图，均从这个"兴"字中透露了出来，可谓是一动而万随。又如杜甫的《羌村三首》之一：

峥嵘赤云西，日脚下平地。柴门鸟雀噪，归客千里至。妻孥怪我在，惊定还拭泪。世乱遭飘荡，生还偶然遂。邻人满墙头，感叹亦歔欷。夜阑更秉烛，相对如梦寐。

这首诗写诗人于战乱流离之际回到家乡的情景。吴瞻泰曾分析说："通首以惊字为线，始而鸟雀惊，继而妻孥惊，继而邻人惊，最后并自己亦惊。"(《杜诗题要》)可见，此诗乃是以"惊"字作为贯穿全篇的纲领。

一字作纲的艺术结构不仅在杜甫的诗中被运用得成熟灵活，在其他诗人的作品中也时常有巧妙的运用。祖咏的《苏氏别业》便是运用此法颇见特色的诗篇之一。下面我们试加剖析：

别业居幽处，到来生隐心。南山当户牖，沣水映园林。竹覆经冬雪，庭昏未夕阴。寥寥人境外，闲坐听春禽。

别业，即别墅。这首诗是祖咏过访苏氏别墅时触景生情而作。起句诗人点明别业之"幽"，次句的"生隐心"承"幽"字而来。中间二联乃着力摹写别业景象。"南山当户牖，沣水映园林"，是远看之景。窗户与终南山遥遥相望，园林与沣河水互相映照，这一联具体写出了别业环境的幽秀。"竹覆经冬雪，庭昏未夕阴"，是近看之景。茂林修竹，遮光蔽日，故树梢冬雪未能完全消融；院庭深深，长阴无日，故太阳未落已呈一片昏暗，这一联具体写出别业园林的幽寂。结联收转，"寥寥人境外"一句是写诗人身处其中的心境。竹林密布，积雪不消，庭除阴深，过午已昏，使诗人犹如在人境之外，所以当他闲坐以听春禽之啭，"隐心"便自然而生。末尾二句不仅重映出别业之幽静，也烘托出了全诗出俗居隐的思想主题，令人有言已尽而意无穷之感。从诗的结构上看，诗人写南山、沣水、写竹林、积雪，写园舍、鸣禽，初初看去，似乎是无秩序的片断，细细味来，则全绾合在"幽"字之上。诗人于首句点出"幽"字后，便一以贯之，次句的"生隐心"，是因为别业之幽，三四句则言地之幽，五六句则言景之幽，末收到"隐心"，闲坐听禽，亦栖幽意也。诗人在随景抒写中，气闲局紧，兜足了主意，故读来自然入妙。

一字作纲法在词中也多有运用，试看李璟的《浣溪沙》词：

  菡萏香销翠叶残，西风愁起绿波间。还与韶光共憔悴，不堪看。 细雨梦回鸡塞远，小楼吹彻玉笙寒。多少泪珠何限恨，倚阑干。

作者自首句点出一"残"字后，全词便一以贯之，处处围绕着"残"字来描写。首句写荷残，次句写秋残，三句写年华之残；过片，"细雨"句写梦残，"小楼"句写曲残，最后以"多少泪珠何限恨，倚阑干"直揭其情状。

与李璟的《浣溪沙》词中揭示全篇之旨的字眼在首句不同，秦观的《浣溪沙》词中那个揭示全篇之旨的字眼则在句末。其词云：

  漠漠轻寒上小楼，晓阴无赖似穷秋。淡烟流水画屏幽。 自在飞花轻似梦，无边丝雨细如愁。宝帘闲挂小银钩。

其中"闲"字虽在末句拈出，但从这一"闲"字逆行向

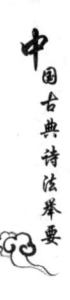

上看去，可谓句句是闲愁。整首词，前前后后，无不串联在"闲"字这根轴上。

一字作纲在诗中还有一种变格，即那贯穿全篇的字眼既不在篇首，也不在篇中，更不在篇末，而是在诗的题目中点出的。如杜甫的《望岳》诗：

岱宗夫如何？齐鲁青未了。造化钟神秀，阴阳割昏晓。荡胸生层云，决眦入归鸟。会当凌绝顶，一览众山小。

全诗以诗题中"望"字作为贯穿全篇的神髓，首联写远望之色，次联写近望之势，三联写细望之景，末联写极望之情。尽管诗中不露一"望"字，但句句以"望"字为纲。杜甫的《春夜喜雨》诗也是如此：

好雨知时节，当春乃发生。随风潜入夜，润物细无声。野径云俱黑，江船火独明。晓看红湿处，花重锦官城。

很明显，整首诗的前前后后无不围绕诗题中的"喜"字展开。首联写雨之及时，即寓题中"喜"字意。三四写夜雨，以"潜"字、"细"字摹写春雨之特征，以明春雨之可喜。五六写雨境，云黑则雨浓可知，而喜在其中矣。七八预想次日清晨，以雨催花之可喜，烘托自己的内心之喜。尽管题目中的那个"喜"字没在诗中露面，但正如浦起龙所言："'喜'意都从罅缝里迸透。"（《读杜心解》）

诗法之四：事断意贯

王维《戏题辋川别业》诗云："柳条拂地不须折，松树梢云从更长。藤花欲暗藏猱子，柏叶初齐养麝香。"全诗四句各写一事，互不相关，然而诗人的惜春之意、感物之情却是贯穿始终的，这就是诗歌创作中的"事断意贯"法。

事断意贯的作品会给人语无伦次之感，然而正如刘熙载所说："乱道语正是极不乱道语。"（《艺概·词曲概》）此法的运用，可以避免以相似语言为贯穿，以停稳笔画为端直的浅近之弊，使诗显得更为活泼奇警和耐人寻味。试看杜甫的《十二月一日三首》之一：

今朝腊月春意动，云安县前江可怜。一声何处送书雁？百丈谁家上水船？未将梅蕊惊愁眼，更取椒花媚远天。明光起草人所羡，肺病几时朝日边。

这首诗初初读来，觉东写一事，西写一事，事事截断，正像金圣叹说的"一片恍恍惚惚，不知其是何语"（《杜诗解》）。实际上，诗人的意趣是贯穿始终的。我们若以思归之情作为解诗的关纽，就会体味出全诗意若贯珠之妙。首句写归情之切。"腊月"之时，安得春意早动？从诗题看，此时为十二月一日，尚须再过三十日始到来春，而诗人心头眼底全是正月光景，心情好不快活。有如此快活之心，乃有次句"江可怜"之感。云

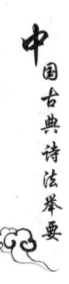

安县是其所待之地。平日，人无奈江何，今日，我则弃汝而归，江无奈人何，故曰"江可怜"。颔联已是写归路上的所见所闻。忽闻鸣雁，则想其已不必为我送书；忽见百丈，而想己已飞快顺水出峡。颈联又掉过头来写急归之心，意思是等不及见云安县之腊梅，更等不及取正月之椒花媚明光殿之天。第七句写归去后在明光殿中起草作制诰之情形。最后以正苦肺病、得缓几时为乐结束。刘须溪曾说："子美七言律每每放荡。"（《杜诗镜铨》引）这就是一首放荡之作，但不管是如何放荡，全诗从设想中思归起到归去终的种种表现，全被诗人的感情所统率着。这样，一方面省略了许多承接折绕的词语，使诗显得非常的自由灵活，另一方面增加了读者寻味的余地，令人有咀嚼不尽之感。再看欧阳修的《梦中作》诗：

夜凉吹笛千山月，路暗迷人百种花。棋罢不知人换世，酒阑无奈客思家。

这是一首记梦之作。首句写秋夜，次句写春宵，三句写棋罢，末句写酒阑，一句一事，事事截断，互不相关，各自独立，显示了梦与梦之间的飘然跳跃，变幻迷离。诗人纪梦，必然有着他的思想情感在内。清人赵翼曾就陆游诗多纪梦的现象指出："人生安得有如许梦？此必有诗无题，遂托之于梦耳。"（《瓯北诗话》）这就是说梦境常是诗人用来表现现实生活的一种手段。这首诗作于皇祐元年（1049年），当时欧阳修在颍州，尚未受到朝廷的重用，细细品味诗人所写，我们可以发现，诗人正是借助虚无缥缈的梦境，曲折地反映自己既想超越时空而又留恋人间的仕与隐的矛盾思想。因此全诗虽是写了

四句不同的梦境，但诗意连贯，诗情完整。所以陈衍称赞说："此诗当真是梦中作，如有神助。"(《宋诗精华录》)

事断意贯法的运用最早可以追溯到《诗经·大雅·绵》，苏辙在《栾城集·诗病五事》中指出：

> 《大雅·绵》九章，初诵太王迁豳，建都邑，营邑室而已。至其八章乃曰："肆不殄厥愠，亦不陨厥问。"始及昆夷之怨，尚可也。至其九章乃曰："虞芮质厥成，文王蹶厥生。予曰有疏附，予曰有先后，予曰有奔奏，予曰有御侮。"事不接，文不属，如连山断岭，虽相去绝远，而气象联络，观者知其脉理之为一也。盖附离不以凿枘，此最为文之高致耳。

苏辙将这种"事不接，文不属，如连山断岭，虽相去绝远，而气象联络"视作"最为文之高致"，虽不免夸张，却也表明了宋人对此法的重视。宋人写诗提倡"活句"，所谓活句，就是把推理的、连贯的叙述脉络改造成联想的、跳跃的暗示脉络，以避免平铺直叙丧失诗美。事断意贯法正符合这种要求，所以费衮认为："事不相涉而意脉贯穿，经纬错综，成自然之文，此所以为可法也。"(《梁溪漫志》)

事断意贯的妙处在于文不接而意接，即表层的事与事的互不相涉，并不妨碍深层的意蕴的连贯，但如果在意脉的把握上不能做到潜气内转，很容易导致杂凑成章毛病的出现。试看唐代于季子的《咏汉高祖》诗：

191

百战方夷项，三章且易秦。功归萧相国，气尽戚夫人。

这四句分别列举了与汉高祖刘邦有关的四件史实，字面上虽两两相对，然相互间却毫无关涉，我们无法理解全诗所要表现的是什么思想感情。造成这一弊端的原因，就是诗人在创作中没有明确的宗旨与纲领，随手成章，遂使各事全为乌合。所以王夫之讥之云："恰似一汉高帝谜子，掷开成四片，全不相关通。如此作诗，所谓佛出世也救不得也。"（《姜斋诗话》）再看宋代韩琦的《秋风赴先茔马上》诗：

暂趋先垅弭旌旄，因恤吾民穑事劳。谷实已伤嗟岁廪，麦根虽立望春膏。林疏山骨清弥瘦，天阔诗魂病亦豪。田舍罕逢车骑过，聚门村妇拥儿曹。

骑马行路途中，所见所感自然是繁杂的、飘忽的，若将这些思绪见闻写成一首诗，就必须围绕一个中心而加以结构。这首诗由于疏忽了这一重要环节，因而就显得杂乱无章。从全诗脉络看，前四句说一事，五六句说一事，末尾二句说一事，事与事之间并无意脉相通，从而导致了文理的真正断裂，就像三个散兵游勇一般。

事断意贯手法在词中的运用比在诗中更为普遍，这是因为词的体制与诗有所不同，诗不管长短怎样，总是一首自为起讫，词则由于词调的限制，一般分为上下两截，即上片、下片。片与片之间的关系，在音乐上是暂时休止而非全曲终了，在章法上是承转过渡而非独立二股。因此，在上片到下片的

"过片"中"须辞意断而仍续"（沈祥龙《论词随笔》）。试看周邦彦的《满庭芳》词：

> 风老莺雏，雨肥梅子，午阴嘉树清圆。地卑山近，衣润费炉烟。人静乌鸢自乐，小桥外、新绿溅溅。凭栏久，黄芦苦竹，拟泛九江船。　　年年，如社燕，飘流瀚海，来寄修椽。且莫思身外，长近尊前。憔悴江南倦客，不堪听、急管繁弦。歌筵畔，先安簟枕，容我醉时眠。

这首词表现客宦无聊的情绪。上片从江南夏景写起，再写自己身处偏僻之地，不胜其苦；又以"乌鸢"几句反映自己心情之抑郁，随后以"拟泛九江船"的设想结束上片。下片从感叹身世飘零、仕途失意写起，以愁思难已，惟有对客醉眠结束。过片处，词人没有交待不泛九江船之故，但我们从下片的满腹牢骚之中，可以看出其意脉与上片是似断若连的。陈廷焯曾指出，这种"前后若不相蒙者，正是顿挫之妙"（《白雨斋词话》）。

谢榛在《四溟诗话》中曾把诗的篇法分为两大类，一类是一句一意，一类是一篇一意。所谓一句一意，就是本文所谈的事断意贯法；所谓一篇一意，就是韩驹所讲的语脉连属法（见《诗人玉屑》引《室中语》）。语脉连属法一般只用于乐府小诗，对诗歌创作缺乏普遍的意义，但学诗者又不可不知，故在此顺便论及。

语脉连属的作品正如王世贞所说："其篇法圆紧，中间增一字不得，著一意不得。"（《艺苑卮言》）试看王建的《新嫁

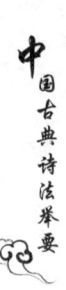

娘词》：

> 三日入厨下，洗手作羹汤。未谙姑食性，先遣小姑尝。

全诗语语相扣，句句相承，如七宝楼台，自成整体，不惟不能增字，若单独抽出一句，便不能成诗。

语脉连属之作自然无警句可摘，它是以篇法浑成而取胜的。因此，诗人在创作中常常"就一意中圆净成章"（王夫之《姜斋诗话》）。如崔颢的《长干曲》："君家何处住？妾住在横塘。停舟暂借问，或恐是同乡。"此诗只以一个舟中女子的问话自为始终，既不旁涉他意，也不采用任何烘托渲染的手法，蝉联而下，一气呵成。

诗人在"就一意中圆净成章"时，往往把所表现的内容安排为因果关系，这样语脉就不会松散与中断。如李益的《江南曲》诗："嫁得瞿塘贾，朝朝误妾期。早知潮有信，嫁与弄潮儿。"前三句为因，第四句为果，一意贯联。又如刘采春的《啰唝曲》诗："不喜秦淮水，生憎江上船。载儿夫婿去，经岁又经年。"前二句为果，后二句为因，浑然一体。不过由于因果关系的布局容易使感情道尽而乏余味，不少诗人便通过新颖巧妙的构思来使作品蕴含不尽，如上面两首就是通过无理之想、切情之语来补救的。再看金昌绪的《春怨》诗：

> 打起黄莺儿，莫教枝上啼。啼时惊妾梦，不得到辽西。

这首诗写一个闺中少妇在睡前先撵去树上黄莺,免得它的啼声惊残美梦,不能在梦中到辽西会见戍边的丈夫。全诗在布局上由果溯因,环环相扣,层层深入。起句先就给人一个疑问:黄莺儿在树上打走它干嘛?这自然引起读者深究明白的兴趣。第二句是对第一句的解释,但是读者心中又会产生疑问:为何不许清脆悦耳的黄莺啼叫呢?第三句继续解释:为怕惊醒美梦。而欲梦见的是什么呢?末句点出题旨。在诗人巧妙的构思下,表层的语脉紧紧连属,深层的感情步步深化。整首诗不说怨字,而爱怨之情自明;不说怀夫,而怀夫之意毕现,给读者留下了广阔的想象与自由的思索空间。宋宗元曾评论此诗说:"真情发为天籁,一句一意,仍一首如一句。"(《网师园唐诗笺》)

诗法之五:首尾相衔

兵家有所谓"常山蛇阵",它的特点是击其首则尾应,击其尾则首应,击其中则首尾俱应。这也是诗歌创作中的布局手法之一。因为诗歌只有"首尾相衔",才能成为一个完整的有机体,才能体现出整体的美,故胡仔曾要求:"凡作诗词,要当如常山之蛇,救首救尾,不可偏也。"(《苕溪渔隐丛话》)试看一首被胡仔称为"善救首尾"的晁补之的《洞仙歌·泗州中秋作》词:

青烟幂处,碧海飞金镜,永夜闲阶卧桂影。

露凉时，零乱多少寒螀，神京远，惟有蓝桥路近。　水晶帘不下，云母屏开，冷浸佳人淡脂粉。待都将许多明，付与金尊，投晓共、流霞倾尽。更携取胡床上南楼，看玉做人间，素秋千顷。

这是一首咏月词。开首三句写中秋月亮初升之景，然后转到寒夜螀声，而兴神京遥远之情。下片写月下之水晶帘、云母屏及佳人，随后用"待"字领出饮酒赏月，最末则以南楼眺望中满地月色作结。整首词从无月看到有月，从有月看到月满，层次井然，首尾相衔。李攀龙赞赏说："此词前后照应，如织锦然，真天孙手也。"（《草堂诗余隽》）

诗歌创作中，采用首尾相衔的布局手法较为常见，不妨再看沈佺期的一首《夜宿七盘岭》诗：

独游千里外，高卧七盘西。山月临窗近，天河入户低。芳春平仲绿，清夜子规啼。浮客空留听，褒城闻曙鸡。

七盘岭在今四川广元东北，岭有石磴七盘而上，故名。诗人于唐中宗神龙元年（705年），由关中入蜀往岭南的路途中，留宿七盘岭，通宵未眠，写下此诗，抒发了羁旅之情。王世贞曾云："五言至沈、宋，始可称律。"（《艺苑卮言》）此诗对仗工整、音圆调美，可称是一首成熟的五言律诗。在结构措置上，此诗也体现出严谨缜密的法度。首联破题，拈出一个"独"字、一个"高"字，接下便以这二字为线，展开描写。颔联紧承次句，以山月近、天河低，状七盘岭之"高"，颈联紧承首句，以殊方之木、他国之禽，衬"独"游之悲。若细细辨析，则颔联写"高卧"已具"独游"之情，颈联写"独游"亦寓"高卧"之意。山月、天河如此贴近，似乎在慰藉诗人独游孤寂之悲；林间杜鹃如此哀鸣，足以映衬出诗人高卧难眠之愁。尾联从"子规"句转出，以"浮客"呼应"独游"，以"闻曙鸡"呼应"高卧"。全诗从宿岭写到旅情，不仅转得巧妙，富有意外的情趣，而且接得自然，毫无牵强的痕迹。通篇首尾呼应，脉理精细，并充满着生动流走的气韵。

虽然首尾相衔是诗歌结构安排的基本要求，可就是这样基本的要求，一些名家也常会疏忽。试看王禹偁的《过鸿沟》诗：

侯公缓颊太公归，项籍何曾会战机。只见鸿沟分两界，不知垓下有重围。危桥带雨无人过，败叶随风伴马飞。半日垂鞭念前事，露莎霜树映斜晖。

鸿沟，在今河南郑州东。据史载，西汉四年（前203年），楚王项羽因难抵挡汉王刘邦的进攻，便听从刘邦的使者侯公的劝说，归还汉王的父母妻子，并与汉王约，中分天下，割鸿沟而西者为汉，鸿沟而东者为楚。此诗便是诗人过鸿沟之感怀。首句的"缓颊"，意为婉言为人解劝；"太公归"，指项羽归还刘邦父母妻子之事。全诗由"侯公"入题，批评项羽轻信说客之言，以为划分了鸿沟便无战事。"只见"一联，通过鸿沟之约签订后，项羽解围而东归，而刘邦则听从张良、陈平的建议，乘楚军松懈之机，穷追猛打，于第二年便逼得项羽垓下自刎的史实，指出项羽目光短浅。以上所写，都是紧紧围绕着

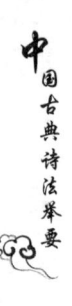

题意而展开的。但从第五句开始，便写得空泛，看不出与主题有什么关系，所有纪昀批评说："后半游骑无归。"(《瀛奎律髓刊误》)

王安石的《梅花》诗也是这样，开始能紧扣住主题，随后就渐渐脱离本位，以至如奔马之难勒住。其诗如下：

> 醉笔题诗紫界墙，梅花零落扑衣裳。天香又杂杯中渌，春色还惊鬓上苍。涉世何妨为白璧，流年未抵熟黄粮。一吟起我平生志，今古冥冥出处忘。

前四句就梅花落笔，后四句便滑离开去，失去了咏梅之本意，从而使首尾无甚干涉。

怎样才能避免发生这种首尾不相衔接的毛病呢？刘勰在《文心雕龙·章句》中告诉我们："启行之辞，逆萌中篇之意；绝笔之言，追媵前句之旨。"这意思是说，开头的辞句，就要埋伏中篇的意思；结尾的词语，该呼应前文的内容。试以苏轼《江城子》词为例来分析。其词云：

> 十年生死两茫茫，不思量，自难忘。千里孤坟，无处话凄凉。纵使相逢应不识，尘满面，鬓如霜。　　夜来幽梦忽还乡。小轩窗，正梳妆。相顾无言，惟有泪千行。料得年年肠断处，明月夜，短松冈。

这是词人悼念妻子王氏之作。开首一句即含带中间词意，"不思量"二句逆接首句，写并不因为十年生死茫茫而感情受到阻隔；"纵使"三句顺接首句，因为十年音容渺茫，乃有设想中相逢不识之状。过片转入记梦，处处与前片钩接。"小轩窗"二句写十年之前情状，承上片"难忘"，"相顾"二句写相逢，与"生死两茫茫"呼应。最后又以"明月""松冈"与"千里孤坟"呼应。全词首尾圆合，浑然一体，显示出词人缜密的布局本领。

诗法之六：交综呼应

要使诗的结构严密，仅仅做到首尾相衔是不够的，还必须在布局中处处前呼后应，否则就容易出现辞语凭空逸出、无所依据的情况。试看曹操的《短歌行》：

对酒当歌，人生几何？譬如朝露，去日苦多。慨当以慷，忧思难忘。何以解忧？惟有杜康。青青子衿，悠悠我心。但为君故，沉吟至今。呦呦鹿鸣，食野之苹。我有嘉宾，鼓瑟吹笙。明明如月，何时可掇。忧从中来，不可断绝。越陌度阡，枉用相存。契阔谈䜩，心念旧恩。月明星稀，乌鹊南飞。绕树三匝，何枝可依？山不厌高，海不厌深。周公吐哺，天下归心。

此诗先由人生短暂、时光易逝发生感慨，接着抒发思贤若渴的心情，最后以周公自比，表明广纳贤士以建立功名的雄

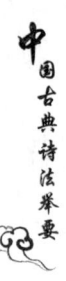

心。读完全诗，觉首尾虽能相衔，而中间"呦呦鹿鸣"四句则游离于诗情。前此"青青子衿"四句，抒发对贤士深切的思慕；后此"明明如月"四句，抒发对贤士可望而不可即的苦闷，而"呦呦鹿鸣"四句的插入，反使本来明了连贯的诗意，令人有不知所云之感。或曰此乃作者借用《诗经》成句表示自己能与贤士同乐。但是将这一内容放置在"明明如月，何时可掇，忧从中来，不可断绝"之前，不是多余吗？既然贤士还未得，何有与之欢宴之理？事实上古人已看到这个问题，故有些本子将此四句移到"明明如月"四句之后（如《宋书·乐志》《诗比兴笺》）。但结尾的"周公吐哺"已包含了善待贤士之意，所以我们看不出这四句与全诗有什么关联，完全可以删去。

也许有人会说，曹操此诗毕竟是诗歌史上的早期作品，后代诗人很少会有这种前后不作呼应、无端写来的失误。果真如此吗？试看陈与义的《渡江》诗：

江南非不好，楚客自生哀。摇楫天平渡，迎人树欲来。雨余吴岫立，日照海门开。虽异中原险，方隅亦壮哉。

方回在《瀛奎律髓》中称赞此作"诗逼老杜，于渡浙江所题如此，可谓亦壮矣哉"。确实这首诗写得意境颇佳，不过其中也并不是无疵可寻，如第二句的"自生哀"，我们通篇看不出他所哀的是什么。纪昀认为，末尾"虽异中原险，方隅亦壮哉"二句，乃"言虽属偏安，然形胜如是，天下事尚可为，而惜当时之无能为也"（《瀛奎律髓刊误》）。如果是这样理解的话，那么"自生哀"三字也就落实了，但诗人果真有此意？至少在诗句中这一意思的表达是很不明确的。

如果说陈与义的《渡江》诗是有呼无应的话,那么蔡松年的《鹧鸪天·赏荷》词则是有应无呼。其词如下:

秀樾横塘十里香,水花晚色静年芳。胭脂雪瘦熏沉水,翡翠盘高走夜光。　　山黛远,月波长,暮云秋影蘸潇湘。醉魂应逐凌波梦,分付西风此夜凉。

这首咏荷词,作者没有拘泥于荷花形迹的描绘,而是突现荷花清逸骚雅、楚楚动人的韵致,深得遗貌取神之妙。尤其是上片的"胭脂雪瘦熏沉水,翡翠盘高走夜光"二句,骨重神寒,历来颇获赞誉。不过,它的缺失亦是相当明显的。王若虚曾指出:"此句诚佳,然莲体实肥,不宜言瘦,予友彭子升易腻字,此似差胜。"(《滹南诗话》)实际上问题还不在于此,而是出在"走夜光"三字上。"走夜光"意谓叶面水珠晶莹闪烁,就像夜明珠在滚动。荷叶上走珠之状,唯雨露中然后见之,而据词意,当时不应有雨露。很明显,这三字没来由,用形象的话说,就是无端半空伸一脚。

刘勰指出:"章句在篇,如茧之抽绪,原始要终,体必鳞次。"(《文心雕龙·章句》)意思是说,章节和句子在全篇中,好像茧之抽丝,从开头到结尾,在体制上一定像鳞片那样紧密联接。欲达到刘勰所要求的这种绵密的结构,交综呼应就是通常采用的方法之一。试看韩愈的《左迁至蓝关示侄孙湘》诗:

一封朝奏九重天,夕贬潮阳路八千。欲为圣朝除弊事，肯将衰朽惜残年。云横秦岭家何在？雪拥蓝关马不前。知汝远来应有意，好收吾骨瘴江边。

首联写自己招罪被贬的原因，以"朝奏"与"夕贬"呼应。颔联紧承首句，申述才奏便贬的内心之激愤；颈联紧承次句，抒发才贬便行的胸中之悲慨。尾联的对侄子孙湘所言，在语意上照应第四句，而"瘴江边"又是与"秦岭云""蓝关雪"相贯通。全诗前呼后应，仰承俯注，一气滚下，显示出了绵密的结构。

呼应通常有"分应""各应"和"错应"三种形式。前两种形式有规律可循。分应格指绝句的一三句相应、二四句相应，律诗的颔联应首句、颈联应次句。各应格指绝句的一二句相应、三四句相应，律诗的上下半首各自呼应。试以绝句为例。王昌龄《别李浦之京》诗："故园今在灞陵西，江畔逢君醉不迷。小弟邻庄尚渔猎，一封书寄数行啼。"这是分应格。李白《黄鹤楼送孟浩然之广陵》诗："故人西辞黄鹤楼，烟花三月下扬州。孤帆远影碧空尽，惟见长江天际流。"这是各应格。凡是不能归入以上两种形式的，就为错应格，如刘禹锡《堤上行》诗"江南江北望烟波，入夜行人相应歌。桃叶传情竹枝怨，水流无限月明多"，末句承首句，三句承次句，错综相应。

因为律诗的体量是绝句的翻倍，所以律诗的钩锁连环会生出更多的变化。桂馥曾将杜甫律诗的承接呼应法进行归纳，他说："吾读杜律诗，而知起承之法未可废也。宋元以来不复讲矣。今就其诗为之说曰：有三句承首句、四句承二句者。有三句承二句、四句承首句者。有三四承首句、五六承二句者。有三四承二句、五六承首句者。有三四单承二句者。有三四承首句、后四承二句者。有三四承二句、后四承首句者。有五句承三句、六句承四句者。有五句承四句、六句承三句者。有后四承前四者。"(《札朴》)实际上，作如此繁复的分类，对诗歌创作的指导意义并不大。像杜甫这样的诗人，他们在创作中绝不会作按部就班的起承，而是在诗兴的尽情抒发中随时关锁绾合，并无规律可寻。试看杜甫的《送路六侍御入朝》诗：

童稚情亲四十年，中间消息两茫然。更为后会知何地？忽漫相逢是别筵。不分桃花红似锦，生憎柳絮白于绵。剑南春色还无赖，触忤愁人到酒边。

朱瀚曾对此诗作过极为精到的分析，他说："始而相亲，继而相隔，忽而相逢，俄而相别，此一定步骤也。能翻覆照应，便觉神彩飞动。及细按之，后会无期，应消息茫然；忽漫相逢，应童稚情亲。无赖，即花锦、絮绵；触忤，即不分、生憎。脉理之精密如此。"(《杜诗详注》引）这样的前后呼应，便觉活脱流转，化尽板滞之气。

诗法之七：盘马弯弓

韩愈在《雉带箭》诗中对张建封的精湛射技有如此描绘："将军欲以巧伏人，盘马弯弓惜不发。"骑马盘旋不进，拉弓满弦不发，是谓善于蓄势，不轻易而射。这种神功技巧，诗歌创作中也时常采用。如李白《早发白帝城》诗："朝辞白帝彩云

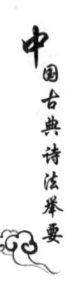

间,千里江陵一日还。两岸猿声啼不住,轻舟已过万重山。"前两句写舟行迅捷,则轻舟已过万重山自不待言。中间却用"两岸猿声啼不住"句起"走处仍留,急语仍缓"的蓄势作用,避免了文势的平板单调,犹如把水闸住,让水位提高后再跌落下去,从而使末句的气势显得更奔放有力。故清人桂馥指出:"妙在第三句能使通首精神飞越,若无此句,将不得为才人之作矣。"(《札朴》)

作诗一鼓作气,极诸所有,尽情倾泻而出,往往成直率之病,所以古人有"鼓气以势壮为美,势不可以不息,不息则流宕而忘返"之戒。此言"息"者,就是蓄势,方东树解释为"横断不即下,欲说又不直说,所谓盘马弯弓惜不发"(《昭昧詹言》)。不急急于说破本题,而故意摇曳之,可使主题表现得更为完美,更为有力。试看杜甫《江南逢李龟年》诗:

岐王宅里寻常见,崔九堂前几度闻。正是江南好风景,落花时节又逢君。

前两句追忆开元全盛日的交往,一个是当时负有盛名的歌唱家,一个是当时崭露头角的诗人。后两句写相逢时的情景,恩遇极隆的歌唱家如今飘零异地,满怀抱负的诗人也正流离失所。"又逢君"是此诗所表现的主题。在写法上,作者没有让"又逢君"立即说出,而是左盘右旋,引而不发,通过"江南好风景""落花时节"的渟蓄,牢笼住更多的感情后才说破,故全诗虽无一字明言,而世运之治乱、年华之盛衰、彼此之凄凉俱在其中。因此《唐宋诗醇》称赞说:"悄然数语,可抵白氏一篇《琵琶行》矣。"

王安石的《泊船瓜洲》诗也是妙在蓄势。诗如下：

　　京口瓜洲一水间，钟山只隔数重山。春风又绿江南岸，明月何时照我还。

　　王安石第一次罢相后，退居江宁钟山。熙宁八年（1075年）二月，他第二次拜相，在奉诏进京途中，于瓜洲泊船时作此诗。首句写已从京口渡江，抵达瓜洲。"一水间"形容舟行之迅疾。次句说欲再越过京口南望钟山，已为重山所遮。"只隔"二字极言钟山之近在咫尺，表达了诗人对钟山的依恋。读诗至此，可知"钟山"乃是全诗的焦点，前连"瓜洲"，后接"照我还"。"照我还"者，照我还钟山也。诗人在写到"钟山只隔数重山"时，一个"还"字便已呼之欲出，但诗人并没有立即说"还"，而是以"春风又绿江南岸"蓄势作意后，再一发破的，从而使欲"还"钟山的渴望表达得更为强烈。

　　蓄势手法的运用最早可以追溯到《诗经》，如《鄘风·蝃蝀》：

　　蝃蝀在东，莫之敢指。女子有行，远父母兄弟。
　　朝隮于西，崇朝其雨。女子有行，远兄弟父母。
　　乃如之人也，怀昏姻也。大无信也，不知命也。

　　这是一首对某个私奔女子的讽刺诗。李贤注引《韩诗序》

云：" 《蝃蝀》，刺奔女也。"作诗者的意图很明白，是想通过反面说教，以规范当时的礼仪制度。开端"蝃蝀在东，莫之敢指"是起兴。蝃蝀，即彩虹，又称美人虹，其形如带，半圆，有七种颜色，是雨气被太阳返照而成。古人因缺乏自然知识，以为虹的产生是由于阴阳不和，婚姻错乱，因而将它视作淫邪之气，如刘熙云："淫风流行，男美于女，女美于男，互相奔随之时，则此气盛。"（《释名》）彩虹在东边出现，自然是一件忌讳的事，所以大家都"莫之敢指"。接下引出正文："女子有行，远父母兄弟。"有行，即出嫁。单这两句似乎看不出诗人的褒贬之意，然联系前面的起兴，诗人无疑是将淫邪的美人虹来象征这个出嫁的女子。所以前两句虽是兴，但兴中兼比，比兴的合一，诗的讽意在不言中也就显露了出来。

次章是首章的复叠。𬯎，亦指虹。陈启源云："蝃蝀在东，暮虹也。朝𬯎于西，朝虹也。暮虹截雨，朝虹行雨。"（《稽古编》）所以"朝𬯎于西"接下便有"崇朝其雨"之句。说了暮虹，又说朝虹，这样反反复复，诗人就是旨在强调这个出嫁女子婚姻的错乱。

第三章点明本题。"乃如之人也，怀昏姻也"，用今天的话说就是"像这样的女人啊，破坏婚姻礼仪啊"。如此刻薄斥骂的语气，表明了诗人对私奔行为的愤愤不平。这种愤愤不平基于两点，一是"大无信也"，即私奔者只知思男女之欲，而不能自守贞信之节；二是"不知命也"，即私奔者背人道、逆天理，不知婚姻当待父母之命，媒妁之言。从全诗结构看，前两章是蓄势，本章为跌出，即戴君恩所谓"一二为三章立案也"（《读诗臆评》）。一二章的横断不即下，欲说又不直说，为本章蓄足了力量，故一经跌出，语意自然强烈。

诗中蓄势可以有不同的变化，正如前面所引用诗例，或以前句垫后句，或以前章垫后章，或多方盘旋乎其左右。但万变不离其宗，总以意脉连贯为要。不然的话，就会弄巧成拙。试看李白的《南陵别儿童入京》诗：

> 白酒新熟山中归，黄鸡啄黍秋正肥。呼童烹鸡酌白酒，儿女嬉笑牵人衣。高歌取醉欲自慰，起舞落日争光辉。游说万乘苦不早，著鞭跨马涉远道。会稽愚妇轻买臣，余亦辞家西入秦。仰天大笑出门去，我辈岂是蓬蒿人。

这首诗是李白于天宝元年闻玄宗下诏征己入京而作。其时诗人已四十二岁，他为自己终于有机会实现政治理想而兴奋异常。诗中的烹鸡酌酒、高歌起舞、著鞭跨马、仰天大笑等描写，全是围绕即将仕宦京都的狂喜之情而展开。诗的最后，诗人得意地向世人宣告："我辈岂是蓬蒿人。""蓬蒿人"，生活在草野之间的人。为让那些平日嘲笑他的人明白他们视野的短浅，他还在前面垫上一联"会稽愚妇轻买臣，余亦辞家西入秦"。据《汉书·朱买臣传》记载，朱买臣早年家贫，靠卖柴度日，妻子嫌其贫贱而离去。晚年得武帝重用，做了会稽太守。朱买臣的妻子将买臣视作"蓬蒿人"而离开了他，可李白的妻子在他失意的时候并没如此势利啊，我们从李白作于稍后的《别内赴征三首》可知，他们可是伉俪之情颇深。诗人原想让"我辈岂是蓬蒿人"呼声更具有冲击力，却不料用错了事，不仅无助于末句的势张力举，而且中断了前后诗意，变成了对妻子的讽刺。

诗法之八：龙跳虎卧

"龙跳虎卧"是诗歌的结构艺术之一，它的特点在于布局大开大合，大往大来，使诗篇富有跳跃跌宕之势。如陆游《书愤》诗中的"楼船夜雪瓜洲渡，铁马秋风大散关"一联，写宋兵抵御金兵的两次战斗，上下句之间就呈现出大跨度的跳跃性。从时间看，一在绍兴三十一年（1161年）冬天，一在乾道八年（1172年）秋天；从地点看，瓜洲渡在东南，大散关在西北。然而正是这一跳跃，一方面使诗意显得更为浓缩精炼，一方面使诗情显得更为震撼人心。

从诗歌艺术的发展史来看，在近体诗中采用跳跃式的结构安排当以杜甫为发端。试看他的《诸将五首》之二：

韩公本意筑三城，拟绝天骄拔汉旌。岂谓尽烦回纥马，翻然远救朔方兵！胡来不觉潼关隘，龙起犹闻晋水清。独使至尊忧社稷，诸君何以答升平。

杜甫的《诸将五首》是一组政论诗，作于唐代宗大历元年（766年）。当时安史之乱虽已平息，可边患还没有根除，首都长安又遭到吐蕃入侵，吓得代宗逃往陕州避难。诗人痛感朝廷将帅的无能，所以写下这组诗，既讽刺他们坐享高官厚禄，不顾国家安危，同时也激励他们效法先贤，为平息内忧外患、统一国家恪尽职守。这里选录的第二首，主旨是感叹诸将不思奋身报国以致天下太平。首联从封韩国公的名将张仁愿下笔,赞扬他在朔方筑三城而断绝了突厥的南侵。次联笔锋一转,落到诸将身上,说朔方三城本是为抗拒突厥而筑,如今反却借助其力来平定国内乱军。第五句跌回当前,以潼关非不险隘而外族进入不觉其隘,讥诮诸将无能。第六句又突然追忆盛时,以高祖之起兵晋阳勖励诸将。末联再回到诸将身上,诘责诸将只知坐享尊荣,不思杀敌报国,为皇上分忧。全诗纵横出没,跌宕生姿,被杨伦赞誉为"有龙跳虎卧之观"(《杜诗镜铨》);被沈德潜赞誉为"龙跳虎卧之笔"(《唐诗别裁集》)。

韩愈的《雉带箭》也是一首被誉为"短幅中有龙跳虎卧之观"(汪琬《批韩诗》)的作品。诗如下:

> 原头火烧静兀兀,野雉畏鹰出复没。将军欲以巧伏人,盘马弯弓惜不发。地形渐窄观者多,雉惊弓满劲箭加。冲人决起百余尺,红翎白镞随倾斜。将军仰笑军吏贺,五色离披马前堕。

本诗写随从徐州武宁军节度使张封建射猎情景。首句写猎场,次句写猎物,三句写射者,四句写射技,五句写地形与观众,六句写逐猎之过程,七八句写中弦的雉鸡,最后写得意的将军。整首诗不过七十个字,写了射猎前、涉猎中、射猎后的场景,而且还写得盘曲跳脱,生气远出。像这种开合动荡的章法,一般在古文中使用,韩愈将其推广到诗歌创作中,从而使得有限的篇幅容纳了更多的意蕴,并且具有曲折多变之美。

龙跳虎卧的结构总是与诗人感情的起伏相适应的,试看李白《宣州谢朓楼饯别校书叔云》诗:

弃我去者昨日之日不可留，乱我心者今日之日多烦忧。长风万里送秋雁，对此可以酣高楼。蓬莱文章建安骨，中间小谢又清发。俱怀逸兴壮思飞，欲上青天揽明月。抽刀断水水更流，举杯销愁愁更愁。人生在世不称意，明朝散发弄扁舟。

　　诗人在饯别秘书省校书郎李云之时，感慨万分，写下了这首诗。在写法上，起调不写饯别，而是破空而来，直抒内心之忧愤；第三句突接"长风万里"的壮阔景象，第四句发出"酣高楼"的豪情逸兴。这一大幅度的结构跳跃，与诗人满怀理想抱负而不为环境所压抑的感情是相一致的。以"酣高楼"点题后，五六句又从中突起，横亘而出，借评论古人而赞客、自喻；接下二句以"上天揽月"进一步渲染意兴，把感情推向高峰；"抽刀""举杯"的描写则将感情迅即从九霄跌入苦闷的深渊；最后以放浪江湖、隐逸出世，表现内心的愤愤不平。全诗结构起落无迹，断续无端，闪转腾挪，跳跃奔放，显示了龙跳虎卧之势。诗人波澜叠起般的感情也正是借助了这一结构，才得以传神地表达出来。又如蒋捷的《贺新郎》词：

　　梦冷黄金屋。叹秦筝、斜鸿阵里，素弦尘扑。化作娇莺飞归去，犹认纱窗旧绿。正过雨、荆桃如菽。此恨难平君知否，似琼台、涌起弹棋局。消瘦影，嫌明烛。　　鸳楼碎泻东西玉。问芳悰、何时再展，翠钗难卜。待把宫眉横云样，描上生绡画幅。怕不是、新来妆束。彩扇红牙今都在，恨无人、解听开元曲。空掩袖,倚寒竹。

此词是南宋灭亡后的感旧之作。上片先以金屋梦冷、筝弦尘扑暗含故国的凄凉与心境的孤寂,接以"娇莺飞归"追念昔日生活,感情由低到高。"此恨"二字又将感情折回,"弹棋局"的比喻告诉我们,此恨是恨世局改移,因此恨极而瘦。换头再作追念,但杯碎酒泻,芳踪难卜;接下又以"怕不是"与"待把"呼应,言所思所忆只是徒然,感情又一跌宕。以下再用曲笔,言知音已杳,物是人非,末以美人迟暮喻自己之惆怅悲怆而无可奈何。整首词感情忽悲忽喜,跳跃变幻;结构转折多变,大往大来,有力地表现出作者人事沧桑的感慨。

必须注意的是,诗的结构不管是如何的跳跃,它的意脉必须是贯通的,不然的话,就会导致血脉不贯、意有断续之失。试看贾岛的《泥阳馆》诗:

客愁何并起,暮送故人回。废馆秋萤出,空城寒雨来。夕阳飘白露,树影扫青苔。独坐离容惨,孤灯照不开。

诗写离别的孤寂情怀。中间二联,均能刻画工妙,当属难得。首尾用笔亦颇相称。从章法上看,次联的"秋萤""寒雨"与三联的"夕阳""树影"之间确有顿宕之势,可在意脉上却如同隔断,更不相涉,露出攒凑的痕迹。再看卢纶的《送宋校书赴宣州幕》诗:

南想宣城郡,清江野戍闲。艨艟高映浦,睥睨曲随山。名寄图书内,咸生将吏间。春行板桥暮,应伴庾公还。

开端以"南想"领起,到第四句全是想象中的宣城景色,五六句突写宋校书之职与此度赴任之举,可从中我们看不到诗人情感流程的贯穿,显然这上下之间根本不是什么布局上的龙跳虎卧手段,而是意脉的断绝。

诗法之九:逆叙倒挽

欧阳修《戏答元珍》诗的起联云:"春风疑不到天涯,二月山城未见花。"按照正常的结构安排,应该是在见花时节而不见花后,才有春风不到天涯之疑。但诗人没有直写,而是用"逆叙倒挽"法将后一句倒转到前,使诗句显得生动有味,豪迈峻健。欧阳修对这一联非常得意,曾自负地说:"若无下句,则上句不见佳处,并读之,便觉精神顿出。"(《西清诗话》引)

逆叙倒挽法是诗人在安排诗的结构时,刻意将时序的先后加以倒置,从而避免语言的平直,增强诗句的气势与灵动感。试看梅尧臣的《鲁山山行》诗:

适与野情惬,千山高复低。好峰随处改,幽径独行迷。霜落熊升树,林空鹿饮溪。人家在何许,云外一声鸡。

诗写游鲁山。一开头就说，这恰恰与我爱好山野风光的情趣相合。那么，是什么才与自己爱好山野风光的情趣相合呢？下句作说明：山行中见到众山的忽高忽低。按正常顺序，第二句应该在前，可一经倒装，既突出了爱山的情趣，又避免了诗的平铺直叙，显得跌宕有致。所以洪亮吉指出："诗家例用倒句法，方觉奇峭生动。"（《北江诗话》）再看王安国的《清平乐》词：

留春不住，费尽莺儿语。满地残红宫锦污，昨夜南园风雨。　　小怜初上琵琶，晓来思绕天涯。不肯画堂朱户，春风自在杨花。

这首词抒发伤春之情。其中"满地残红宫锦污，昨夜南园风雨"二句，写出了一幅风雨落花、满地狼藉的残春景象。按理说，风雨是因，花落是果，而词人却先说果，后说因，这一逆挽，显然更突现出词人的一片惜春惜花的深情，所以谭献称这二句"倒装见笔力"（谭评《词辨》）。

逆叙倒挽法并非仅仅是将诗句倒转一下，先说后的，再说前的，它只有做到前句带动后句，才能够气固神完。如温庭筠的《苏武庙》诗有这样一联：

回日楼台非甲帐，去时冠剑是丁年。

诗句的意思是：苏武当年戴冠佩剑、奉武帝之命出使匈奴的时候，还正是壮年；等回到汉朝时已是十九年之后，往日的楼台已经变化，武帝也早已逝去。诗人以倒挽出之，便语新意奇。上句所写苏武回日之时的感慨,就已逆摄了去时之情形,因为没有当年的"冠剑丁年",就不可能有现在的物迁人非之感。这一倒转的笔调,不仅强调了苏武十九年中历尽艰辛、气节不改的难能可贵,也表达出了对苏武的无比崇敬的心情。

逆叙倒挽不仅用于一联之中,有时还用于全诗。试看李商隐的《马嵬》诗:

海外徒闻更九州,他生未卜此生休。空闻虎旅鸣宵柝,无复鸡人报晓筹。此日六军同驻马,当时七夕笑牵牛。如何四纪为天子,不及卢家有莫愁。

诗的颈联"此日六军同驻马,当时七夕笑牵牛",因采用逆挽法,将眼前的景象与过去的情事组合在一起,大大增强了表现的容量与力度,历来受到称赞。如朱庭珍说:"于此一联,提笔振起,逆而不顺,遂倍精采有力,通篇为之添色。"(《筱园诗话》)实际上,此诗不只这一联,而是通篇采用倒叙手法。咏马嵬之变,按时间顺序,自应从安史叛军攻陷潼关,玄宗带杨贵妃仓皇出逃长安写起,而诗人先叙杨贵妃死后唐明皇遣方士招魂之举,以"此生休"奠定全诗的基调,再追溯马嵬所发生的悲剧经过,再继续追溯二人七夕长生殿的密誓,揭示出"此生休"的悲剧根源。尾联以冷峻的诘问作收,在安排上也用逆挽,先说唐明皇,后说民间早已流传的莫愁。全诗的布置,既突出了主题,又跳跃了笔势。再看司马光的《西江月》词:

宝髻松松挽就,铅华淡淡妆成。青烟翠雾罩轻盈,飞絮游丝无定。　　相见争如不见,有情何似无情。笙歌散后酒初醒,深院月斜人静。

这首词写词人对一位歌伎的眷恋之情。上片回忆歌伎之美,下片抒写内心的情怀。从结构上看,全词以逆笔倒挽。按照正常的顺序,应该先写月斜人静之时,酒醉醒来,再追溯与歌伎的相见,最后抒发难以结合的怨恨之情。但词人没有平铺直叙,而是先写歌伎的容态之美,将身处的情景放在篇末,这一换境,便化板滞为飞动。

逆叙倒挽的手法用于全诗,就意味着改变整首作品的常规布置,这种改变通常是出于全诗的意境考虑的,如郑谷的《淮上与友人别》诗:

扬子江头杨柳青,杨花愁杀渡江人。数声风笛离亭晚,君向潇湘我向秦。

谢榛在《四溟诗话》中认为此诗的次第安排未当,末句应倒作起句。这种看法遭到了后人的指责,贺贻孙说得最透彻:"盖题中正意,只'君向潇湘我向秦'七字而已,若开头便说,则浅直无味,此却倒用作结,悠然情深,令读者低徊流连,觉尚有数十句在后未竟者。"(《诗筏》)此诗末句与首句互置,未尝不顺理成章,然却毫无余韵。因为在离亭笛声中,点出"君向潇湘我向秦",便觉愁思缠绵,别意茫茫。以作发局所以无味,就在不相渲染,先已点破,而结尾之"数声风笛离亭晚,扬子江头杨柳青",又似乎是离别之际在赞赏满目的杨柳春光,读者无法感受出客中送客的黯然伤魂之情。

《淮上与友人别》

王安石的《送人至清凉寺》倒是一首应该重新排列之作。其诗云：

> 断芦洲渚荠花繁，看上征鞍立寺门。投老难堪与公别，倚冈从此望回辕。

何汶《竹庄诗话》卷九引《诗事》评此诗云："'看上征鞍立寺门'之句，为一篇警策，尤尽别离情意之实，古人未尝道也。若使置之断句尤佳，惜乎在第二语耳。譬犹金玉，天下贵宝，制以为器，须是安顿得宜，尤增其光辉。"这段话告诉我们，诗之好句还有赖于诗人巧妙的安排调度。从当时送别的情景看，诗人送朋友至清凉寺后，看着他跨上征鞍渐渐远去，心中而有别后之念。诗人确实也是这样安排结构的，这并没什么不妥，但从诗的意境的要求来衡量，尾句的"倚冈从此望回辕"已点明别后相思，全诗自然没什么远韵可供读者回味了。而其中"看上征鞍立寺门"一句也只是寻常好句而已。若重新布置，将"看上征鞍立寺门"倒装到末尾，此句便具远神，言中之意难以穷尽，完全可与岑参《白雪歌送武判官归京》之结"山回路转不见君，雪上空留马行处"相媲美。

诗法之十：疏密相间

疏与密的概念，涉及绘画、书法、音乐、散文、诗歌乃至园林、建筑等诸多方面，这里只谈诗歌的疏密问题。在诗歌创作中，疏与密主要是就篇法而言的，疏，指的是艺术结构和语言层次的疏阔；密，指的是艺术结构和语言层次的密致。试看下面两首诗：

　　昔人已乘黄鹤去，此地空余黄鹤楼。黄鹤一去不复返，白云千载空悠悠。晴川历历汉阳树，芳草萋萋鹦鹉洲。日暮乡关何处是？烟波江上使人愁。
（崔颢《黄鹤楼》）

　　高台不见凤凰游，望望青山入海流。舞罢翠娥同去国，战残白骨尚盈丘。风摇落日催行棹，潮卷新沙换故洲。结绮临春无觅处，年年芳草向人愁。
（郭祥正《追和李白登金陵凤凰台二首》之一）

　　前一首抒写登黄鹤楼所感，全诗一气流注，无多转折，笔意直纵，线索分明，在结构的安排和语言的表达上显得宕阔疏放，是一首比较疏的诗。后一首抒写登凤凰台所感，全诗节节转换，层层跌入，笔法繁复，开阖尽变，在结构的安排和语言的表达上显得严密紧凑，是一首比较密的诗。

　　篇法的疏与密往往呈现出是两种不同的艺术风格，疏接近于司空图所说的"冲淡""自然""飘逸""流动"等诗品，密接近于司空图所说的"沉着""高古""典雅""洗炼"等诗品，两者各有其美，不以优劣分。因此许多诗人往往既写密致之作，亦写疏宕之作。试看吴文英的两首词：

　　何处合成愁？离人心上秋。纵芭蕉不语也飕飕。都道晚凉天气好，有明月、怕登楼。　　年事

梦中休，花空烟水流。燕辞归，客尚淹留。垂柳不萦裙带住，漫长是、系行舟。(《唐多令》)

剪红情，裁绿意，花信上钗股。残日东风，不放岁华去。有人添烛西窗，不眠侵晓，笑声转、新年莺语。　　旧尊俎，玉纤曾擘黄柑，柔香系幽素。归梦湖边，还迷镜中路。可怜千点吴霜，寒销不尽，又相对、落梅如雨。(《祝英台近》)

前一首写羁旅秋思，全词触景生情，自然感发，信手写来，涉笔成趣，显示出疏放的美。后一首是除夜立春之感怀，全词结构繁复错综，语言精工秾丽，含不尽之波澜，无数之层折，显示出密致的美。

不过，尽管密致之作有其独特之美，疏放之作也有其独特之美，但若偏执一端，亦不免生弊，所谓疏则纵，密则拘也。即如吴文英这样的大家也常遭到评论家的指责，或指责其密的作品"骤难索解"(郑文焯《梦窗词跋》)；或批评其疏的作品"油腔滑调"(陈廷焯《白雨斋词话》)。故刘熙载指出："诗不难于凝重，亦不难于流动，难在又凝重又流动耳"(《艺概·诗概》)"凝重"指的是密，"流动"指的是疏，凝重易成滞累，流动易成放浪，所以他要求"又凝重又流动"，即疏与密的交相为用。而作品一旦做到疏密相间，就能相得而益彰。有如听音乐，丝竹繁奏，间以希声窈渺，则听之者悦闻；有如观水景，川流迅激，间以洄旋逶迤，则观之者不厌。这也正如古典园林的布局，一段回廊或曲径，总是与一片开阔的空间相互呼应。回廊曲径是密，开阔空间是疏，疏密的交相为用，既可避免单纯回廊曲径所易引起的闭塞窘束之弊，又可避免单纯开阔空间所易产生的零落散漫之病。晏几道的《临江仙》词便有此妙。词如下：

梦后楼台高锁，酒醒帘幕低垂。去年春恨却来时，落花人独立，微雨燕双飞。　记得小蘋初见，两重心字罗衣。琵琶弦上说相思。当时明月在，曾照彩云归。

这道词写的是对歌女小蘋的怀念，上片，先以"梦后""酒醒"四字，蜻蜓点水似地略略叙述人物的行为，然后把它融化到"楼台高锁"与"帘幕低垂"的景物描写之中，让景物传神，让景物暗示。接下"去年春恨"三句写对往事的追忆。诗人不写此时此境此情，偏写彼时彼境彼情，一是表现其感情的永恒，因为这种感情对诗人来说已是无法摆脱，与自然界一样永在长存，无尽无休。二是表现其感情的深化，去年春恨来的时候毕竟还能独立花前，闲看燕子，而今则醉眠愁卧，房栊深闭，意兴更为阑珊。"落花"二句既正面的写，又反衬的写，展示了词人孤独的情怀。下片作者转向过去美好的时刻，追溯与爱人小蘋初见时的情形。"两重心字罗衣"写她当时的衣着。"两重心字"含有"心心"的深情密意，这是从视觉感受上描写小蘋的多情。接下"琵琶弦上说相思"，则是从听觉感受上表现她的多情。正因为"琵琶弦上"有"相思"之曲，作者才会有如此之深的萦怀。最后"当时明月在，曾照彩云归"二句，通过情境的对比，写尽了物是人非事事休的伤惘。一个"归"字，使读者对开首的"梦后""酒醒"之意有更为深刻的印象。全词表现了当前、去年和以前三种情景，上片写当前和去年,以描写为主,多用偶句,结撰精工,语密而事疏;下片写以前,以叙述为主,多用散行,一气舒展,语疏而情密。在篇法的安排上极为得体,密中见疏,疏中带密,表现出了词人高超的艺术技巧。

姜夔的《暗香》也是一首疏密相间的佳作。词如下:

> 旧时月色,算几番照我,梅边吹笛。唤起玉人,不管清寒与攀摘。何逊而今渐老,都忘却、春风词笔。但怪得、竹外疏花,香冷入瑶席。　江国,正寂寂。叹寄与路遥,夜雪初积。翠尊易泣,红萼无言耿相忆。长记曾携手处,千树压、西湖寒碧。又片片、吹尽也,几时见得。

这首词借咏梅以怀人。上片以"旧时月色"落笔,回忆往日与恋人月下赏梅吹笛的情事,"何逊"句陡转,折入现状,写而今年华渐老,风情尽失,然疏花幽香又不时来袭,犹不能不兴感。过片荡开,写欲折梅赠远而不得,唯有满怀怅恨,对梅饮酒,追念所思。接下从"相忆"转到"长忆",怀想当年千树香雪中与玉人携手的韵事,最后以梅花将谢、玉人难见收束。全词从石湖之梅写到西湖之梅,就梅花之盛开与衰落,或追忆旧情,或发抒今悲,感情虽绵密之至,可语言的层次却是比较疏放的,作者借用灵活的虚字,如"算几番""不管""而今""都忘却""但怪得""正""也""见得"等等,或前呼后应,或仰承俯注,使得全词既情韵荡漾,又语意流走,令人读来有无穷之思。

第五章 诗趣的创造

第五章 诗趣的创造

作诗填词须讲一个"趣"字。清代黄周星曾云:"一切语言文字,未有无趣而可以感人者。"(《制曲枝语》)然则趣从何来?魏庆之在《诗人玉屑》中所引苏轼语"诗以奇趣为宗,反常合道为趣",为诗趣的创造指出了一条途径。所谓反常,指的是有违常理;所谓合道,指的是合乎情意。反常而又合道,自然就会产生既出人意外,又入人意中的奇趣。尽管反常合道并不是诗趣创造的唯一方法,但诗趣之生成,除了创作主体的审美情趣之外,总多多少少与打破约定俗成的无形限制有关。本章所论述的种种诗法,便是由于对陈旧的思维习惯、语言习惯与表达习惯有所突破,从而使读者能够获得新奇的美感享受。

诗法之一:反常合道

杜甫《述怀》诗云:"自寄一封书,今已十月后。反畏消息来,寸心亦何有?"乍读之,似有"反常"之疑,寄书已有十月,当盼回音更甚,何以"反畏消息来"?细味之,乃觉"合道"之语,此时诗人正从安史叛军所占领的长安途归凤翔,别妻已近一年,死生未卜,因此音讯不来,还有个想头,若音讯一来,希望很可能成为绝望,所以诗句深刻而逼真地表现出诗人当时的矛盾心理。正如沈德潜所指出的:"若云'不见消

225

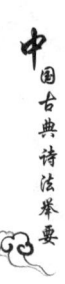

息来'，平平语耳。今云'反畏消息来，寸心亦何有'，斗觉惊心动魄矣。"(《说诗晬语》)。在古典诗词中，我们可以读到不少这类反常合道的作品。如宋之问《渡汉江》诗："岭外音书断，经冬复历春。近乡情更怯，不敢问来人。"又如王实甫《西厢记》中的唱词："想人生最苦离别，可怜见千里关山，独自跋涉。似这般割肚牵肠，倒不如义断恩绝。"

人们在审美中常会产生一种惰性，即思维活动机械地沿着某种"定势"而展开，如离乡总与悲苦之意联系在一起，还乡总与喜悦之情联系在一起。因此在读这类作品时，由于心理定势的作用，感情往往只在既成的轨迹上活动，无法获得感受的深度与兴奋度。反常合道法的运用，就在于打破读者的心理定势，使他们在意外的惊愕中体味到新颖奇特的诗境与诗趣，从而使诗歌获得活泼的生命力，故苏轼指出："诗以奇趣为宗，反常合道为趣。"(《诗人玉屑》引）我们不妨再读杜甫的《羌村三首》之一：

峥嵘赤云西，日脚下平地。柴门鸟雀噪，归客千里至。妻孥怪我在，惊定还拭泪。世乱遭飘荡，生还偶然遂。邻人满墙头，感叹亦歔欷。夜阑更秉烛，相对如梦寐。

这首诗是诗人经过了一年的战乱流离后返回家乡所作。诗人在开头交代了"归客千里至"的时间与环境后，突然来了一句"妻孥怪我在，惊定还拭泪"。丈夫从远方归来，应当"喜欲狂"才是，而她却疑怪丈夫为什么还能活着。这反常的情态，虽出乎意外，但又在情理之中，试想，这离家的一年中，陷于贼军，可以死；趁乱逃归，可以死；直言进谏，触怒肃宗，可以死；千里还家，风霜疾病，也可以死，而竟得以生还者，不是太偶然了吗？如果将这两句改为"妻孥见我还，喜极而流泪"，不仅诗味索然，也无法深刻地表现出主题，所以杨伦称赞这两句"摹写入神"（《杜诗镜铨》）。

"反常合道"法在词中也常见运用。试看李煜的《清平乐》词：

别来春半，触目柔肠断。砌下落梅如雪乱，拂了一身还满。　　雁来音信无凭，路遥归梦难成。离恨恰如春草，更行更远还生。

这是一首怀人之作。作者触景生情，写出自己因离别而引起的眷念、怅惘的情感。对远人的深切怀念，寤寐求之，不免形之于梦，这也是合于情理之事。而作者却出人意外地写"路遥归梦难成"，说是因为路途遥远，难以梦中相见。大家知道，梦是人的思维活动的一种形态，是潜在意识的一种表现，能否成梦，与路的远近全然无关，岑参的《春梦》诗中就有"枕上片时春梦中，行尽江南数千里"的描写。可见，李煜这句词违反了一般的生活常识。然而诗人就在这反常中表达了极深挚的感情，把在现实生活中不能相见的抑郁、凄凉、悲怆之情，表现得淋漓尽致。虽写得反常，可读来"不觉其虚，弥觉其妙"。再看晏几道的《思远人》词：

红叶黄花秋意晚，千里念行客。飞云过尽，归鸿无信，何处寄书得。　　泪弹不尽临窗滴。就砚旋研墨。渐写到别来。此情深处，红笺为无色。

　　这首词的词调与词意相同，写闺中人思念远方的丈夫。起句点明时节。"红叶黄花"是所见，"秋意晚"是所感。因感秋意已晚，遂生思念远方丈夫之心，所以紧接有"千里念行客"之句。"飞云过尽"，说丈夫像天上飘忽的白云，过去之后，杳无音信，也不知他究竟到了哪里，她期望鸿雁能够带来丈夫的消息。可抬眼望，"归鸿无信"，连影儿也不见一只。失望之余，她发出了"何处寄书得"的感叹。过片承上，写无从寄书信给丈夫而临窗滴泪。"泪弹不尽"表示伤心之深。越是伤心，越想写信以寄情思。于是，就砚承泪，就泪研墨，就墨作书。这一连串的举动，淋漓尽致地表现出了这位闺中人的深情与痴情。最后"渐写到别来，此情深处，红笺为无色"三句是说，信写到离别的情深之处，红色的笺纸也黯然失色了。从理性上看，红笺的无色与情之深浅是毫无联系的，但作者偏将两者结合在一起，形成因果关系，这便是反常合道的艺术手法。词的原意应是，闺中人写信诉说到离别的痛苦时，又禁不住流下伤心的眼泪，泪水将红笺的颜色也褪淡了。但这样正言直述，易于穷尽，而难以感发人意，作者以红笺因情深而失色的无理表现，便省去了不急之文，传出了意外之情，使全词显得情韵无尽。

　　反常而又合道，表明了这"反常"并不是不着边际的行空天马，它还得以现实生活与事物本性为依据，否则非但不能给诗增加美感，反而会使人觉得荒唐可笑。如李白《北风行》诗的"燕山雪花大如席"，由于抓住了燕地雪大的事实，故虽写得反常，却颇得神理。如果谁写出"广州雪花大如席"，就如鲁迅先生所说，将是个天大的笑话。又如岳飞《满江红》词开端的"怒发冲冠",言因愤怒金人寇掠中原而头发直竖,上冲冠帽,这自然是传神之笔,若再加以"冠为之裂",则就荒谬了。所以何绍基指出:"诗贵有奇趣,却不是说怪话,正须得至理。理到至处,发以仄径,乃成奇趣。"(《与汪菊士论诗》)

诗歌创作中,像何绍基所谓反常虽有之,于道却不合的"说怪话"的作品还时常可见,韩琦的《次日早起西坟》就是一首这样的作品:

风入旌旗撼晓光,两茔新展喜非常。浓阴蔽野瞻乔木,逸势横天认太行。自叹重茵宁及养,纵垂三组敢夸乡。路人或指荣虽甚,明哲何如汉子房。

韩琦是北宋大臣,仁宗时出为宰相。英宗即位,封魏国公。晚年出知乡郡后,祀坟之诗极多。以其当时身份,在祭先茔时露出功名富贵、光宗耀祖的满足之感,也无可厚非,然此诗次句"两茔亲展喜非常"所描述的心情,则实在令人不可思议。展墓虽非丧礼,而感念先人,要非可喜之事,真不知这个"喜非常"从何而来。又如王禹偁的《春日杂兴》诗:

两株桃杏映篱斜,装点商州副使家。何事春风容不得,和莺吹折数枝花。

这首诗的后二句因与杜甫《绝句漫兴九首》之二的"恰似春风相欺得,夜来吹折数枝花"相近,故诗人颇自负,曾云:"吾诗精诣,遂能暗合子美。"(《蔡宽夫诗话》引)然哪有花枝吹折,莺不飞去,和花同坠之理?所以陆游指出:"语虽极工,然大风折树而莺犹不去，于理未通，当更求之。"(《老学庵笔记》)黄白山曾为此诗辩解说："此正诗有别趣之谓。"(《载酒园诗话》引) 若如此求趣，则不求也罢。再如《红楼梦》第二十六回中有这样一首诗：

> 颦儿才貌世应稀，独抱幽芳出绣闱。呜咽一声犹未了，落花满地鸟惊飞。

林黛玉去怡红院看宝玉，没料到晴雯没听清声音，使性子不开门。黛玉想到自己的身世，禁不住悲悲切切地呜咽起来。诗写黛玉的呜咽声致使"落花满地鸟惊飞"，这一描写实在令人难解，其何以有如此巨大的精神感召力？事实上，即便是反映强烈情绪心理的浪漫笔法，亦只能验其有而为之张大，不可知其无而为之妄增。如李白诗的"白发三千丈"，就在于有愁生白发的前提；柳宗元诗的"万死投荒十二年"，就在于被流放的十二年中，时时有死的可能。因此，"看似胡说乱说，骨里却尽有分数"(刘熙载《艺概·文概》)。

诗法之二：化丑为美

谈到美与丑，只要看过法国著名雕塑家罗丹作品的人，一定会想起他的那件集美与丑为一体的代表作《欧米哀尔》（又名《老娼妇》）。作品塑造的是一个年老色衰的妓女形象，她屈膝而坐，低垂着头，似乎沉浸在对往日青春年华的回忆中，而又为如今的不幸际遇而伤心。她身上的皮肤布满了皱褶，枯瘪的乳房无力地松垂着，两条如枯柴般的胳膊僵硬地挂在身旁，真可以说丑到极致。然而这件艺术品又是那么的充满魅力，那么的富有美感。这正如罗丹自己所说："在自然中一般人所谓丑，在艺术中能变成非常的美。"（《罗丹艺术论》）

丑所以能化为美，这乃是因为美与丑之间存在着既绝对又相对的关系。美不同于丑，丑不同于美，这是它们的绝对性；美中或带丑，丑中或含美，这是它们的相对性。美与丑互相糅杂、渗透乃至互相转化的特性，正是文学艺术家们"化丑为美"的依据。因此，现实生活中人们所认为是丑恶的东西，通过文学艺术家的审美创造，往往可以变为人们乐于欣赏的艺术美。全部以恶人恶事为表现题材的莎士比亚悲剧和全部以丑人丑事为表现题材的莫里哀喜剧，之所以能博得全世界观众的喜爱，就在于他们"化丑为美"的艺术创造。

在我国古典诗歌作品中，也常常可以找到化丑为美艺术手法的运用。试看白居易的《长恨歌》：

汉皇重色思倾国，御宇多年求不得。杨家有女初长成，养在深闺人未识。天生丽质难自弃，一朝选在君王侧。回眸一笑百媚生，六宫粉黛无颜色。春寒赐浴华清池，温泉水滑洗凝脂。侍儿扶起娇无力，始是新承恩泽时。云鬓花颜金步摇，芙蓉帐暖度春宵。春宵苦短日高起，从此君王不早朝。承欢侍宴无闲暇，春从春游夜专夜。后宫佳丽三千人，三千宠爱在一身。金屋妆成娇侍夜，玉楼宴罢醉和春。姊妹弟兄皆列土，可怜光彩生门户。遂令天下父母心，不重生男重生女。骊宫高处入青云，仙乐风飘处处闻。缓歌慢舞凝丝竹，尽日君王看不足。渔阳鼙鼓动地来，惊破霓裳羽衣曲。九重城阙烟尘生，千乘万骑西南行。翠华摇摇行复止，西出都门百余里。六军不发无奈何，宛转蛾眉马前死。花钿委地无人收，翠翘金雀玉搔头。君王掩面救不得，回看血泪相和流。

这首长篇叙事诗共有一百二十句，大致可分为五大部分，这里只选录前三个部分，即描写杨贵妃的进宫、受宠与被缢。据陈鸿《长恨歌传》记载，元和十二年（806年）十二月，白居易与友人陈鸿、王质夫同游仙游寺时，一起谈起关于唐玄宗、杨贵妃之事。王质夫因白居易是"深于诗，多于情者"，请他"试为歌之"，于是白居易就创作了这首《长恨歌》，其意在"不但感其事，亦欲惩尤物，窒乱阶，垂于将来也"。从唐玄宗与杨贵妃的本事来看，他们的结合乃是父娶子妻的乱伦行为，他们沉湎于歌舞酒色的荒淫生活直接导致了唐王朝由盛转衰的政治悲剧——安史之乱。在以这种"君之奢欲"的生活丑作为表现对象时，诗人进行了化丑为美的艺术处理，如表现因色得宠，则有"赐浴"的描写；表现纵欲，则有"芙蓉帐暖"的描写；表现不理朝政，则有"春宵苦短"的描写；表现行乐，则有"承欢侍宴"的描写。经过诗人这么一"化"，实际生活中重色轻国的帝王与娇媚恃宠的妃子在作品中就具有了审美价值，因而能够被千百年来的人们所欣赏。

为什么有些丑恶的东西一经文学艺术家的创造，就能给人以美的享受呢？罗丹曾故弄玄虚地说："这是点金术，这是仙法。"(《罗丹艺术论》)实际上化丑为美并不玄乎,其首先在于真实地揭示生活丑的本质及其特征,符合生活的逻辑;其次是按美的规律进行创作,尽管所取的题材是生活中的丑,作者仍需借助色彩、线条、对称、节奏等艺术创作规律进行表现,因为凡是美的都是和谐的和比例合度的。这些我们都可以从《长恨歌》中见出。

然而,并不是任何丑恶的事物都能转化为美,这之间有一定条件的制约,即被表现的对象是否具备审美特性。鲁迅先生曾经说:"没有谁画毛毛虫,画癞头疮,画鼻涕,画大便。"(《半夏小集》)为什么呢?就是因为这些事物不具备美的属性。可是偏有诗人无视这个前提,如韩愈《病中赠张十八》诗的"中虚得暴下",便是写己因拉肚子而腹中空虚。这样的诗句有何美感可言?再看梅尧臣的《八月九日晨兴如厕有鸦啄蛆》诗:

飞鸟先日出,谁知彼雌雄。岂无腐鼠食,来啄秽厕虫,饱腹上高树,跂肯噪西风。吉凶非予闻,臭恶在尔躬。物灵必自洁,可以推始终。

将早晨上茅房,看见有乌鸦正在啄粪蛆的事也写进了诗中,令人读后像有一种吃了一只死苍蝇的感觉。此类内容在梅尧臣的诗集中还真不少,如《扪虱得蚤》诗写在身上摸虱子,却摸到一只跳蚤;又如《四月二十八日记与王正仲及舍弟饮》诗写几人聚餐后得了霍乱,吐泻不止。总之与诗无缘的丑恶事物他都能写入诗中。或许他是为了纠正西昆体脱离现实的诗风而专以身边琐事为题材,但却矫枉过正,想从坑里跳出来,不小心又恰恰掉到井里去了。

233

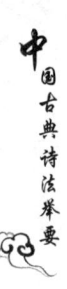

西方美学家克罗齐曾指出:"丑先要被征服,才能收容于艺术。"(《美学原理》)这告诉我们,对丑的事物若仅是按照美的法则加以表现而不能揭示其本质,依旧不能化丑为美而只能是以丑为美。李商隐的《药转》诗便是很好的例证。诗如下:

郁金堂北画楼东,换骨神方上药通。露气暗连青桂苑,风声偏猎紫兰丛。长筹未必输孙皓,香枣何劳问石崇。忆事怀人兼得句,翠衾归卧绣帘中。

参考古人的注释笺解,此诗乃是写某贵家侍婢于厕中以药堕胎。首句点明厕所所在。次句谓饮药堕之("换骨"为道家语,指堕胎)。领联说此事于风露之夜秘密进行。五六句所用孙皓长筹、石崇香枣典均与如厕有关,暗言私婴弃厕中。末尾是事毕归卧困怠之状。全诗词藻不可谓不雅丽,对仗不可谓不工整,结构不可谓不严密,用典不可谓不妥帖,但诗人立意何在呢?读者感受到的仅仅是一个血淋淋的堕胎过程,对此,任何人只会产生恶感而不可能是美感。

诗法之三:古意翻新

袁枚曾云:"诗贵翻案。"(《随园诗话》)所谓翻案,就是在前人的旧事旧语之上翻出新意。如《红楼梦》第十七回写众人吟咏柳絮,黛玉、探春、湘云、宝琴等人或就柳絮飘忽叹命薄,或就柳絮撩乱喻春愁,独宝钗别具匠心地写道:"万缕千丝终不改，任他随聚随分。韶华休笑本无根，好风凭借力，送我上青云。"众人读后都拍案叫绝："果然翻的好！自然这首为尊。"宝钗在谈自己的构思时说："柳絮是一件轻薄无根的东西，依我的主意，偏要把他说好了，方不落套。"

席佩兰的《论诗绝句》曾对旧意翻新作过如此的论述："清思自觉出新裁，又被前人道过来。却便借他翻转说，居然生面别能开。"这样的翻用既能避免老调重弹，开拓出新，又能够使人们在审美中获得新奇心理的满足，因此很容易为欣赏者所接受。就是这个原因，尽管宝钗的咏柳絮诗"缠绵悲戚，让潇湘子；情致妩媚，却是枕霞"，而仍然被大观园里众人推为第一。

下面我们看唐代诗人是如何在作品中旧意翻新的。先看柳宗元的《入黄溪闻猿》诗：

溪路千里曲，哀猿何处鸣。孤臣泪已尽，虚作断肠声。

此诗系元和七年（812年）诗人往黄溪黄神祠祈雨时所作。前二句写路途中猿声不绝于耳，后二句说猿声虽哀而我无泪可滴。关于猿声，郦道元在《水经注·江水》中曾有这样一段描写："自三峡七百里中，两岸连山……每至晴初霜旦，林寒涧肃，常有高猿长啸，属引凄异，空谷传响，哀转久绝。故渔者歌曰：'巴东三峡巫峡长，猿鸣三声泪沾裳。'"猿声这种"属引凄异"的特点，后世文人每每入诗，如"猿鸣孤月夜，再使泪沾裳"（张说《和朱使欣道峡似巫山之作》）；"听猿实下三声泪，奉使虚随八月槎"（杜甫《秋兴八首》之二）；"目极魂断望不见,猿啼三声泪滴衣"(孟郊《巫山曲》),等等。柳宗元此诗并没有简单地承袭前人闻猿生悲的写法,而是以"孤臣泪已尽,虚作断肠声"作翻案,说猿啼已不能再触动我的贬谪之悲,因为悲哀的眼泪早已流尽了。这正如沈德潜所说:"翻出新意愈苦。"(《唐诗别裁集》)再看刘禹锡的《秋词》:

自古逢秋悲寂寥,我言秋日胜春朝。晴空一鹤排云上,便引诗情到碧霄。

吴文英《唐多令》词云:"何处合成愁,离人心上秋。"以"秋心"为"愁",道出了中国古代文人的一种心态——悲秋。所以古典诗歌中凡写到秋天景色,总是带有悲伤的情调,如"悲哉秋之为气也,萧瑟兮草木摇落而变衰"(宋玉《九辨》);"秋风萧萧愁杀人,出亦愁,入亦愁"(汉乐府《古歌》);"秋日多悲怀,感慨以长叹"(刘桢《赠五官中郎将》)。这首诗则完全相反,诗人在创作时虽身处逆境,却冲破了以往的"以人当秋则感其事更深,亦人当其事而悲秋逾甚"的思维定势,他笔下的秋天,已不是死气沉沉,悲情凄切,而是天高云淡,晴空万里,白鹤凌空,大展宏图。诗人的心灵也仿佛随着白鹤在天空中尽情翱翔,不再受到任何的羁绊,获得了空前的自由。全诗翻得新颖开阔,读之给人一种精神爽朗、奋发向上的感觉。还有皮日休的《汴河怀古》之二:

尽道隋亡为此河,至今千里赖通波。若无水殿龙舟事,共禹论功不较多。

汴河，即隋炀帝发河南淮北诸郡民众所开掘的大运河。隋炀帝开此河的目的，乃是为了游幸江都，满足奢欲，因而唐诗中凡是吟咏这个历史题材的，几乎千篇一律地由此而论隋亡。但皮日休没有人云亦云，诗的起笔就把"隋亡为此河"作为偏见提出，第二句作翻案，指出大运河的开凿泽被后世，几百年来国计民生饱享其交通之利。诗的后半部，作者又推开一层，在假设隋炀帝"若无水殿龙舟事"的前提条件下，认为其开凿运河的治水业绩比大禹还要多。所谓"水殿龙舟"事，据《通鉴·隋纪》载："（炀帝）行幸江都，御龙舟。龙舟四重，高四十五尺，长二百丈。上重有正殿、内殿、东西朝堂，中二重有百二十房，皆饰以金玉，下重内侍处之。别有浮景九艘，三重，皆水殿也。"由此可见，作者对隋炀帝的穷奢极欲、劳民伤财是十分的憎恨，他采用旧意翻新的手法，正是为了加强对其谴责的力量。

尽管翻案是一种取巧和讨好读者的方法，但并非就可随意出奇立异，若故唱反调以标新，故发怪谈以取宠，势必翻新入魔。赵翼曾指出："杜牧之作诗，恐流于平弱，故措词必拗峭，立意必奇辟，多作翻案语，无一平正者。"（《瓯北诗话》）说杜牧翻案语"无一平正者"，未免过激，然其诗常故唱反调以标新，故发怪谈以取宠则是事实。试看两首作品：

　　胜败兵家事不期，包羞忍耻是男儿。江东子弟多才俊，卷土重来未可知。（《题乌江亭》）
　　吕氏强梁嗣子柔，我于天性岂恩仇！南军不袒左边袖，四老安刘是灭刘。（《题商山四皓庙一绝》）

这两首诗都是取旧事而反其意用之。初读之，似炫人耳目；细辨来，便觉其非是。第一首所写乌江亭乃项羽自刎处。项羽的失败在刚愎自用、失去人心，但他至死不悟，只归咎于"时不利"。因此他败亡后即便回到江东，亦无人会随其卷土重来。此诗不管历史事实，徒作异论，这自然难以让人心服。第二首所写"四皓"乃秦汉之际的四个隐士。刘邦欲废太子，太子赖四皓辅佐，得以不废，终成汉惠帝。所以自《史记》起，四老安刘一直为人们所赞颂，如白居易的"卧逃秦乱起安刘"(《题四皓庙》)；许浑的"避秦安汉出蓝关"(《题四皓庙二首》)；司空图的"四翁识势保安闲，须为生灵暂出山"(《漫书五首》)，等等。杜牧于此诗却提出所谓"四老安刘是灭刘"的观点，尽管见解颇新，但失情失理，如此翻案，真是求新入魔。难怪胡仔要批评他"好异而叛于理"(《苕溪渔隐丛话》)。

翻用要翻得自然得体，那就要像宝钗的诗正是她自己身份、性格和理想的真实反映一样，翻出的新意，必须是诗人独自的思想感情。王安石的咏史诗就能做到这一点。如其《明妃曲二首》之一：

明妃初出汉宫时，泪湿春风鬓脚垂。低徊顾影无颜色，尚得君王不自持。归来却怪丹青手，入眼平生未曾有。意态由来画不成，当时枉杀毛延寿。一去心知更不归，可怜着尽汉宫衣。寄声欲问塞南事，只有年年鸿雁飞。家人万里传消息，好在毡城莫相忆！君不见咫尺长门闭阿娇，人生失意无南北。

据葛洪《西京杂记》记载，汉元帝因后宫女子甚多，故按图召幸。诸宫人皆争相贿赂画工毛延寿，独昭君不肯。毛延寿乃将其相貌画得丑陋。后匈奴单于求亲，元帝按图以昭君行。及昭君出宫，元帝见她姿容绝代，后悔不及，怒杀毛延寿。此事虽系小说家言，但后人咏昭君，往往以此为"本事"，如沈佺期《王昭君》诗云："薄命由骄虏，无情是画师。"此诗却为毛延寿翻案："意态由来画不成，当时枉杀毛延寿。"这一翻用，更突出了昭君之美，同时也揭示了昭君的悲剧之所在。昭君之不容于汉宫，不仅在于她那绝美的姿质和绝俗的品性，还在于汉元帝只以图求人的昏庸。由此我们不难明白诗人所寓含于其中的感慨。又如其《读蜀志》诗：

千载纷争共一毛，可怜身事两徒劳。无人语与刘玄德，问舍求田意更高。

此诗翻用刘备批评许汜一心购置田地和房产而不关心天下大事的意见。诗人作此翻用并不是标新立异，联系其政途失意、罢相闲居的创作背景来看，这无疑是其当时消极迷茫心态的真实反映。

不少诗的旧意翻新是直接在前人诗句上翻用，如苏轼的《洗儿》诗云："人皆养子望聪明，我被聪明误一生。惟愿孩儿愚且鲁，无灾无难到公卿。"钱谦益翻案为"坡公养子怕聪明，我为痴呆误一生。还愿生儿狷且巧，钻天蓦地到公卿"（《反东坡洗儿诗》）。像这样的翻新就要求能够在前人的基础上于形象、语言、意境等方面有所突破，否则便会巧而成拙。在这方面，不少诗歌为我们留下了经验教训。试看下面两段论述：

子美曰:"明年此会知谁健,醉把茱萸仔细看。"刘浚曰:"不用茱萸仔细看,管取明年各强健。"太拙而无意味。(谢榛《四溟诗话》)

乐天翻子美"斫却月中桂,清光应更多",为"月中幸有闲田地,何不中央种两株",亦犹刍狗之再梦也。(贺裳《载酒园诗话》)

刘浚与白居易的翻案,并没有超出原诗的趣味与意境,遂至欲新反呆,点金成铁。王安石的《钟山即事》亦如是。诗云:

涧水无声绕竹流,竹西花草弄春柔。茅檐相对坐终日,一鸟不鸣山更幽。

"鸟鸣山更幽",是大家熟知的王籍《入若耶溪》诗的名句,其妙就妙在以动写静,正如钱钟书先生所说:"寂静之幽深者,每以得声音衬托而愈觉其深。"(《管锥编》)王安石在此诗中却翻为"一鸟不鸣山更幽",动中之静成为静中之静,所以被顾嗣立指责为"直是死句矣"(《寒厅诗话》)。

诗法之四:用常得奇

宋祁评唐诗,有"太白仙才,长吉鬼才"之说(见《文献通考》)。说李贺是鬼才，乃是因为他的诗多写天上神仙、地下鬼魅，内容无奇不有。杜牧在《李长吉歌诗叙》中所谓"鲸吸鳌掷，牛鬼蛇神，不足为其虚荒诞幻也"，正道出了其诗的特色。李贺这种诗风的形成，与其造语的奇特有很大关系，如"秋坟鬼唱鲍家诗，恨血千年土中碧"(《秋来》);"百年老鸮成木魅，笑声碧火巢中起"(《神弦曲》)，修辞设色，惊心动魄，爽肌刺骨。不过，正如周紫芝指出，李贺的诗常常"语奇而入怪"(《古今诸家乐府序》)，即为求新奇而堕入诡异谲怪之中，如"神血未凝身问谁"(《浩歌》);"熊虺食人魂，雪霜断人骨"(《公无出门》);"窗中跳汰截清涎，隈墙卧水埋金爪"(《假龙吟歌》);"漆灰骨末丹水砂，凄凄古血生铜花"(《长平箭头歌》)等等。因此，李东阳说："李长吉诗，字字句句欲传世，顾过于刿鉥，无天真自然之趣。"(《麓堂诗话》)

　　李贺诗的造语诡奇，在当时诗坛并不是个别的现象。与其同时的孟郊、韩愈、卢仝、贾岛、刘叉、马异等诗人均有此病，其中以韩愈的《陆浑山火一首和皇甫湜用其韵》最具代表性。下面是此诗的前半部分：

　　　　皇甫补官古贲浑，时当玄冬泽乾源。山狂谷很相吐吞，风怒不休何轩轩，摆磨出火以自燔。有声夜中惊莫原，天跳地踔颠乾坤。赫赫上照穷崖垠，截然高周烧四垣。神焦鬼烂无逃门，三光弛隳不复暾。虎熊麋猪逮猴猿，水龙鼍龟鱼与鼋，鸦鸱雕鹰雉鹄鹍，燖炰煨爊孰飞奔。祝融告休酌卑尊，错陈齐玫辟华园，芙蓉披猖塞鲜繁。千钟万鼓咽耳喧，攒杂啾嚄沸篪埙。形幢绛旆紫纛幡，炎官热属朱冠裈，槊其肉皮通髀臀，颏胸垤腹车掀辕。缇颜靺股豹两鞬，霞车虹靷日毂辐，丹蕤缥盖绯缰䩞。

皇甫湜曾写诗描写陆浑山大火的情景，此乃是追和之作。诗人先是说火势之盛，再是说祝融御火，最后讲了一番水火相克相济的道理。全诗的意脉虽还不难找出，但用语如此竞奇，使人如何欣赏？我想无论是谁来吟读这首诗，都会产生一种呼吸闷塞之感。陈沆曾为此而不解："昌黎言必由衷，何苦为此等不情无谓之词，以自耗其精思乎？"（《诗比兴笺》）从当时诗坛看，韩愈的用意是欲以奇异来纠正大历诗风的浮浅平滑、圆熟萎靡，不料却矫枉过正，走入了另一极端。

以奇求奇，已落下乘；用常得奇，才是高境。所以，刘熙载指出："用常得奇，此境良非易到。"（《艺概·诗概》）此境之所以难以企及，乃是因为这个"奇"，并非寻常闻见之外，别有所闻所见之奇，而是"在饮食居处之内，布帛菽粟之间，尽有事之极奇，情之极艳，询诸耳目，则为习见习闻，考诸诗词，实为罕听罕睹"（李渔《闲情偶记》）之奇。正如法国雕塑家罗丹说的："所谓大师，就是这样的人，他们用自己的眼睛去看别人看过的东西，在别人司空见惯的东西上能见出美来。"（《罗丹艺术论》）唐代张籍就是这样一位能从寻常的生活中开掘出不同寻常的艺术意义的诗人，王安石评价他的诗是"看似寻常最奇崛，成如容易却艰辛"（《题张司业集》）。试看他的《秋思》诗：

洛阳城里见秋风，欲作家书意万重。复恐匆匆说不尽，行人临发又开封。

诗写一个作客异乡的人被瑟瑟秋风触引起了对亲人的深深怀念,于是写家书以寄托思乡之情。虽然他在信中已尽可能地写下千言万语,可还是担心叮咛不至,就在行人带信出发时,又急忙拆开已封好的家书,要作补充。诗人所表现的这种思忆亲人的心理活动,一般的他乡客居者都是有可能产生的,就像沈德潜说的是"人人胸臆语"(《唐诗别裁集》)。但是,诗人抓住了日常生活中感情活动的刹那片断,创造出了人人心中所有、人人口中所无的艺术境界。全诗句句是常语,句句又是奇语,意蕴精深,情韵动人,因而潘德舆推崇此诗是"七绝之绝境,盛唐诸巨手到此者亦罕"(《养一斋诗话》)。

袁枚《遣兴》诗云:"夕阳芳草寻常物,解用都为绝妙诗。"使寻常物变为绝妙诗,首先在于诗人对生活的感受力与洞察力。这就是法国美学家狄德罗曾说的:"艺术就是从平凡中发现不平凡的东西。"再看岑参的《逢入京使》诗:

故园东望路漫漫,双袖龙钟泪不干。马上相逢无纸笔,凭君传语报平安。

忆家思乡,是古典诗歌中最常见的主题之一,也是古代诗人最普遍的情感之一。这个不知被前人吟咏过多少遍的题材,在岑参的笔下,被开拓出了新奇独特的意境。诗的前二句以"故园东望"和"双袖龙钟"极写思家心情之苦之切,而恰好此时遇使者入京,走马相逢,没有纸笔,只得靠使者传语,以报自己平安无事,以此来告慰家人和亲友。平凡的题材,常用的语言,由于注入了诗人独特的感受与发现,使全诗收到了用

常得奇的艺术效果，正如谭元春所说："人人有此事，从来不曾写出，后人蹈袭不得，所以可久。"(《唐诗归》)

不仅常情可以写出奇趣，常景也可以写出奇趣来。试看窦向叔的《过担石湖》诗：

晓发渔门戍，晴看担石湖。日衔高浪出，天入四空无。尺寸分洲岛，纤毫指舳舻。渺然从此去，谁念客帆孤。

宋宗元曾评诗中"日衔高浪出，天入四空无"二句云："常景写来出奇。"(《网师园唐诗笺》)这联上句写日出，下句写湖面，都是平平常常的景物，可一经诗人之手，这太阳是衔着高浪而升出水面，这湖面已容纳了天穹而四空虚无，确实给人一种新奇的感受，留下深刻的印象。

方孝孺曾经指出："善为文者，贵乎奇其意而易其辞，骤而览之，娓觉其易，徐而绎之，虽极工巧者，莫加焉。"(《赠郑显则序》) 奇其意而易其辞，这便是用常得奇之关键。

诗法之五：下语崭绝

宋玉在《登徒子好色赋》中描写邻女之美时这样写道："增之一分则太长，减之一分则太短，著粉则太白，施朱则太赤。"既不能增，也不能减；既不能著粉，也不能施朱，作者把话说得死死的，推向了绝处。然而，正是在这一"死绝"的情景中，美人的容貌传神般地浮现在我们的眼前，我们不难想象出她那高矮适中、红白适度的倩影。宋玉在这里所采用的便是"下语崭绝"的艺术手法。

或许是因为这种手法更适合感情的表达，以后在辞赋中倒很少再见到，而民间诗人却时常有运用。试看汉乐府《上邪》：

> 上邪！我欲与君相知，长命无绝衰。山无陵，江水为竭，冬雷震震，夏雨雪，天地合，乃敢与君绝。

这是一首情诗，写一个女子向自己的爱人表示爱情的坚固与永久。开首三句，即直截了当地坦露自己的心迹：与君相爱，永不变心。"上邪"，犹言"天啊"，指天为誓，表明了这番诉说并非戏言。在表明了爱情的态度后，她又进一步发誓说：只有高山化平，江水干涸，寒冬打雷，夏天飞雪，天地相合的情况发生，我才会与君相绝。这五个前提条件都是十分荒唐的，"山无陵，江水为竭"，是说世界上最永久的事物起了变化；"冬雷震震，夏雨雪"，是说自然界最永恒的规律被打破；"天地合"，是说人类生存的空间遭到毁灭。因为这些都是生活中不可能发生的事，所以她才最后吐出"与君绝"三字。毫无疑问，正是这些讲死讲活的话语中，女主人公那无所顾忌、心直口快的个性得到了充分的展示；女主人公那海枯石烂、坚定不渝的痴情得到了淋漓的表现，而我们读来又别有一番情趣。正如张玉榖所评："首三，正说，意言已尽；后五，反面竭力申说。如此，然后敢绝，是终不可绝也。叠用五事，两就地维说，两就天时说，直说到天地混合，一气赶落，不见堆垛，局

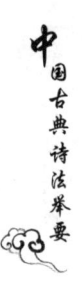

奇笔横。"(《古诗赏析》)

几百年后,出现于唐朝民间的《菩萨蛮》词与这首汉乐府有着异曲同工之妙。词如下:

枕前发尽千般愿,要休且待青山烂。水面上秤锤浮,直待黄河彻底枯。　　白日参辰现,北斗回南面。休即未能休,且待三更见日头。

这首词也是写一位女性对所爱男子的山盟海誓。她将六件不可能发生之事——青山烂,秤锤浮,黄河枯,白日见星星,北斗回南面,三更出日头——作为两情决绝的条件,表明了自己爱的忠贞。全词快直铺露,下语崭绝,奇趣横生。

从以上两例可以看到,下语崭绝之妙,在于言词坦直,没有文字的累赘;感情强烈,毫无周旋的余地,其诗意总是显豁而不失神采,明快又不乏情趣,所以这种手法也渐渐从民间走向文人,并且日臻完善。如孟郊的《列女操》诗:

梧桐相待老,鸳鸯会双死。贞女贵殉夫,舍生亦如此。波澜誓不起,妾心井中水。

沈德潜在《唐诗别裁集》中称此诗"写贞心下语崭绝"。贞心,即指诗题中"列女"之心。列女之心便是或夫死而终身不嫁,或夫死而以身相殉。此诗乃列女自述,先以连理树梧桐、双栖鸟鸳鸯比喻人间贞妇夫死而不改嫁,不独生;再表明自己坚贞不渝,就像古井里的水,不会掀起任何波澜。全诗以崭绝的口气写列女之心志,感情迸进,可歌可泣。需要说明的是，当时的社会伦理并不要求女子为丈夫殉节，此诗当是诗人别有寄托，借列女之吟，抒己孤高耿介之气。又如李益的《江南曲》：

嫁得瞿塘贾，朝朝误妾期。早知潮有信，嫁与弄潮儿。

此诗抒写商妇之怨情。瞿塘，长江三峡之一。瞿塘贾，泛指长江入蜀的行商。前半写商人好利，久客不归，自己无奈独守空房。后半突发奇想：既然潮来有信而郎去无归，还不如嫁给弄潮之人。从女主人公大胆而又急切的话语中，我们无疑可以体认到一种至真至切之情。全诗下语虽无委曲，读来却觉隽永。再如顾况的《悲歌》：

我欲升天天隔霄，我欲渡水水无桥。我欲上山山路险，我欲汲井井泉遥。

顾况是一位刚直的诗人，因写《海鸥咏》嘲讽权贵而被贬谪。这首诗表现了他受迫害后在当时社会中的处境。从诗人这种超极的话语中，我们可以深切地感受到其所处环境之恶劣，所怀感情之愤激。皇甫湜曾说顾况诗"往往若穿天心，出月胁，意外惊人语，非常人所能及"（《唐故著作佐郎顾况集序》），于此诗中，可见一斑。

下语崭绝的表现手法不仅诗人运用，词人也喜欢运用。贺裳曾经指出："小词以含蓄为佳，亦有作决绝语而妙者。"（《皱水轩词筌》）所谓"作决绝语"，即是我们所说的"下语崭绝"。

如韦庄的《思帝乡》便是一首这样的小词：

春日游，杏花吹满头。陌上谁家年少、足风流。妾拟将身嫁与、一生休。纵被无情弃，不能休。

这首词写一个女子狂热而大胆地追求自己的所爱。她只是在"陌上"初见那个"风流年少"，虽还不知其叫甚么名字，心中已起情澜，发誓要嫁与他，纵然被无情地抛弃，也绝不后悔。这个女子对爱情似乎过于随便的态度，实际上正是出于对封建礼教的强烈反抗，出于对婚姻自由的强烈要求。全词的感人之处就在于她那崭绝的话语，读来有一股震撼人心的力量。又如顾敻的《诉衷情》词：

永夜抛人何处去，绝来音。香阁掩，眉敛，月将沉。　　争忍不相寻？怨孤衾。换我心，为你心，始知相忆深。

况周颐曾评顾敻词云："顾太尉词，工致丽密，时复清疏。以艳之神与骨为清，其艳乃益入神入骨。"（《餐樱庑词话》）这便是一首"入神入骨"的艳情词，将女子自负深情又怨恨游子薄情的复杂心理，表现得细腻而又刻至。词的结尾"换我心，为你心，始知相忆深"，语虽快直铺露，但通过从对面写照，又令人感到婉曲沉痛，故被王士禛赞为"自是透骨情语"（《花草蒙拾》）。后世李之仪之"只愿君心似我心，定不负相思意"（《卜算子》）；徐照之"妾心移得在君心，方知人恨深"（《阮郎归》），便脱胎于此。

诗法之六：认假作真

柳宗元《与浩初上人同看山寄京华亲故》诗云："海畔尖山似剑铓，秋来处处割愁肠。"山似剑铓乃是诗人所作想象。山既为剑铓，故可"割肠"，这一认假作真，既形象地表现出诗人惨苦的心情，迫切的归思，也使得诗歌别具灵趣，产生了动人的力量。

诗歌是想象的艺术。想象愈是新颖奇特，诗就愈有艺术魅力。认假作真的创作手法便是基于想象基础之上的。它以某种联想为前提，旁生侧出，孳乳蕃衍，从而使诗歌获得奇趣妙意。如李贺《天上谣》的"银浦流云学水声"，把云的流动想象成水的流动，既然云移如水流，所以也就会像水流一样发出声音。又其《秦王饮酒》的"羲和敲日玻璃声"，因明亮有光而将太阳比作玻璃，玻璃敲之有声，则"羲和敲日"也会发声。卢仝《月蚀》的"吾恐天如人，好色即丧明"，以天比人，人好色会丧明，则天丧明（月蚀）也一定是因为好色。韩愈《三星行》的"箕独有神灵，无时停簸扬"，箕星之形似簸箕，簸箕可扬糠，箕星自然也有扬糠之用。贾岛《客喜》的"鬓边虽有丝，不堪织寒衣"，将鬓发之白想象成白丝，以丝可以织，而兴白发无丝之用的感叹。由此可见，这些诗句之所以能出奇见巧，完全有赖于诗人认假作真艺术手法的运用。诗歌史上，运用此法而能着墨不多、神韵特远的，在唐朝有李商隐，在宋朝有黄庭坚。先看李商隐的诗，如《天涯》：

春日在天涯，天涯日又斜。莺啼如有泪，为湿最高花。

这首绝句抒发诗人漂泊天涯的悲哀。首句说在"春日"的美好时光中，自己则远在天涯；次句以"日又斜"递进一层，给春日笼上一片黯然迷茫的气氛。这两句透露了诗人人生道路上的失意惆怅。三四句诗人作奇特想象：如果黄莺的啼哭有眼泪的话，请为我滴在最高枝头的花朵上吧。最高花为绝顶之花，花开至此则尽，故曰莺若有知，应洒同情之泪。黄莺的啼叫在处于天涯日斜情境中的诗人听来，自然会产生犹似啼哭的感觉，于是诗人便认真"啼"字，引出了"泪"与"湿"。这两句虽仅十字，但辗转相引，曲尽其妙，深深地将诗人自惜才华、伤春迟暮的情思表现了出来，故杨守智称赞说："意极悲，语极艳，不可多得。"(《玉溪生诗笺注》引）又如《病中早访招国李十将军遇挈家游曲江》诗：

十顷平波溢岸清，病中唯梦此中行。相如未是真消渴，犹放沱江过锦城。

此诗题下有两首诗，这里所录是第一首。上二句谓曲江碧波十顷，病中难以前往，故频频作梦里游。二句的"唯梦"已暗点"渴"字。三四由己之"渴"，进而疑相如未必真渴，否则早就把沱江水喝干，而不会让它流到锦城。古代所谓的"消渴"指糖尿病。《史记·司马相如传》载："相如有消渴疾，尝称病闲居，不慕官爵。"诗人从糖尿病古称消渴，双关到消除口渴，然后坐实"渴"字，引申出沱江水竭，由此则己之病"渴"甚于相如于言外见出矣。与第二首诗对读，这首诗的"相如渴"应该兼喻求仕与求偶之渴，如果从这一层去探讨诗人强烈的渴求之意，则还有更多的意蕴可以挖掘。再看黄庭坚的诗，如《戏呈孔毅父》：

　　管城子无食肉相，孔方兄有绝交书。文章功用不经世，何异丝窠缀露珠。校书著作频诏除，犹能上车问何如。忽忆僧床同野饭，梦随秋雁到东湖。

孔毅父，名平仲，是诗人的朋友。这首写给孔毅父的诗，表露了诗人对政治的不满及弃官归隐的念头。诗题冠一"戏"字，确定了全诗谐谑幽默的基调。首联写自己之贫贱。"管城子"，毛笔的别称，用韩愈《毛颖传》的典故。在《毛颖传》中，韩愈将毛笔拟人化，为之立传，还说它受封管城，号曰管城子。"食肉相"，用《后汉书·班超传》的典故。据《后汉书·班超传》记载，看相的人曾说班超"燕颔虎颈，飞而食肉"，是万里侯的相格，后来班超投笔从戎，立功西域，果然封侯。"孔方兄"，钱的别称，古代铜钱中有方孔，故称。鲁褒《钱神论》有"亲爱如兄，字曰孔方"之语。"绝交书"，见于嵇康的《与山巨源绝交书》。这一联的意思为：我们这些靠执笔写文章生活的人，是没有封侯拜相之命的，连孔方兄也送来了绝交信。但诗人不是这样明说，而是通过生动的联想，以"无""有"两字，将四个本无关联的典故串连成句，构成新奇的意象。笔既可称"子"，自然能够食肉封侯；钱既可称"兄"，自然也能够写绝交书。这一认假作真，便将自己徒有文

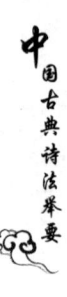

才而与富贵无缘的牢骚表达得富有情趣。又如《次韵刘景文登邺王台见思五首》之五:

> 公诗如美色,未嫁已倾城。嫁作荡子妇,寒机泣到明。绿琴蛛网遍,弦绝不成声。想见鸱夷子,江湖万里情。

这首诗是写给朋友刘景文的。这个刘景文,大家应该都熟悉,因为苏轼有一首传诵颇广的名诗《赠刘景文》:"荷尽已无擎雨盖,菊残犹有傲霜枝。一年好景君须记,正是橙黄橘绿时。"苏诗是借物喻人,赞扬刘景文的品格与节操,而黄庭坚则是借人喻人,赞赏刘景文虽怀才不遇,但能像范蠡那样淡泊功名,在万里江湖寄托自己恬静的感情。诗的开首两句是称颂刘景文诗才的雅美绝伦,诗人的用笔极其新奇。《汉书·李夫人传》载李延年歌曰:"北方有佳人,绝世而独立。一顾倾人城,再顾倾人国。"倾城,倾国,历来都用作咏美女的典故,而诗人却发奇思,将刘景文诗篇之美妙比作佳人之有绝代美色。诗既有"美色",故可出"嫁",亦能"倾城"。这一妙笔,使读者对刘诗之美就有了形象而生动的感受。黄庭坚在《演雅》诗中所采用的认假作真的手法也是非常的奇特,其中有这样一联:

> 络纬何尝省机织,布谷未应勤种播。

"络纬"即络丝娘,"布谷"即布谷鸟。诗人由络丝娘而引出织布,由布谷鸟而引出种谷,然后又加了一层转折,说络丝娘虽名字叫络丝，但并不懂织布；布谷鸟虽名字叫布谷，也不会种谷。这一翻腾之笔，使诗的意境更显奇恣。

诗法之七：感觉移借

宋祁《玉楼春》词中的名句"红杏枝头春意闹"，王国维曾称赞说："著一'闹'字而境界全出。"（《人间词话》）刘体仁也称赞说："一'闹'字，卓绝千古。"（《七颂堂词绎》）宋祁在当时还因此获得了"红杏枝头春意闹尚书"的雅称。然李渔对此句却很不以为然，他在《窥词管见》中说："若红杏之在枝头，忽然加一闹字，此语殊难着解。争斗有声之谓闹，桃李争春则有之，红杏闹春，予实未之见也。闹字可用，则吵字、斗字、打字，皆可用矣。"李渔之所以不能欣赏这句名句，乃是因为他不能理解此词所采用的"感觉移借"的修辞手法。词人在创作中意识到，仅从视觉感受来形容红杏，突现不出春意盎然的可感性，于是移借了属于听觉感受的"闹"字来表现，这就将红杏蓬勃繁盛的气象描绘得淋漓尽致。

感觉移借的修辞手法是有着心理依据的。一般情况下，人的五官各司其职。但是，人的大脑是一个有机整体，在对某一事物的感觉十分强烈深刻之时，大脑皮层就会产生感觉神经的相互沟通，使人超越某种感觉本身的局限而领会到属于另一种感觉的印象。因此，日常生活中时会出现耳中见色、眼里听声、非鼻闻香、非舌知味的情况。敏锐的诗人总是能自觉地、细微地捕捉感觉挪移的现象，从而神妙地传达出自己对事物深刻而独特的感受。试看杜甫的《船下夔州郭宿雨湿不得上岸别王十二判官》诗：

> 依沙宿舸船，石濑月娟娟。风起春灯乱，江鸣夜雨悬。晨钟云外湿，胜地石堂烟。柔橹轻鸥外，含凄觉汝贤。

这首诗的作意题中已交待得很清楚。全篇从薄暮写到天晓，从泊船写到开船，用意精深，运笔松远，被杨伦称为"杜五律之胜者"（《杜诗镜铨》）。诗中"晨钟云外湿"句便是采用感觉移借的艺术手法。声无形，安能湿？云外钟声入耳，闻在耳，只能辨其声，安能辨其湿？钟惺就是这样望文生义，所以在这句诗之下批曰："言'湿'，又言'云外'，作何解？"（《唐诗归》）按照钟惺的意思，似乎改为"晨钟云外度"或"晨钟云外发"才算合理。如果杜甫真是这样写的话，那杜甫何以能成诗圣。此诗乃为雨湿不能上岸送别王判官而作，诗人呆在船上，遥望一片浓云密雨，心里正为不得面别王判官而焦急，这时钟声从远处传来，诗人忽然感觉到这穿云带雨飘来的钟声也似乎是湿淋淋的。这一声中闻湿之笔，真是妙语天开，既写出了雨中钟声，也传达出诗人的独特感受，可谓著一"湿"字而境界全出。又如韩愈的《听颖师弹琴》诗：

> 昵昵儿女语，恩怨相尔汝。划然变轩昂，勇士赴敌场。浮云柳絮无根蒂，天地阔远随飞扬。喧啾百鸟群，忽见孤凤凰。跻攀分寸不可上，失势一落千丈强。嗟余有两耳，未省听丝篁。自闻颖师弹，

起坐在一旁。推手遽止之，湿衣泪滂滂。颖乎尔诚能，无以冰炭置我肠。

琴声相对于人是一种听觉感受，如果仅仅从听觉感受来描写，就无法在读者头脑中构造出立体的、鲜明的、生动的艺术形象。在此，诗人利用了感觉移借的修辞手法，通过表现听觉里所获得的其他感觉的感受，将颖师高超的琴技、美妙的乐声形象地传达了出来。前四句写琴声忽而轻柔细屑，忽而高亢雄壮，这是从听觉感受上写。五六句写琴声的远扬，听觉中已兼及视觉印象。第七句仍以声喻声，第八句又听声类形，视听觉相通。第五联的描写继续将听觉转化为视觉。钱钟书还进一步指出："也许不但指听觉通于视觉，而且指听觉通于肌肉运动觉，随着声音的上下高低，身体里起一种抗、坠、攀、落的感觉。"（《通感》）各种感觉的互相沟通和补充，既加强了作品的情感力量，扩大了读者感官的审美范围，诗意也浓郁有趣得多了，所以此诗被苏东坡评为琴诗的最佳之作。

在古典诗歌中感觉移借法的运用不乏其例，有以听觉、触觉、嗅觉来写视觉的，如"色静深松里"（王维《过青溪水作》），"满山寒叶雨声来"（刘蕴灵《秋夕山斋即事》），"香雾云鬟湿"（杜甫《月夜》）；有以视觉、嗅觉、触觉来写听觉的，如"风随柳转声皆绿"（严遂成《满城道中》），"风来花底鸟声香"（贾唯孝《登螺峰四顾亭》），"促织声尖尖似针"（贾岛《客思》）；有以听觉、视觉、触觉来写嗅觉的，如"拼了如今醉倒，闹香中"（王灼《虞美人》），"暗香浮动月黄昏"（林逋《山园小梅》），"阵阵寒香压麝脐"（林逋《梅花》），等等。而历代诗人中最擅用感觉移借手法的，可称是唐代诗人李贺了。试看

255

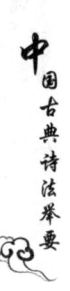

下列诸句：

　　　　玉钗落处无声腻。(《美人梳头歌》)
　　　　冷红泣露娇啼色。(《南山田中行》)
　　　　露压烟啼千万枝。(《昌谷北园新笋》)
　　　　依微香雨青氛氲。(《四月》)

　　第一个例句写美人梳头时玉钗掉落到地上。玉钗落地，诉诸人的应该是听觉，可诗人产生了一种滑腻的感觉，正是这种由听觉到触觉的移借，将美人之神态慵倦无力、美人之长发浓密柔软全表现了出来。

　　第二个例句写开于秋露中的红花。句意是说，鲜艳而娇弱的红花不胜秋风侵袭之苦，花瓣上的露珠点点滴落下来，宛如多情的少女泪水涟涟。红花，乃是视觉印象，诗人借用触觉来感受，谓之"冷红"，眼前的色彩也就转换为身肤的凉意，诗人之悲秋的情思由此传达而出。

　　第三个例句写新竹。"烟啼"，指竹林为烟雾所缭绕。"啼"字属于听觉感受，很少有与属于视觉意象的"烟"字组合，可诗人这么一移借，读者似乎就能听到那夜抽千尺、直上青云的新笋因受不到人们赏识而发出的悲啼。这个"啼"字，无疑更深化了全诗"无情有恨"的主题。

　　第四个例句写雨。雨未尝有香，而在诗人的笔下，雨却有了香味。微雨霏霏，诗人似乎感到这雨点也染上了弥漫于空气中的花的芬芳。这一感官的移就，写出了一种新鲜的感觉，也使全诗呈现出活泼的意趣。

诗法之八：谐音双关

诗歌创作中，取得双关的艺术效果有两种方法，一是同字，一是谐音。同字就是利用一字多义，借此喻彼，如《子夜歌》："始欲识郎时，两心望如一。理丝入残机，何悟不成匹。"其中"匹"字，既是匹布的匹，又是匹配的匹。谐音就是取音同或音近的字，字面意相对完整，取其谐音则另具新意，如《读曲歌》："思欢久，不爱独枝莲，只惜同心藕。"其中莲与怜、藕与偶为谐音。同字与谐音都可使诗歌出现两层意，但是同字双关需要特定的语言条件，运用时很受局限，除少量的民歌外，一般只在文字游戏中出现，如黄庭坚《荆州即事》诗："使君子百姓，请雨不旋复。守田意饱满，高壁挂龙骨。"这首诗记荆州刺史为民祈雨并车水灌田之事。"使君"指刺史；"子百姓"，即把百姓当作子女；"龙骨"指水车。诗人又同时利用同义，在诗中以"使君子"、"旋复"、"守田"（一名半夏）、"龙骨"作药名的双关，这显然是在玩弄文字技巧。而谐音的运用则比较自由，因此它不但在民歌中大量出现，并逐渐发展成诗歌创作中一种"遁辞以隐意，谲譬以指事"（刘勰《文心雕龙·谐隐》）的艺术手法，因而为文人所乐用。试看刘禹锡的《竹枝词》：

杨柳青青江水平，闻郎江上唱歌声。东边日出西边雨，道是无晴还有晴。

这首诗写一个初恋女子微妙的心理活动。江边杨柳垂青，江中水平如镜，在如此动人情思的美好环境中，女主人公突然听到江边传来心上人的歌声。她听着听着，听出了歌声里对自己的那份情意，内心不由既欢喜，又担忧，想到那个人就像江南黄梅时节的天气，说是晴天吧，西边还下着雨；说是雨天吧，东边又挂着太阳，真让人捉摸不定。"东边日出西边雨，道是无晴（情）还有晴（情）"，诗人借助以"晴"寓"情"的谐音双关手法，不仅传达出了这位初恋女子微妙的感情，而且也扩大了读者想象的空间，使作品别饶风韵。又如李商隐的《无题》诗：

相见时难别亦难，东风无力百花残。春蚕到死丝方尽，蜡炬成灰泪始干。晓镜但愁云鬓改，夜吟应觉月光寒。蓬山此去无多路，青鸟殷勤为探看。

这是一首情诗，诉说了与所爱女子离别的伤怀和别后的思念。首联写离别为难，次联写相思之深，三联揣思对方情形，尾联寄托重逢希望。全诗将伤春与伤别交融在一起，同时又糅合了作者人生失意的精神苦闷，写得深婉曲折，缱绻多情。所以陆次云称之为"无题诸篇之冠"（《中晚唐诗善鸣集》）。谐音双关是此诗所采用的艺术手法之一，如第三句"春蚕到死丝方尽"，以"丝"谐"思"，表示自己的相思之情是无穷无尽、至死方休的。对这样一句巧喻，纪昀似乎不习惯，认为"太纤近鄙，不足存耳"（《玉溪生诗说》）。实际上这句的言情，不仅补足了首句的"别亦难"，也写出了一种至死不渝的追求，读来只觉情深一往,铭心刻骨,并给予读者多方面的启示。纪氏所说,实为偏见。

李商隐的《无题四首》之二"金蟾啮锁烧香入,玉虎牵丝汲井回"一联,亦是采用谐音双关的艺术手法。上句的金蟾,是一种蟾状香炉;啮,即咬;锁,指香炉的鼻纽,可以开闭,以便添加香料。下句的玉虎,是用玉石装饰的虎状辘轳;丝,指井索。这一联的意思是说:锁虽固,香犹可入;井虽深,汲犹可出。上句的"香"谐"相"字,下句的"丝"谐"思"字。诗人借助谐音的手法,暗示出女主人公相思无望的痛苦,由此我们也不难看出李商隐诗意蕴隐曲朦胧的特点。

谐音双关的艺术手法在词中也常运用。试看温庭筠的《新添声杨柳枝》词:

井底点灯深烛伊,共郎长行莫围棋。玲珑骰子安红豆,入骨相思知不知?

这首乐府词充满了民歌风味。首句的"烛"谐"嘱"。井底点灯,言烛在深处,即所谓深"嘱"也。次句的"长行""围棋"都是古时游戏之具,"长行"谐长途旅行,"围棋"谐违期。这二句谓与郎长别时,曾深嘱其勿逾时不归。后二句以骰子各面嵌有红点,比喻自己的入骨之相思。全篇设想新颖,古趣盎然,深得谐音双关之妙。再看牛希济的《生查子》词:

新月曲如眉,未有团圞意。红豆不堪看,满眼相思泪。　　终日劈桃穰,仁在心儿里。两朵隔墙花,早晚成连理?

　　这首词写一个女子盼望与情人早成佳侣。开端二句以"新月"的象征暗示主人公不幸的处境。新月弯弯如眉,毫无团圞的迹象,这对盼望团圆的她来说,无疑带来一种失落感。待得团圆是几时?她的心中不由地升起了一股愁恨之情。三四句以"红豆"点明所怀的缠绵情思。红豆之所以"不堪看",一是因为红豆会令人勾起相思之情而流下"满眼相思泪";二是因为红豆的鲜红浑圆,犹如一滴滴相思之泪,使人触物生情。(相思之泪为红色,可见《西厢记》中的唱词:"晓来谁染霜林醉,总是离人泪。")过片"终日"二句,作者并非是要告诉人们桃仁在桃穰心中这一简单的事实,而是以"仁"谐"人",暗喻相思的人整天在她的心中。然而即便她有"终日"的刻骨相思之情,由于现实的种种阻隔,终无法与情人结合,所以她最后发出了"两朵隔墙花,早晚成连理"的疑问。这一疑问把她一腔自怨自疑、不甘绝望的情怀表现了出来。全词共借四物以寓意,正是谐音的运用,才使读者明白作者即物抒情的意图,从盼月圆的期待到见红豆的伤心泪,从"人在心儿里"的终日相思到"早晚成连理"的疑问,无不切合这个女子由希望到失望的感情变化过程,所以俞陛云称赞说:"妍词妙喻,深得六朝短歌遗意。五代词中希见之品。"(《五代词选释》)

　　谐音双关必须有自然巧合、天机自到之妙,如果是生硬凑合,不惟不能增加诗情,反会流入纤巧。如苏轼《席上代人赠别》:"莲子劈开须见薏(忆),楸枰著尽皆无棋(期)。破衫却有重缝(逢)处,一饭何曾忘吃(却)时。"句句用谐音,但只能说是一首不错的文字游戏诗而已。

诗法之九：反覆成趣

清代诗人梅成栋《咏梅》诗云："满眼是花花不见，一层明月一层霜。"满眼梅花，却梅花不见，只因被一片香雪而引起视感的错觉，好像高的是一层明月，低的是一层严霜。上句后半句的"花不见"与前半句"满眼是花"是两个相反的意思，诗人把它们组合在一起造成翻叠，于反覆中见出趣味，更进一层地把梅花盛开的情景表现了出来。这就是"反覆成趣"的艺术手法。

诗词艺术贵于在有限的篇幅中有辗转回旋的天地。反覆手法的运用，有助于增加诗意的层次、波澜与密度，使读者在阅读中始终保持着新鲜感与趣味，如游名山，到山穷水尽处，忽又峰回路转，另有一种洞天，使人应接不暇，则耳目大快。因此，尽管有些诗歌作品的题材很普通，但因反覆而翻出了新意，翻出了趣味，从而有很好的艺术效果。

反覆大致可分为当句反覆、后句反覆前句、下半首反覆上半首三种形式。下面分别举例。

当句反覆的例子，如贾岛的《赠圆上人》诗：

> 且说近来心里事，仇雠相对似亲朋。

仇雠相对自然是势不两立，亲朋相对应该是亲密无间。仇雠相对，如对亲朋，这虽然矛盾，却曲折达意，生动而传神地表现出圆上人避世的孤寂。纪昀曾称这一结句"野甚"(《瀛奎律髓刊误》),也就是说它的写法独特。又如杜牧的《赠别二首》之二:

> 多情却似总无情,唯觉樽前笑不成。

在离别的筵席上,诗人欲强颜欢笑,使所爱欢欣,但怎么也笑不出来。这看似"无情",实际正是"多情"。生活经验告诉我们,真正相亲相爱的人,在离别之际,往往只是凄然相对。诗人想笑,乃是由于多情;笑不成,则更见多情。这一"多情"与"无情"的翻叠,把诗人的内心情态表现得委婉曲折,深挚感人。

后句反覆前句的例子,如李觏的《乡思》诗:

> 人言落日是天涯,望极天涯不见家。

黄昏之际是最容易使人触虑成端、沿情多绪的时候,故古人有诗云:"最难消遣是黄昏。"远在他乡的诗人,身处在这么一个时刻,望着百鸟归巢,群鸦返林,不由触景生情,产生了浓浓的乡思。诗句从远望落笔,意思说人们都认为落日之处已是天涯,可我望得见天涯的落日,却望不到故乡。前一句言天涯之远,后一句又反覆,言天涯再远也不如故乡远,因为天涯毕竟还能望到,而故乡却渺不可见。这样写虽出乎常理,而又全在情理之中。又如欧阳修的《踏莎行》词:

> 平芜尽处是春山,行人更在春山外。

与李觏诗一样，这二句系采用下句翻上句的形式。原野的穷尽处是春山，而行人更出春山之外，句意正是通过翻叠而深入，进一步突出了闺中思妇的离愁别绪，起到了强化主题的作用。

下半首反覆上半首的例子，如王建的《宫词》：

> 树头树底觅残红，一片西飞一片东。自是桃花贪结子，错教人恨五更风。

诗的前二句展示了一幅画面：一个宫女在桃花丛中，看着满枝的桃花被风吹得东零西落，心里产生了怜惜之意，一面怨恨着东风，一面拾掇花瓣。从这个宫女惜花恨风的感情中，我们不难感觉到她对自身命薄的伤感。后二句是一个反覆，因为她从东飞西舞的桃花突然联想到，桃花是为了"贪结子"而自愿凋零的，并非是东风无情。这一反覆，推翻了前两句的意思，使全诗的意境更深了一层，暗示出宫女不尽的怨恨。全诗层波叠澜，意蕴深曲，诵读再三，情味无穷。又如刘禹锡的《竹枝词》：

> 瞿塘嘈嘈十二滩，人言道路古来难。长恨人心不如水，等闲平地起波澜。

瞿塘峡为长江三峡之一，西起四川奉节县，东至巫山县，因水流为万山所束，巨石所阻，故有"瞿塘天下险"之称。诗的前半首描绘了瞿塘峡惊涛拍岸、险阻重重的形势，后半首则一反前意,说是世态人情比瞿塘峡的水石还要险恶,在"等闲平地"也会兴起波澜。人心之险于瞿塘的反覆,正可见出诗人屡遭小人诬陷的愤世嫉俗之情。

以上三种只是反覆艺术的基本形式,有创造性的诗人经常会根据抒情的需要而有所变化。比如辛弃疾《破阵子·为陈同甫赋壮词以寄》:"醉里挑灯看剑,梦回吹角连营。八百里分麾下炙,五十弦翻塞外声。沙场秋点兵。 马作的卢飞快,弓如霹雳弦惊。了却君王天下事,赢得生前身后名。可怜白发生。"通篇的描写,只用最后一句"可怜白发生"将其全部推翻。但无论是什么样的反覆,都必须做到相反相成。如果相反而不能相成的话,那么,就不是反覆成趣,而是自相矛盾了。如骆宾王《玩初月》绝句云:"忌满光恒缺,乘昏影欲流。既能明似镜,何用曲如钩。"我们不难发现,此诗前后意思截然相反。既然起句已赞美月亮"忌满"而"光恒缺",何以在后二句不顾前旨,又去指责月亮"既能明似镜,何用曲如钩"呢?从全篇看,也看不出诗人有什么特别的用意。这种前后矛盾的诗病,在不少诗人的作品中都可找到。试看杜甫的《君不见简苏徯》诗:

君不见道边废弃池?君不见前者摧折桐?百年死树中琴瑟,一斛旧水藏蛟龙。丈夫盖棺事始定,君今幸未成老翁,何恨憔悴在山中!深山穷谷不可处,霹雳魍魉兼狂风。

苏徯系杜甫友人之子,因仕途不得志,颇为悲观,杜甫乃作此诗以劝慰。前四句以废池尚蓄蛟龙、折桐犹作琴瑟的比兴为引端，接下三句转到苏溪身上，指出大丈夫只有到生命终了方能评说功名，你现在年力未衰，不必为暂时不遇而消极怨恨。按理说诗最后当作鼓励才是，而作者却道"深山穷谷不可处，霹雳魍魉兼狂风"。浦起龙以为这二句是"暗用《招魂》意"（《读杜心解》），但将此接在"何恨憔悴在山中"句后，不是前后矛盾吗？再看曾几的《食笋》诗：

花事阑珊竹事初，一番风味殿春蔬。龙蛇戢戢风雷后，虎豹斑斑雾雨余。但使此君常有子，不忧每食叹无鱼。丁宁下番须留取，障日遮风却要渠。

春花将尽，新笋登盘，那别具一格的风味，令诗人食之难忘，遂祝愿：只要竹林常发新笋，就不用再忧叹平时食无鱼肉了。行文至此，诗理颇顺。可诗人偏又接道：下番不应取食，因为障日遮风需要竹林。前既说欲常食，后又说须留取，虽是正反冲突的笔法，可又凸显不出什么新意，这显然是自相矛盾，而不是什么反覆成趣。

诗法之十：寓庄于谐

王翰《凉州词》云："葡萄美酒夜光杯，欲饮琵琶马上催。醉卧沙场君莫笑，古来征战几人回。"这首边塞诗，前两句写一位征战者面对美酒琼杯正欲开怀痛饮，却响起了催发的琵琶乐声。后两句写他的内心独白：管他出发在即，我照样痛饮，就是醉卧沙场也没什么可笑,古来从军征战者有几人能够生还呢?唐人边塞诗表现的思想感情是很复杂的,虽然不乏开边建功之豪情,却也有不少归马营空之伤怀。诗人在这里用诙谐语表现后一种感情:战争是如此的无情,还何必戚戚于怀?不如纵片时之乐。严肃的主题,以游戏的态度来表现,读来别有一番沉痛。所以施补华曾指出:"作悲伤语读便浅,作谐谑语读便妙,在学人领悟。"(《岘佣说诗》)这种"寓庄于谐"的表现手法还被韩愈用在的《题木居士》诗中:

火透波穿不计春,根如头面干如身。偶然题作木居士,便有无穷求福人。

木居士,即木头神像。它原本只是极普通的树木,屡遭雷击水淹后,颇有点像个人样,于是被求福人当作偶像顶礼膜拜。此诗借木居士形象的滑稽可笑、求福人行为的荒诞乖谬,来讽谕当时"趋附权势以图身利者,岂问其人贤否果能为国为民"(黄彻《碧溪诗话》)的世情。全诗诙谐幽默,别有一番深刻。

"谐",是中国古代文人自我排遣的一种表现形式,是中国古代文人彻悟人生世相之后所持的一种创作态度。因此,它常被诗人当作一种特殊的情感表达方式,来发抒自己内心深处无限的悲痛愤恨与牢骚不平,以求得心灵的慰藉与解放。所以刘勰指出:"其辞虽倾回,意归义正也。"(《文心雕龙·谐隐》)如苏轼的《洗儿》诗:

人皆养子望聪明,我被聪明误一生。惟愿孩儿愚且鲁，无灾无难到公卿。

在宋代，婴儿满月时有"洗儿"的习俗。洗儿时，亲友们要把铜钱撒在水盆里，父母则要虔诚地倾诉对婴儿的希望。一般说来这种希望总不外聪明颖慧，当官发财，而苏轼却一反常态："惟愿孩儿愚且鲁。"在这幽默风趣的背后，蕴含着诗人对自己坎坷境遇的慨叹与对朝廷官僚权贵的讥讽。苏轼因与王安石政见不合而自请外任，元丰二年（1079年）被人指控写诗讽刺新法，遭下狱，被放出后贬黄州。其后在新旧两党之争中，迭受迫害，直被放逐到海南岛。了解了诗人"我被聪明误一生"的境遇，我们就不难看出此诗悖理之趣的实质。又如辛弃疾的《千年调》词：

卮酒向人时，和气先倾倒。最要然然可可，万事称好。滑稽坐上，更对鸱夷笑。寒与热，总随人，甘国老。　　少年使酒，出口人嫌拗。此个和合道理，近日方晓。学人言语，未会十分巧。看他们，得人怜，秦吉了。

词中所说的"卮"是一种满即倾、空则仰的酒器，"滑稽"是一种转注吐酒、终日不已的酒壶，"鸱夷"是一种可随意伸缩的酒袋，作者借郑汝谐给小阁取名"卮言"为题，作大肆发挥，将它们比作己无定见、随人从变、油滑圆通、巧于应对之徒，真令人拍案叫绝。此词约作于淳熙十二年（1185年），当时作者正遭主和派的排挤，被罢职居带湖。因此，作者对自己不会迎合时俗、取悦权要的戏谑嘲笑，正是内心愤懑的发泄与

267

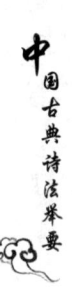

对丑陋世风的鞭挞。

寓庄于谐,庄是内容,谐是形式,如果作品缺乏深刻的思想主题,就会堕入油腔滑调与低级趣味之中。试看韩愈的《赠刘师服》诗:

> 羡君齿牙牢且洁,大肉硬饼如刀截。我今呀豁落者多,所存十余皆兀臲。匙抄烂饭稳送之,合口软嚼如牛呞。妻儿恐我生怅望,盘中不饤栗与梨。只今年才四十五,后日悬知渐莽卤。朱颜皓颈讶莫亲,此外诸余谁更数?忆昔太公仕进初,口含两齿无赢余。虞翻十三比岂少,遂自惋恨形于书。丈夫命存百无害,谁能检点形骸外?巨缗东钓倘可期,与子共饱鲸鱼脍。

由于仕途的坎坷,韩愈对人生世相看得比较透彻,所以胸中的牢骚愤懑常常以戏谑语出之,也就形成他那似庄而谐、似正而奇的诗风特色。但是他在把握庄与谐、正与奇的相互关系时往往失衡,从而导致浮滑庸俗、信口成章的恶习。如陈沆就曾指出其《嘲鼾睡》诗有"过谐近俳"的缺点(见《诗比兴笺》)。这首诗亦患同病,由于一味逗趣发噱而无深意,几近于打油诗。柳宗元曾云:"嬉笑之怒,甚乎裂眦。"(《对贺者》)为何"嬉笑之怒,甚乎裂眦"?关键就在这种"嬉笑"并非是消极玩世、滑稽弄语,而是潜藏着深刻严肃的思想主题。再看沈君烈的《病齿》诗:

> 三日对书不能读,支颐摇首双闭目。半口无角

微觉肉,涎流于面下及腹。老大不好作儿哭,回声强笑吻角缩。欲设痛喻无其族,略似钝斧斫湿木。嗟呼!此牙咬菜啖豆粥,世间残颊学不熟。贵人名字呼奴仆,得毋以此消齿福,所以齿中有鬼伏?

此与韩诗相仿,徒以滑稽语以取笑乐。林纾有云:"凡文之有风趣者,不专主滑稽言也。风趣者,见文字之天真,于极庄重之中有时风趣间出。然亦由见地高,精神完,于文字境界中绰然有余,故能在不经意中涉笔成趣。"(《春觉斋论文》)这是说,"谐"不是靠有意追求得来的,而应该是诗人人生态度的自然流露。为谐而谐,严格地说只是一种文字游戏。

有的诗虽含蕴着深刻的思想主题,但谐而近虐,堕入恶趣,这也是我们在创作中要避免的。如绍兴太学生的《南乡子》词:

洪迈被拘留,稽首垂哀告彼酋。一日忍饥犹不耐,堪羞!苏武争禁十九秋? 厥父既无谋,厥子安能解国忧?万里归来夸舌辩,村牛!好摆头时便摆头。

此词讽刺洪迈出使金国时丧志辱节。宋高宗绍兴三十二年(1162年),洪迈出使金国,入境时与同行相约用"乱国礼"见金主,故沿途表章皆不著"陪臣"。金人以其所上国书"不如式",将他封锁在使馆,断供水浆。仅不得食者一日,迈便屈服,易表章授之。词上片将洪迈与出使匈奴被拘、忍饥受寒十九载犹不变节的苏武相比,以见其之"堪羞",写得还颇快慰人意。然下片便谐而近虐。首先嘲笑洪迈而连带其父已属过分，何况洪迈的父亲洪皓是个有气节的大臣。他出使金国时被扣留十数年，虽受尽艰辛，但忠贞不屈，宋高宗曾称他"虽苏武不能过"。其回南宋后，因揭露秦桧昔年叛变的隐情，被秦桧逐出朝廷，死于贬谪途中。其次下"村牛"（即蠢牛）一词直接谩骂，又失诗味。最后又从其生理缺陷挖苦（据《鹤林玉露》载，洪迈素有风疾，脑袋常不由自主地摆动），虽语涉双关，却趣味庸俗低下。这样的作品虽可逞一时快意，但也失去了它应有的意趣，正如鲁迅先生说的"辱骂与恐吓绝不是战斗"。

第六章 声韵的和谐

第六章 声韵的和谐

诗与文相异，在于具有声韵之美，能使人反复吟咏，以畅达情思，感发志气。声韵之美，美在和谐，诵时金声玉振，听来抑扬悦耳。当然要达到这样的要求并非易事。早在南北朝的沈约与刘勰就曾对此进行探讨，并概括了一些艺术方法。随着格律诗的定型与成熟，又有不少新的声韵规律被总结出来，从而促进了诗人们有意识地利用汉字的语音特点以构成诗歌的优美音响。本章所归纳分析的诗法，都是前人所经常运用的，也都是直接为表达感情服务的。虽然由于时代的推移，语音的变化，其中一些诗法对今天已不尽适用，但至少有助于我们欣赏古典诗歌的独特妙处，体认古典诗人的艺术匠心。

诗法之一：四声参互

古汉语字音有平上去入四种声调。这四种声调在发音过程中由于有着音高和音长的不同，因而读起来自有刚柔、高下、长短、轻重之别。诗歌创作讲究平仄（平，指平声；仄，指上去入三声），就是通过四声的参互调和，以求得抑扬顿挫的声调之美。所以诗词作品一旦有违四声相间轮用的格律定式，读来必感塞吃。试看下面两首诗：

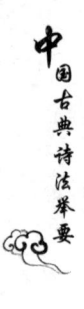

荒池菰蒲深，闲阶莓苔平。江边松篁多，人家帘栊清。为书凌遗编，调弦夸新声。求欢虽殊途，探幽聊怡情。（陆龟蒙《夏日闲居》）

月出断岸口，影照别舸背。且独与妇饮，颇胜俗客对。月渐上我席，暝色亦稍退。岂必在秉烛，此景已可爱。（梅尧臣《舟中夜与家人饮》）

前一首全篇皆用平声，后一首全篇皆用仄声，尽管景物人情都摹写得不错，但由于四声失调，诵读时颇感碍口。

不仅是一首诗全平全仄声调不美，即使是在一句中不作平仄交替，也令人涩口难读。试看清人汪纫兰的《晓起》诗：

木落野鸟散，天高寒风鸣。远树日未出，重楼山初晴。寒外雁影乱，江边芦花声。晓起有静趣，凭阑新诗成。

此诗的一、三、五、七句全用仄声字，二、四、六、八句全用平声字，四声不调，令全诗失去了抑扬悦耳的声调美。再如杜甫的《夔州歌十绝句》之一：

中巴之东巴东山，江水开辟流其间。白帝高为三峡镇，夔州险过百牢关。

诗的首句，七字都是平声，听起来觉得像小儿学语，口齿不清。

就诗歌创作而言，固定的格律定式，已避免了诗句出现全平全仄的可能性，以上诗例显然是诗人有意为之。但我们必须知道，并不是按照格律填写的诗词就不会有四声失调的问题。古人以为，平声不能究阴、阳之别，仄声不能严上、去之分，则声调依然是不美的。张炎在《词源》中说，他的父亲张枢作《惜花春》词时，用了"琐窗深"三字，在平仄上虽没违反规则，但读起来总觉不协，改"深"为"幽"后还觉不妥，最后改为"明"字，才协律美听。尽管，"深""幽""明"三字都是平声，但平声分阴平与阳平，"深"字前面的"窗"字是阴平，就得配上一个阳平的"明"字，而"深"与"幽"都是阴平，和"窗"字连缀起来，就显示不出低昂起伏的态势。上声与去声虽同属仄，但也得互相配合运用，正如万树指出的："上声舒徐和软，其腔低；去声激厉劲远，其腔高；相配用之，方能抑扬有致，大抵两上两去，在所当避。"(《词律》)这就要求诗人在创作中不能仅仅满足于平仄格式，而必须注意四声的参互配合，做到"三仄应须分上去，两平还要辨阴阳"。

谢榛曾以"东董栋笃"四字来阐明四种声调的特点。"东字平平直起，气舒而长，其声扬也。董字上转，气咽促然易尽，其声抑也。栋字去而悠远，气振愈高，其声扬也。笃字下入而疾，气收斩然，其声抑也。"(《四溟诗话》)四声抑扬，参互配置，便有疾徐的节奏。古代优秀诗人正是利用了这一特点来加强诗歌音节抑扬抗坠的美感的。试看杜审言《和晋陵陆丞早春游望》诗：

独有宦游人，偏惊物候新。云霞出海曙，梅柳渡江春。淑气催黄鸟，晴光转绿苹。忽闻歌古调，归思欲沾巾。

《和晋陵陆丞早春游望》

全诗读起来可觉声调非常悦耳动听,其原因就是诗人在句中巧妙地运用了四声参互的手法。不妨看一下此诗的声谱:

入上去平平,平平入去平。平平入上去,平上去平平。入去平平上,平平上入平。入平平上去,平去入平平。

其中一、三、五、七句都具备平上去入四声,其余句子,凡有两仄处,都是上去入(或上去,或去入,或上入)交互递用,没有联用两个上声或去声的。这一交替参互的结果,使全诗的声调变化舒疾相间,抑扬回旋,形成了一种难言的声律之美,诵读之,则声转于吻,玲玲如振玉;辞摩于耳,累累如贯珠。

除了在诗句中尽量求得四声参互之外,古人还十分讲究律诗出句的末一字上去入三仄的间隔轮用。李天生曾经指出:"一三五七句用仄字,上去入三声,少陵必隔别用之,莫有叠出者。"(朱彝尊《曝书亭集》引)试看杜甫的《刘九法曹郑瑕丘石门宴集》诗:

秋水清无底,萧然静客心。掾曹乘逸兴,鞍马到荒林。能吏逢联璧,华筵直一金。晚来横吹好,泓下亦龙吟。

"底"字为上声,"兴"字为去声,"璧"字为入声,"好"字为上声。两个上声,分别用在首句与七句。此是首句不入韵

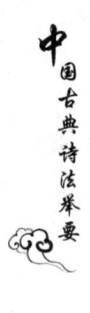

的例子,如果首句入韵,那就出句句脚平上去入俱全了。试看杜甫的《南邻》诗:

  锦里先生乌角巾,园收芋粟未全贫。惯看宾客儿童喜,得食阶除鸟雀驯。秋水才深四五尺,野航恰受两三人。白沙翠竹江村暮,相对柴门月色新。

"巾"字为平声,"喜"字为上声,"尺"字为入声,"暮"字为去声,四声递用,造成了声调的抑扬动听。杜甫曾自言:"晚节渐于诗律细。"(《遣闷戏呈路十九曹长》)所谓细者,恐怕就是于此而言的。

董文涣《声调四谱图说》指出:"无论五律七律,其最要之法有二,一为每句中四声皆备;一为第一、第三、第五、第七句之末一字,不可连用两去声或两上声,必上去入相间。律诗备此二法,读之必声调铿锵。"上面所举诗例,正合董文涣所说二法。不过从诗歌创作实际来看,前一法因束缚太大,即便诗人做不到,也不算是声病,而若违反后者,则就为声病了。试看杜牧的《题宣州开元寺水阁》诗:

  六朝文物草连空,天淡云闲今古同。鸟去鸟来山色里,人歌人哭水声中。深秋帘幕千家雨,落日楼台一笛风。惆怅无因见范蠡,参差烟树五湖东。

谢榛在《四溟诗话》中说:"此上三句落脚字,皆自吞其声,韵短调促,而无抑扬之妙。"因而将五六句改为"深秋帘幕千家月,静夜楼台一笛风"。谢榛所改,吾不敢苟同,但其所说第三、五、七句的末字三上相连，调哑声吞，读来不畅，则是事实。

诗法之二：声义相切

对于中国文字先有声后有义，还是先有义后有声，两位著名学者有着截然不同的看法。段玉裁认为是先有义，他说："文字之始也，有义而后有音，有音而后有形。"（《说文解字注》）刘师培认为是先有声，他在《字义起于字音说》中指出："古人制字，字义即寄于所从之声。"尽管他们的观点如此对立，但都能意识到声与义有着不可分割的关系。

既然义寄于声，声即是义，那么字音与字义之间又是一种怎样的对应关系呢？刘师培在《原字音篇》中曾对一些文字的声义关系作过剖析：

推之"食"字之音，像啜羹之声；"吐"字之音，像吐哺之声。"咳"字之音验以喉，"呕"字之音验以口，"分"字之音验以鼻。"斥""驱"之音像挥物使退之声；"止""至"之音像招物使止之声。"奚"字之音像意有所否之声，"思"字之音像敛齿度物之声。均其证也。

我国的常用文字有数千之多，由于古今语音的变化，有的字音原来所具有的含义失去了，有的则出现了完全相反的情况,所以我们现在已无可能将这些文字的声义关系一一对应起来。但总的说来,声与义的基本对应关系还是存在的。这种基本对应关系就是《白虎通义》说的"宫者容也,含也;商者张也;角者跃也;徵者止也;羽者舒也"。宫商角徵羽是古人根据汉语字音发音部位的不同所划分的五种发音方式,又称五声或五音,杨慎曾对此作过具体的说明:"合口通音谓之宫,开口吒声谓之商,张牙涌唇谓之角,齿合唇开谓之徵,齿开唇聚谓之羽。"(王德晖、徐元澂《顾误录》引)用我们现在的语言学术语来说,这宫商角徵羽就是喉齿牙舌唇五音。

喉齿牙舌唇五音由于发音部位的不同,所以就形成了各自不同的情感特点。这就是《白虎通义》说五音乃"通乎性情也"的原因。朱光潜在《诗论》中曾借用生理学原理加以说明:"高而促的音易引起肌肉及相关器官的紧张激昂,低而缓的音易引起它们的弛懈安适。联想也有影响。有些声音是响亮清脆的,容易使人联想起快乐的情绪;有些声音是重浊阴暗的,容易使人联想起忧郁的情绪。"我们再综合训诂学家与语言学家的研究成果,可以将五音与情感的关系得出这样一个结论,即喉音多给人浑厚的感觉,齿音多给人尖细的感觉,牙音多给人深重的感觉,舌音多给人流利和平的感觉,唇音多给人朦胧纤柔的感觉。王力在《汉语史稿》中还曾举例说明:

有一系列的明母字(唇音)表示黑暗或有关黑暗的概念。例如:暮、墓、幕、霾、昧、雾、灭、慢、晚、茂、密、茫、冥、蒙、梦、盲、眇。

有一系列的影母字(喉音)是表示黑暗和忧郁的概念,以及与此有关的概念的。例如:阴、暗、荫、影、噎、翳、幽、奥、杳、黝、隐、屋、幄、烟、哀、忧、怨、冤、於邑、抑郁。

正是中国语言文字的这种声义相切的特性，也促使了诗人们在创作中利用它来更形象、更细微、更生动地表现主观的情意。试看贾岛的《客思》诗：

促织声尖尖似针，更深刺著旅人心。独言独语月明里，惊觉眠童与宿禽。

诗写自己在远乡的旅舍中，听到一阵阵的蟋蟀声，不由地引起客思的悲伤。诗人于首句七字全用齿音字，齿音字多有细小尖锐的感觉，读起来很自然就会有一种"尖似针"的感触。尤其是诗人还采用了当句顶真的句法，使诗句的音响效果更为显著，进一步加深了读者对诗人所身受刺心之感的体会。再看王之涣的《登鹳雀楼》诗：

白日依山尽，黄河入海流。欲穷千里目，更上一层楼。

诗的第三句中的"千"字是牙音，牙音的发音特点是发自口腔后部，所以这一性质的发音常含有宽大迷混的意义，诗人用在这里，正好将无法精确表达的"千里"的情致概括无遗，而且配合了人们联想的无穷无际，配合了黄昏景色的朦胧迷茫。末句中的"更"是喉音，喉音的发音必须让气流冲破阻力才得以实现，因此这一性质的发音常含有用力、加劲的意味，

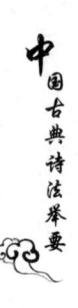

诗人用在"上一层楼"之前，也正好与诗情所需要的提升、加力的情调相适应。王士禛正是发现诗人们常常利用字音来暗示不同的感情色彩和情调，因而指出："善读诗者，由声以考义。"(《倚声集序》)还有刘采春的《罗唝曲》之一：

不惜秦淮水，生憎江上船。载儿夫婿去，经岁又经年。

傅庚生先生在《中国文学欣赏举隅》中从字音与情感关系的角度对此诗作如下分析："寥寥二十字，使人吟诵回环，不能遽置。平易中有深致，柔情中有刚骨，所以感人。而字音复多舌齿间字，吟咏之际，别有轻盈娇稚之韵味，使人怜煞也。"字音在诗中的表情作用由此见出。

五音还有清音、浊音之异，在力求做到声义相切中，诗人对此也常加考虑。李重华在《贞一斋诗说》中曾指出，杜甫《咏怀古迹五首》之三的首句"群山万壑赴荆门"，若改为"千山万壑"，"便不入调，此轻重清浊法也"。"群"与"千"虽然都是牙音字，但正如李氏所说，"群"为浊声，"千"为清声，用一个力重气沉的浊声，使声带受摩擦振动，或许更能表现群山历乱的景象。王维的《鹿柴》也是一首十分讲究字音的清浊的作品。其诗如下：

空山不见人，但闻人语响。返景入深林，复照青苔上。

首句的前四字都是清声，发音时靠口腔后位置发出，声带不振动，故用力轻而气流直上；次句的前四字都是浊声，发音时靠口腔前位置发出，声带要振动，故用力重而吐字沉闷。上句的轻清与所表现的空山静幽的景象及下句的重浊与所表现的人声嘈杂的景象极为谐和。

诗法之三：随情用韵（上）

韵者，乃是构成诗歌审美效果不可分割的一部分。诗句之有韵脚，犹屋楹之有础石，韵脚稳妥，则诗句劲健有力。因此，在选用韵脚时，不能随意乱用，必须根据诗所表现的情调气氛来确定。这正如何无忌所说："欲作佳诗，必先寻佳韵，未有佳诗而无佳韵者也。韵有宜于甲而不宜于乙，宜于乙而不宜于甲者，题韵适宜，若合函盖，唯在构思之初善巧拣择而已。"（《拜经楼诗话》引）诗人一旦能够随情而用韵，那么，作品在取得声律上的悦耳和谐、前后呼应之外，还能够使诗情藉着韵脚所体现的感情基调获得进一步的表达。

韵脚的感情基调首先表现在四声声调的不同。《元和韵谱》上说："平声者哀而安，上声者厉而举，去声者清而远，入声者直而促。"明朝的《玉钥匙歌诀》也有类似的说法："平声平道莫低昂，上声高呼猛烈强，去声分明哀远道，入声短促急收藏。"这是说，平声宽平，宜于表达和谐舒缓的思想感情；上声劲厉，宜于表达沉郁凝壮的思想感情；去声清幽，宜于表达清新绵邈的思想感情；入声短促，宜于表达激越峭拔的思想感情。试看下面四首作品：

江月去人只数尺,风灯照夜欲三更。沙头宿鹭联拳静,船尾跳鱼泼剌鸣。(杜甫《漫成一首》)

仲尼既云殁,余亦浮于海。昏见斗柄回,方知岁星改。虚舟任所适,垂钓非有待。为问乘槎人,沧洲复谁在?(孟浩然《岁暮海上作》)

楚客醉孤舟,越水将引棹。山为两乡别,月带千里貌。羁谴同缯纶,僻幽闻虎豹。桂林寒色在,苦节知所效。(王昌龄《送任五之桂林》)

怒发冲冠,凭栏处、潇潇雨歇。抬望眼、仰天长啸,壮怀激烈。三十功名尘与土,八千里路云和月。莫等闲、白了少年头,空悲切。　　靖康耻,犹未雪;臣子恨,何时灭!驾长车踏破,贺兰山缺。壮士饥餐胡虏肉,笑谈渴饮匈奴血。待从头、收拾旧山河,朝天阙。(岳飞《满江红》)

第一首用的是平声韵,第二首用的是上声韵,第三首用的是去声韵,第四首用的是入声韵。按《元和韵谱》划分的韵的四种感情基调来检讨,可以发现,这些作品的韵的声调所体现的感情色彩与诗本身的感情色彩配合很为密切,获得了声情并茂、相得益彰的艺术效果。

仇兆鳌在评杜甫《铁堂峡》诗时曾指出:"入蜀诸章,用仄韵居多,盖逢险峭之境,写愁苦之词,自不能为平缓之调也。"(《杜诗详注》)这一论述已注意到杜诗韵调与诗情间所存在的微妙的关系。确实杜甫经常是在很大程度上根据自己当时的感情需要来决定所押的韵调。例如两首著名的长诗《自京赴奉先县咏怀五百字》和《北征》，用的都是入声韵，短而促的入声，正适合所表达的沉痛、抑郁的情绪。

《元和韵谱》对诗歌韵与情的关系所作的四声划分，仇兆鳌对杜诗韵与情的关系所作的平仄分类，虽然线条太粗，但至少告诉了我们，作诗要讲究声与情的谐和，也让我们明白了这样一个原则："纤细题用不着黄钟大吕，宏伟题用不着密管繁弦。"(李重华《贞一斋诗说》)至于更详细的韵部与诗情的关系，我们会在下篇论述。

既然韵的选用与诗情有关，那"韵"与"情"发生矛盾时该作如何处理呢？也就是说，当诗人所择之韵限制到诗意的表达时是否应该迁意就韵？实际上，我们说"随情用韵"，已表明在处理"情"与"韵"的关系时，应当遵循以情为主的原则。韵的作用不管有如何大，毕竟只是诗人为表情达意而运用的一种语言艺术，对情意说来，韵如同奴隶，其职责只是服从。然而有些诗人并未能摆正这二者之间的关系，在韵与情意发生矛盾时，往往不惜影响思想的表达与感情的抒发。试看苏轼的《次韵代留别》诗：

绛蜡烧残玉斝飞，离歌唱彻万行啼。他年一舸鸱夷去，应记侬家旧姓西。

诗中第三句的"鸱夷"写范蠡。范蠡在佐越灭吴后，与西施乘舟浮海而去，自号"鸱夷子皮"。第四句的"旧姓西"写西施，可是西施并不姓西。《寰宇记》载："西施，施其姓也，所居在西。故有东家施，西家施。"因此苏轼所谓的"旧姓西"显然不合情理。以苏轼之博学，还不至于连这常识也不知，这恐怕是为押这个平声齐韵而不得不如此。（曾有人以为"旧姓西"为"旧住西"之讹。但此属臆测，无本可据，故不取。）再如龚自珍的《己亥杂诗》第八十三首：

只筹一缆十夫多，细算千艘渡此河。我亦曾糜太仓粟，夜闻邪许泪滂沱。

清王朝时代，东南各省的漕粮主要通过运河北上。运河在入黄河前，因水流高低不同，设有多座水闸。船只通过时，由纤夫拉船过闸，每艘船需纤夫十多人。龚自珍抵淮浦，目睹此景，内心有很大震动，故在诗中写道：一艘船需十多位纤夫，那千艘船只又需多少人的劳力啊，而自己亦曾在北京消耗过官仓的粮食，夜闻纤夫吆喝的号子声，禁不住涕泪滂沱。从龚自珍的思想与为人看，无疑是有替百姓而悲的感情境界的，但将此情形容到"泪滂沱"的程度，又未免失真。韦应物有诗云："邑有流亡愧俸钱。"（《寄李儋元锡》）龚自珍在听到拉纤的号子声时所产生的，应当是与韦应物相类似的惭愧之情。他之所以写成"泪滂沱"，显然是他对这个诗韵情有独钟而又懒得另外寻觅（龚诗前此有"夜思师友泪滂沱"句），因而也就不顾诗意了。

当然，我们反对以韵害意，以韵碍情，并不是鼓励人们为了内容的表达而弃韵。诗歌创作是一门戴着镣铐跳舞的艺术，束于韵而又能达其情，这正是诗人应当追求的目标。

诗法之四：随情用韵（中）

根据韵脚的声调来配合诗情还仅仅是一种最基本的随情用韵法。同一声调中还有许多不同的韵部，这些不同的韵部所体现的感情色彩当然也就不同。所以，随情用韵还必须把握韵部与感情的相应关系。王易曾对此作过详细的分析，他指出："韵与文情关系至切，平韵和畅，上去韵缠绵，入韵迫切，此四声之别也。东董宽洪，江讲爽朗，支纸缜密，鱼语幽咽，佳蟹开展，真轸凝重，元阮清新，萧筱飘洒，歌哿端庄，麻马放纵，庚梗振厉，尤有盘旋，侵寝沈静，覃感萧瑟，屋沃突兀，觉药活泼，质术急骤，勿月跳脱，合盍顿落，此韵部之别也。"（《词曲史》）这一分析虽难视作定论，但亦大致符合诗歌创作中用韵的实际情况。试看李白的《古风》：

秋露白如玉，团团下庭绿。我行忽见之，寒早悲岁促。人生鸟过目，胡乃自结束。景公一何愚，牛山泪相续。物苦不知足，得陇又望蜀。人心若波澜，世路有屈曲。三万六千日，夜夜当秉烛。

诗人忽见秋露，乃惊寒早，更悲岁促，但马上又意识到，既然岁时易尽，何必恋世自苦，不妨及时行乐耳。全诗忽悲忽喜，感情的起伏变化很快，所以择用突兀的沃韵为韵脚。再看常建的《白龙窟泛舟寄天台学道者》诗：

夕映翠山深，余晖在龙窟。扁舟沧浪意，澹澹花影没。西浮入天色，南望对云阙。因忆莓苔峰，初阳濯玄发。泉萝两幽映，松鹤间清越。碧海莹子神，玉膏泽人骨。忽然为枯木，微兴遂如兀。应寂中有天，明心外无物。环回从所泛，夜静犹不歇。澹然意无限，身与波上月。

诗人从身处之白龙窟，写到天台之莓苔峰，然后又回转写自身。全诗空间的变化不是采用逐渐推展扩张的手段，而是跳跃式地进行转换。为配合诗情，所以择用跳脱的月韵为韵脚。

近体诗以平声韵为主，相对古诗而言，可选择韵脚的余地要小得多。但由于平声韵各韵部所体现的感情色彩相当丰富，也同样能配合诗情的需要。周济曾经指出："东真韵宽平，支先韵细腻，鱼歌韵缠绵，萧尤韵感慨，各有声音，莫草草乱用。"(《宋四家词选目录序论》)诗人在创作中，确实是颇为注意把握其中之关系的。试看两首诗：

折戟沉沙铁未销，自将磨洗认前朝。东风不与周郎便，铜雀春深锁二乔。(杜牧《赤壁》)

三更三点万家眠，露欲为霜月堕烟。斗鼠上堂蝙蝠出，玉琴时动倚窗弦。(李商隐《夜半》)

前一首是咏史之作，诗人用感慨的萧韵；后一首是悼亡之诗，诗人用细腻的先韵，诗情与声韵的关系极为谐合。

在把握韵部与诗情的相应关系时，诗人们还通常采用转韵的方法。试看孟浩然的《襄阳游泊寄阎九司户防》诗：

> 桂水通百越，扁舟期晓发。荆云蔽三巴，夕望不见家。襄王梦行雨，才子谪长沙。长沙饶瘴疠，胡为苦留滞。久别思款颜，承欢怀接袂。接袂杳无由，徒增旅泊愁。清猿不可听，沼月下湘流。

全诗先用入声月韵，继而用平声麻韵，接着用去声霁韵，最后用平声尤韵。这些韵脚的转换都是与诗情气氛的变化相配合的。开首二句写水势和远行，而月韵正有跳脱之意；接下四句从荆云写到思家，从襄王写到贾谊，诗情较为开阔，所以用麻韵；"长沙"四句写缠绵之情，用去声霁韵最为适合；最后四句写自己将在湘流继续孤独的旅泊，因而用盘旋感慨、凄伤忧愁的尤韵。全部的诗韵都恰到好处地为所要传达的感情服务，充分显示了韵与情宛转相生之妙。像我们熟悉的张若虚的《春江花月夜》，之所以诵读时能够感受到情韵悠扬，也是由于诗人采用了转韵的方法。全诗三十六句，四句一换韵，共换了九个韵。而且在转换的过程中，注意到了平上去声的错综相间。韵脚的忽抑忽扬，跌宕变化，也正好与内容的跳跃相适应。

由于近体诗篇幅短小，所以用韵必须一韵到底，不能出现一个以上的韵。比如用"阳"韵，全首诗的韵脚，都应该是阳韵以内的字，如果中间夹杂江韵的字，那就叫作出韵或落韵。《红楼梦》第四十八回写道，香菱求黛玉教她做诗，黛玉要她写一首咏月诗，规定用"十四寒"的韵。香菱连做两次，黛玉都不满意，要她另做。于是香菱又挖心搜胆、耳不旁听、目不别视地思索起来。这时探春见了她那入魔样,笑说道:"菱姑娘,你闲闲罢。"香菱怔怔答道:"'闲'字是'十五删'的,错了韵了。"由此可见,出韵乃是诗家之大忌。

不让诗出韵很容易,只要按韵书用韵就可。唐代近体诗的押韵以《唐韵》为准。《唐韵》共有二百零六个韵,若把同用之韵并合,实际只有一百一十二个韵。宋代改《唐韵》为《广韵》,又并合了四个韵。金代的《平水韵》再将《广韵》所不同的"回"和"拯"韵、"径"和"证"韵各并为一部,于是便形成了所谓的一百零六韵,沿用至今。现成的韵书,解决了诗人用韵时的麻烦,但若诗人掉以轻心或记忆有误,仍会有出韵者。先看两首唐诗:

曾作关中客,频经伏毒岩。晴烟沙苑树,晚日渭川帆。昔是青春貌,今悲白雪髯。郡楼空一望,含意卷高帘。(刘禹锡《贞元中侍郎舅氏牧华州,时予再忝科第,前后由华勤谒……》)

汉家天马出蒲梢,苜蓿榴花遍近郊。内苑只知含凤觜,属车无复插鸡翘。玉桃偷得怜方朔,金屋修成贮阿娇。谁料苏卿老归国,茂陵松柏雨萧萧。(李商隐《茂陵》)

前一首"岩""帆"二字属咸韵,而"髯""帘"二字则属监韵;后一首"郊"字属肴韵,而"翘""娇""萧"则属萧韵,显然都是误押。再看两首宋诗:

绕郭云烟匝几重，昔年曾此感怀嵩。霜林落后山争出，野菊开时酒正浓。解带西风吹书角，倚阑斜日照青松。会须乘醉携嘉客，踏雪来看群玉峰。（欧阳修《怀嵩楼新开南轩》）

微官共有田园兴，老罢方寻隐退庐。栽种成阴十年事，仓黄求买百金无。先生卜筑临清济，乔木如今似画图。邻里亦知偏爱竹，春来相与护龙雏。（苏轼《傅尧俞济源草堂》）

欧诗在"浓""松""峰"三个皆属冬韵的字中夹杂了属东韵的"嵩"字；苏诗在"无""图""雏"三个皆属虞韵的字中夹杂了属鱼韵的"庐"字，所以二诗都不好评及格。

必须说明的是，本文所谈不包括首句用韵的情况在内。近体诗的首句有时也用韵，由于这韵脚是多余的，故诗人往往从这多余的韵脚上讨取些自由，这便有了借用邻韵的办法。所谓邻韵，乃指排列相近而音又相似的韵，如东韵与冬韵，鱼韵与虞韵，佳韵与灰韵等。如王安石的《悟真院》诗："野水纵横漱屋除，午窗残梦鸟相呼。春风日日吹香草，山北山南路欲无。"此诗的首句便是用邻韵。这种借韵法到中晚唐之后渐渐形成为一种风气。

诗法之五：随情用韵（下）

在随情用韵的手法中，除了将韵脚的声调配合诗情及把握

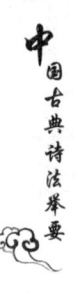

住韵部与诗情的相应关系外,诗人还常常借助韵脚的疏或密来加强所表达的感情气氛。如《诗经·邶风·式微》:

　　式微,式微,胡不归?微君之故,胡为乎中露!
　　式微,式微,胡不归?微君之躬,胡为乎泥中!

诗共两章十句,句句用韵,故而词气紧凑、节奏短促、情调急迫,充分表达出服劳役者的苦痛心情以及他们日益增强的背弃暴政的决心。又如《诗经·周南·桃夭》:

　　桃之夭夭,灼灼其华。之子于归,宜其室家。
　　桃之夭夭。有蕡其实。子之于归,宜其家室。
　　桃之夭夭,其叶蓁蓁。之子于归,宜其家人。

全诗共三章,每章都隔句用韵,在节奏上很疏缓,配合了少女结婚时愉快的心情和舒坦的气氛。

韵脚的或疏或密,通常只适宜表现略显单一的感情,如上面所举两例,《式微》句句用韵,表现感情的急切;《桃夭》隔句用韵,表现感情的舒缓。有时诗人为了表现出感情的起伏变化,往往会借助时疏时密的韵脚以作配合。试看岑参的《轮台歌奉送封大夫出师西征》诗:

　　轮台城头夜吹角,轮台城北旄头落。羽书昨夜过渠黎,单于已在金山西。戍楼西望烟尘黑,汉兵屯在轮台北。上将拥旄西出征,平明吹笛大军行。四边伐鼓雪海涌,三军大呼阴山动。虏塞兵气连云屯,战场白骨缠草根。剑河风急雪片阔,沙口石冻马蹄脱。亚相勤王甘苦辛,誓将报主静边尘。古来青史谁不见,今见功名胜古人。

李锳评云:"前十四句,句句用韵,两韵一转,节拍甚紧。后一韵衍作四句,以舒其气,声调悠扬有余音矣。"(《诗法易简录》)前面句句用韵,节奏急促,正切战斗的紧张气氛。后面四句一韵,节奏宽缓,恰合奏捷的愉快心情。再看杜甫的《魏将军歌》:

将军昔著从事衫,铁马驰突重两衔。披坚执锐略西极,昆仑月窟东崭岩。君门羽林万猛士,恶若哮虎子所监。五年起家列霜戟,一日过海收风帆。平生流辈徒蠢蠢,长安少年气欲尽。魏侯骨耸精爽紧,华岳峰尖见秋隼。星缠宝校金盘陀,夜骑天驷超天河。欃枪荧惑不敢动,翠蕤云旓相荡摩。吾为子起歌都护,酒阑插剑肝胆露。钩陈苍苍风玄武,万岁千秋奉明主,临江节士安足数。

何焯曾称此诗"用韵可学"(《义门读书记》)。其可学之外,就在韵脚的疏密配合了诗的感情气氛。全诗共二十一句,前十六句颂魏将军之立功西陲,归领禁军,气岸精爽,威能弭患,隔句用韵,转韵三次,语气相对舒缓;后五句称其忠勇可以大用,句句用韵,转韵两次,语气显得遒劲。仇兆鳌云:"此歌前

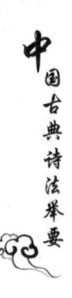

用八句转韵，中间各四句转，末则三句两句叠韵，盖歌中音调，取其繁声促节也。"(《杜诗详注》)以"繁声促节"加强魏将军的忠勇气概，正是诗人随情用韵艺术匠心的充分体现。

近体诗的用韵就没这么随便。在一首诗中，不仅韵脚的疏密与转换是被禁止的，而且如上举《诗经·邶风·式微》的韵脚的复出也不允许。在此不妨就这个问题说几句。

韵脚复出被指为诗病自唐宋始。唐宋之前对此并不避忌。如曹植《美女篇》诗押二"难"字，阮籍《咏怀》诗押二"归"字，陆机《拟行行重行行》诗押二"音"字，谢灵运《田南树园激流植楥》诗押二"同"字，等等。唐宋以来才逐渐严格，如《孔毅夫杂记》批评韩愈诗说："退之诗好押狭韵累句以示工，而不知重叠用韵之为病也。《双鸟》诗押两'头'字，《杏花》诗押两'花'字。"所以王世懋便将"重押"列入"诗有古人所不忌，而今人以为病者"(《艺圃撷余》)之一。不过，唐宋对重韵的避忌因诗体不同而宽严有别，古风与排律一般不拘，如杜甫《北征》诗，一篇押二"日"字；《赠秘书监江夏李公邕》诗，一篇押二"万"字；《寄岳州贾司马巴州严使君》诗，一篇押二"骞"字；《赠李八秘书别三十韵》诗，一篇押二"虚"字。但宋代对此也严了起来，如苏轼《送江公著知吉州》诗，有"方将华省起弹冠，忽忆钓台归洗耳"及"簿书期会得余闲，亦念人生行乐耳"二联，为避时人启疑，其自注云："二'耳'义不同，故得重用。"至于近体(除排律)，则唐宋人皆把重韵悬为厉禁的。这是因为五言律仅四十字，七言律仅五十六字，如果首句入韵的话，全诗不过五个韵脚，若连这五个韵脚都避不了重复，则完全就是诗人的不肯用心或才思窘俭了。宋代被称为"苏门四学士"的张耒便是这样

一个诗人,他的五七言律诗,韵脚复出不时有见。试看两首:

辞爵浮云外,安民反手中。山林独往意,衮绣太平公。布被终身俭,貂冠一命崇。他年两行泪,碑下泣羊公。(《故仆射司马文正公挽词四首》之二)

当道朱门白昼扃,高堂歌吹久无声。古窗雨积昏残画,朽树经阴长寄生。门下老人时洒扫,旧时来客叹平生。艳姬骄马知何处,独有庭花春正荣。(《京师废宅》)

前一首韵脚二用"公"字,后一首韵脚二用"生"字,从内容看,并非无此重复就不足以传其情,无此重复就不足以达其意,诗人只要下些功夫琢磨,完全可以避免此失。张耒五律的《次韵赵伯坚二首》之二的押二"望"字,《近清明二首》之二的押二"斜"字;七律的《耒将之临淮泊泗上病作》的押二"东"字,《夏日三首》之三的押二"凉"字,均属此种情况。张耒曾云:"以声律作诗,其末流也,而唐至今诗人谨守之。"(《苕溪渔隐丛话》引)作诗固不能以律害辞,但不讲声律,又何可言诗?显然他想借此来掩饰自己作诗时的偷懒。

诗法之六:双声叠韵

双声韵是我国语言文字的特性之一。所谓双声,指两字的声母相同；所谓叠韵，指两字的韵母相同。双声叠韵相配，能产生丰富的艺术表现力，所以我们在诗歌作品中常常能瞧见它们的身影。试看下面诗例：

田园寥落干戈后，骨肉流离道路中。（白居易《望月有感》）

远路应悲春晼晚，残宵犹得梦依稀。（李商隐《春雨》）

风尘荏苒音书绝，关塞萧条行路难。（杜甫《宿府》）

白诗中的"寥落"对"流离"，都是双声。李诗中的"晼晚"对"依稀"，都是叠韵。杜甫则以双声"荏苒"对叠韵"萧条"。

由于古音系统与现代语音系统不同，在今天看来并不属于双声叠韵的词，在古代却有可能是双声叠韵。所以我们如果掌握了古音韵的话，还会有更多的发现。请看下面的诗例：

如何憔悴人，对此芳菲节。（武元衡《寒食下第》）

阴沉天气连翩醉，摘索花枝料峭寒。（韩偓《清兴》）

武元衡诗中的"憔悴"与"芳菲"，在现代汉语中，前者不是双声，后者是双声，但在古代汉语中，"憔悴"二字声母同属从纽，也是双声。由此我们可以看出诗人在这一联中以双声对双声的用心。韩偓的诗句中以"阴沉"对"摘索",以"连翩"对"料峭"。用现代的发音来读,"连翩"与"料峭"是叠韵,而"阴沉"与"摘索"并不是叠韵。但在古音中,"阴沉"二字同属平声侵韵,"摘索"二字同属入声麦韵,所以也都是叠韵词。

双声叠韵究竟具有怎样的艺术表现力呢?李重华在《贞一斋诗说》中指出:"叠韵如两玉相扣,取其铿锵;双声如贯珠相连,取其宛转。"这告诉我们,它们是通过重叠来增加语言的悦耳动听的。当一个词的音节中某一个构成要素(声母或韵母)有规律的重复出现,自然就形成回环往复的旋律,从而创造出听觉上的美感。上面所列举的诗句,无论是双声或是叠韵,诗人都喜欢在上下句之间对应或搭配使用,其原因恐怕就在这里。

双声叠韵的运用,一方面是为加强音节的节奏感,还有一个更重要的方面,那就是它能够有助诗人对所描摹的情感物态的充分展示。试看李群玉《九子坡闻鹧鸪》诗:

落照苍茫秋草明,鹧鸪啼处远人行。正穿诘曲崎岖路,更听钩𬨎格磔声。曾泊桂江深岸雨,亦于梅岭阻归程。此时为尔肠千断,乞放今宵白发生。

诗中第三句的"诘曲崎岖"承"远人行",写"九子坡"之路;第四句的"钩𬨎格磔"承"鹧鸪啼",写"闻鹧鸪"之声,皆紧切题目。金圣叹曾云:"其极写恶状,全在'正穿''更听'四字,言正穿如此恶路,再听如此恶声;倒转又是正听如此恶声,再穿如此恶路也。"(《贯华堂选批唐才子诗》)这段话只说明了"正穿""更听"之妙,还未能够将句中"诘曲崎岖""钩辀格磔"八字的艺术匠心揭示出来。上句的"诘曲""崎岖"是两个双声("诘曲"在现代语音中声母不同,而在唐代语音中则是双声),它们的声母都是正齿音。正齿音的发音特点是先让气流受阻,随后渐渐打开闭塞部位,让气流从间隙中摩擦而出。因此,以正齿音为声母的字,多含有坎坷曲折的意味。藉着这四个字的声母相同,延连读下,自有一种路途崎岖不平的感觉。下句的"钩辀"二字都在尤韵,"格磔"二字都在陌韵,皆为叠韵,用来形容鹧鸪的叫声。根据训诂学家和语音学家的研究成果,尤韵和陌韵都较适合于表达忧愁凄伤的感情。诗人连用两叠韵来表现,不仅极为形象地摹拟出鹧鸪连续不断的鸣叫声,也同时将鹧鸪声的凄厉之情传达而出。而鹧鸪之声愈悲,则远人之情愈苦。

　　如果说李群玉这首诗中的双声叠韵还有刻意布置的痕迹的话,那么,杜甫诗中双声叠韵的运用已毫无迹象可寻。如《咏怀古迹五首》之一:"支离东北风尘际,漂泊西南天地间。"支离为叠韵,漂泊为双声。之二:"怅望千秋一洒泪,萧条异代不同时。"怅望、萧条为叠韵,千秋为双声。之三:"一去紫台连朔漠,独留青冢向黄昏。"朔漠为叠韵,黄昏为双声。《江上值水如海势,聊短述》:"为人性僻耽佳句,语不惊人死不休。"佳句为双声,惊人为叠韵。这些双声叠韵还都不是像参差、彷徨之类的联绵词,全用在了读者的不经意处,使诗句的声韵显得非常绵密与谐和。

　　双声叠韵在词中也常有运用。王国维曾说:"词之荡漾处多用叠韵,促节处多用双声,则其铿锵可诵,必有过于前人者。"(《人间词话》)如姜夔《一萼红》词之下阕:"南去北来何事？荡湘云楚水，目极伤心。朱户黏鸡，金盘簇燕，空叹时序侵寻！记曾共西楼雅集，想垂杨还袅万丝金。待得归鞍到时，只怕春深。"其中"侵寻"为叠韵，"待得"为双声。由于词的失唱，如今我们已难以体会到其中的美妙韵味，这也是后世词人在创作中多不讲双声叠韵的缘故。

物极必反，双声叠韵若用之过甚，反会失去声韵之美。如姚合的《葡萄架》诗：

萄藤洞庭头，引叶漾盈摇。皎洁钩高挂，玲珑影落寮。阴烟压幽屋，蒙密梦冥苗。清秋青且翠，冬到冻都凋。

全篇都是用双声写成。像这种全首是双声的诗苏轼也写过，如他的《西山戏题武昌王居士》。通篇都用叠韵写的，可见陆游的《山居》诗：

禽吟阴森林，鹿伏朴樕木。呜呼吾徒愚，仆仆逐肉粟。联翩怜鸢肩，餍馂速戬辱。艰难还山间，独欲足畜牧。跻梯栖西溪，筑屋宿北谷。光芒常当藏，椟玉触俗目。

每句五字都是叠韵，韵母各句相同。一、三、五、七、九句为平声韵，二、四、六、八、十句为仄声韵。以上两首诗，俱单从一音连下多字，吟诵之际，叽叽呱呱，皆感拗口，故人们将此称为"吃语诗"亦非无因。所以刘熙载告诫我们："用双声叠韵之字，自两字之外，不可多用。"（《艺概·词曲概》）

诗法之七：重言摹拟

"重言摹拟"是一种用两个或两个以上相同的字重叠使用，以摹声、写貌、传情的艺术手法。《诗经》中这一艺术手法已运用得很普遍，如以"灼灼"状桃花之鲜，"杲杲"为出日之容，"瀌瀌"拟雨雪之状，"喈喈"逐黄鸟之声，"喓喓"学草虫之韵。对这些重言摹拟的艺术效果，刘勰曾给予"以少总多，情貌无遗"（《文心雕龙·物色》）的高度评价。下面试以《诗经·小雅·采薇》的重言摹拟作一分析。其最末一章中有这样四句：

昔我往矣，杨柳依依；今我来思，雨雪霏霏。

这四句，自来被认为是《诗经》中的最佳之句，前人曾大加赞赏。宋祁说："善写物态，慰人情。"（《宋景文笔记》）孙鑛说："眼前景，口头语，然风致却大妙，即深言之不能加。"（《评诗经》）这些赞语，评价虽高，却未道明个中奥妙。如宋祁并没有具体说出诗人是如何"善写物态，慰人情"的，孙鑛也没有说明为何写"眼前景，口头语，然风致却大妙"的原因。王夫之在《姜斋诗话》中说，这四句所采用的艺术手法是"以乐景写哀，以哀景写乐，一倍增其哀乐"，虽眼光独到，却也只是说了一个方面。我们觉得，这四句的佳处还要得之于重言摹拟手法的运用，即诗人以"依依"摹杨柳随风飘拂之貌，以"霏霏"拟雨雪纷纷飘落之状,这既加强了声调的悦耳动听,又表现出景物的神韵。《诗经·小雅·出车》中有这样四句:"昔我往矣,黍稷方华;今我来思,雨雪载涂。"同样运用了乐景写哀、哀景写乐的手法,同样借景表情,感时伤事,但历来却不像这四句所为人激赏,其原因就在于"方华""载涂"已微涉迹,不若"依依""霏霏"之饶态。

正因为重言摹拟有如此出色的艺术表现能力,这一修辞方法亦为后世诗人所乐用。试看《古诗十九首》中的《青青河畔草》:

> 青青河畔草,郁郁园中柳。盈盈楼上女,皎皎当窗牖。娥娥红粉妆,纤纤出素手。昔为倡家女,今为荡子夫。荡子行不归,空床难独守。

此诗为思妇自述内心的寂寞苦闷。首二句写景色,次四句写思妇的姿容,再次四句写思妇的身世与愁思。王夫之曾对此诗的前六句予以"惊魂动魄"(《古诗评选》)的评价。从内容看,这六句都是家常话,并没有什么特别的地方,显然这"惊魂动魄"是就这一连六句句首皆用叠字而言的。这些叠字的运用,生动自然,富于变化。若细加分析,则"青青"与"郁郁"同是形容植物的繁茂,青青偏于色泽,郁郁偏于意态;"盈盈"与"皎皎"都是写美人的风姿,盈盈重在仪态,皎皎重在丰采;"娥娥"与"纤纤"皆是夸美人容色,娥娥是全景,纤纤是特写。六组叠字,句句生发,环环相扣,再加上平仄声的交替,清浊音的错综,读来有如天籁。王夫之所谓的"惊魂动魄",询非虚言。再看王维的《积雨辋川庄作》诗:

> 积雨空林烟火迟，蒸藜炊黍饷东菑。漠漠水田飞白鹭，阴阴夏木啭黄鹂。山中习静观朝槿，松下清斋折露葵。野老与人争席罢，海鸥何事更相疑？

此诗写辋川风光，次联的两处叠字"漠漠"与"阴阴"，将雨后天气空蒙苍茫的景色描写得极其传神。一者，"漠漠"有辽阔意，正可描状水田的广布；"阴阴"有幽深意，正可描写夏木的茂密。二者，"漠漠"是唇音，带有宽泛不明的意味；"阴阴"是喉音，带有幽暗深邃的意味，故吟读时使人益增水田广阔、夏木荫翳的感受。所以胡以梅称赞道："雨后之景，用叠字独能句圆神旺。"（《唐诗贯珠》）

重言摹拟不仅在于能够增加声调的流丽和景物的神韵，还往往能够把作者的难显之情表达得出神入化。试看李清照的《声声慢》词：

> 寻寻觅觅，冷冷清清，凄凄惨惨戚戚。乍暖还寒时候，最难将息。三杯两盏淡酒，怎敌他、晚来风急？雁过也，正伤心，却是旧时相识。　满地黄花堆积，憔悴损，如今有谁堪摘？守著窗儿，独自怎生得黑？梧桐更兼细雨，到黄昏、点点滴滴。这次第，怎一个愁字了得？

全词共用了九组叠字，特别是起头三句，以十四个叠字组成，历来为人激赏，或称誉是"公孙大娘舞剑手"（张端义《贵耳集》）；或评价为"出奇制胜，真匪夷所思矣"（梁绍壬

《两般秋雨庵随笔》)。其妙就妙在诗人以重言把凄寂冷清之境、愁苦难堪之情细微地、富有层次地传达了出来。丈夫远别,如有所失,故"寻寻"。寻寻不见,心中仍未信其别,故又"觅觅"。觅者,仔细寻找之谓也,觅无所得,则信矣,始有"冷冷清清"之感。冷冷之感渐蹙而凝于心,故"凄凄"。凝于心而心不堪任,故继之以"惨惨"。惨惨之情不能忍,故终之以"戚戚"。这些叠字,且多属齿音,吟读时使人更增凄怆的感受。就在这些声、义、情极为和谐的重言摹拟中,诗人抽绎难尽的哀痛延展而出。

固然,以重言摹声,能使声感更强烈;以重言写貌,能使形象更生动;以重言传情,能使感情更入神,但是如果刻意雕镂,失却自然妥帖,反会使作品流于轻佻,而让读者生厌。诗看唐代诗僧寒山的两首诗:

　　杳杳寒山道,落落冷涧滨。啾啾常有鸟,寂寂更无人。淅淅风吹面,纷纷雪积身。朝朝不见日,岁岁不知春。(《杳杳寒山道》)
　　独坐常忽忽,情怀何悠悠。山腰云漫漫,谷口风飕飕。猿来树袅袅,鸟入林啾啾。时催鬓飒飒,岁尽老惆惆。(《独坐常忽忽》)

以上两首诗每句都用叠字,前一首全出现在句头,后一首全安排在句尾,可见诗人在创作中费了一番心思。但从总体来看,这些叠字并未使诗篇增添格外动人的力量,反因受叠字所限,句调句式只能相同一致,读来反感单调乏味。再看韩愈《南山诗》中的一段:

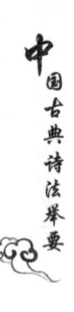

延延离又属,夬夬叛还遘,喁喁鱼闯萍,落落月经宿;闉闉树墙垣,嶻嶻架库廊;参参削剑戟,焕焕衔莹琦;敷敷花披萼,闟闟屋摧雷;悠悠舒而安,兀兀狂以狙;超超出犹奔,蠢蠢骇不懋。

一口气运用了十四句叠字,读来颇感累赘,令人明显地感到这是诗人的恃才弄巧,所以顾炎武指出,屡用重言,须"复而不厌,赜而不乱"(《日知录》)。

诗法之八:同字回互

同字,指一首诗中用了两个相同的字。同字的相犯是刘勰在《文心雕龙·练字》中标出的"近世"诗忌。不过,从当时诗歌创作的情况看,诗人并不以此为戒。随着五七言近体诗的逐步成熟,诗人们才渐渐开始注重对重字的避忌。因为近体诗尺幅有限,法度整严,格律有定,要在规定的字数之中含具丰富的社会生活内容,并还要人们读来有情有味,自然就得充分发挥每一个字的作用。若有同字相犯,虽有时还不至于影响到意境的完美,但无疑是表明了自己词汇的贫乏,而诗歌本来就是语言的艺术。所以刘禹锡在《苏州白舍人寄新诗,因以赠之》的诗中,因为用了两个"高"字,为避别人非议,特自注云:"高山本高,于门使之高,二字意殊。"

不过,诗歌作品中却有一种句法是以同字取胜的,我们先看下面一些诗例：

天若有情天亦老。（李贺《金铜仙人辞汉歌》）
一船明月一帆风。（韦庄《送日本国僧敬龙归》）

水如环佩月如襟。（杜牧《沈下贤》）
云想衣裳花想容。（李白《清平调词》）

试却千行更万行。（刘皂《长门怨》）
此时无声胜有声。（白居易《琵琶行》）

儿童相见不相识。（贺知章《回乡偶书》）
黄金不多交不深。（张谓《题长安壁主人》）

巫山巫峡气萧森。（杜甫《秋兴八首》之一）
江南江北送君归。（王维《送沈子福之江东》）

千树万树梨花开。（岑参《白雪歌送武判官归京》）
大珠小珠落玉盘。（白居易《琵琶行》）

以上每句七字中有两个同字，这些同字并不是无法避免的犯复，而是有意用之，因为它们是按一定的规律而出现的，诵读这些诗句时会产生节奏的一波三折、环叠不尽的艺术效果。这种句法，就是"同字回互"法。

从七言诗的句型来看，一般分为上四下三，即前四字为一个音段，后三字为一个音段。在同字回互的句法中，同字的出现，总是在对称的位置上。如"一树梨花一溪月",同字出现在前后音段的第一字;"露似真珠月似弓",同字出现在前后音段的第二字;"相见时难别亦难",同字出现在前后音段的最后一字;"独在异乡为异客",同字出现在前后音段中的后一音顿的前一字。在同一音段中,由于四字音段可以分为两个对称的音顿,所以也常常用同字,如"飞来飞去袭人裾""相亲相近水中鸥",而三字音段因分不出对称的音顿,即使用了同字也形不成回互的效果,所以诗人都不会去用。我们唯有看到的诗例是杜甫《哀江头》诗的"春日潜行曲江曲"。不过,这两个"曲",字虽相同,意却有殊。"曲江"二字是地名,不能分割,所以与后一个属于形容词的"曲"就不是回互的关系。

当我们发现诗句中的同字回互不遵循以上规律时,那一定是句型发生了变化。句型发生变化,同字的位置也必然发生变化,但其仍然是以对称出现的。如"集仙殿与金銮殿""李将军是旧将军",句型为上三中一下三,同字则出现在前后音段的末一字或末二字;又如"松浮欲尽不尽云,江动将崩未崩石""有时三点两点雨,到处十枝五枝花",句型为上二中四下一,同字则出现在中间音段的两个音顿的后一字。

正是因为同字的出现总是按照一定的对称规律,所以就能形成诗句前后音段或前后音顿的共同语势,从而显示出节奏的往复回环,波澜起伏。不用同字,句子的语势便易一往直前,在节奏上难有回旋的余地;用同字而无规律,在节奏上则达不到回互的效果。因此,同字回互是诗人为取得诗句节奏一波三折、环叠不尽艺术效果的重要手法之一。当然,同字出现的位置不同,所产生的节奏效果也不同,一般说来,同字间隔的位置较近,回互的幅度便小，诵读时节奏就显得急促紧迫；同字间隔的位置较远，回互的幅度便大，诵读时节奏就显得舒缓柔和。

同字回互法的运用最早可以追溯到陆机《燕歌行》之"别日何早会何迟"及梁武帝《丁督护歌》之"别日何易会何难"。到了唐代，这一句法的运用开始逐渐增多并变化多端，除了以上所举的诗例外，有的已用在了一联之中，如：

鸟去鸟来山色里，人歌人哭水声中。（杜牧《题宜州开元寺水阁》）
桃花细逐杨花落，黄鸟时兼白鸟飞。（杜甫《曲江对酒》）
座中醉客延醒客，江上晴云杂雨云。（李商隐《杜工部蜀中离席》）
寒食非长非短夜，春风不热不寒天。（白居易《赠内》）

有的将一句中同字回互一次变为回互两次，如：

非琴非瑟亦非筝。（《白居易《云和》）
一见一回肠一断，三春三月忆三巴。（李白《宣城见杜鹃花》）

有的是将一句或一联中单个字的回互变为两个字的回互，如：

为谁辛苦为谁甜。（罗隐《蜂》）

断续寒砧断续风。(李煜《捣练子令》)

一杯一杯复一杯。(李白《山中与幽人对酌》)

争知百岁不百岁，未合白头今白头。(杜荀鹤《隽阳道中》)

有的甚至是整篇采用同字回互，如王建的《古谣》："一东一西陇头水，一聚一散天边霞。一来一去道上客，一颠一倒池中麻。"而艺术影响更大的当是白居易的《寄韬光禅师》。其诗云：

一山门作两山门，两寺原从一寺分。东涧水流西涧水，南山云起北山云。前台花发后台见，上界钟声下界闻。遥想吾师行道处，天香桂子落纷纷。

韬光禅师于唐穆宗长庆年间，在位于今浙江杭州灵隐寺西北的巢枸坞建了一座寺庙，寺以人名，称韬光寺。其时，白居易正任杭州刺史，与韬光禅师交往甚密，经常吟诗唱和。这首寄赠韬光禅师的诗，先是赞其开山立寺之功，再是写修行之处的幽静，最后表达了对禅师的仰慕之情。全诗八句，一连六句采用同字回互。生动灵巧的句法与天机活泼的意趣的融合，使诗产生出回环往复的旋律美，读来自感声情摇曳，意致缠绵。

诗法之九：重沓舒状

《诗经·召南·摽有梅》诗云："摽有梅，其实七分。求我庶士，迨其吉兮。摽有梅，其实三兮。求我庶士，迨其今兮。摽有梅，顷筐塈之。求我庶士，迨其谓之！"这首诗写一个女子看到梅过时而落，联想到青春易逝，希望求婚的男子赶快而来。在感情的表现上，此诗以叠章的形式反复吟唱，将这位女子迫切求偶的情状表现得十分细腻生动。这种叠唱法，就是刘勰所谓的"重沓舒状"（《文心雕龙·物色》）。

当人们对于某种情事有强烈深切的感触时，往往会一而再、再而三的反复申说，重沓舒状的修辞手法就是建立在人类这一心理基础之上的。它通过对诗句的重沓，使强烈的感触得以尽情地舒展出来。试看《诗经·秦风·蒹葭》：

蒹葭苍苍，白露为霜。所谓伊人，在水一方。
溯洄从之，道阻且长。溯游从之，宛在水中央。
蒹葭萋萋，白露未晞。所谓伊人，在水之湄。
溯洄从之，道阻且跻。溯游从之，宛在水中坻。
蒹葭采采，白露未已。所谓伊人，在水之涘。
溯洄从之，道阻且右。溯游从之，宛在水中沚。

这首情诗与前面的《摽有梅》相似，全篇虽分为三章，但每章所表现的意思几乎是相同的。诗人借助反复咏唱的形式，来逐渐加深加重"伊人"求之不得的惆怅情怀。诗中将"所谓伊人""溯洄从之""溯游从之"作了多次重沓，因为这三句正是诗人感情的聚集点，通过重复的节奏，既传神地表现了诗人的情态，又加强了读者感受的程度。

叠章之诗，也不是机械地将同一旋律、同一辞句重复地唱一遍或至数遍，而往往会在重沓中见出变化。如《诗经·小雅·黄鸟》：

> 黄鸟黄鸟，无集于榖，无啄我粟。此邦之人，不我肯榖。言旋言归，复我邦族。
>
> 黄鸟黄鸟，无集于桑，无啄我粱。此邦之人，不可与明。言旋言归，复我诸兄。
>
> 黄鸟黄鸟，无集于栩，无啄我黍。此邦之人，不可与处。言旋言归，复我诸父。

此诗是一个流落异国的农民的自诉。这个摆脱了本国的苦难而到异国谋求生路的农民，不仅没有寻觅到那么一个可以安居乐业的理想社会，反而遇到了与本国"硕鼠"一样的"黄鸟"的欺压。在忍无可忍之下，他愤怒地向黄鸟提出"无啄我粟""无啄我粱""无啄我黍"的要求。当然，在当时的社会中这种要求是不可能得到满足的。他由是意识到，既然这里的人是这么的"不我肯榖"（不用善道）、"不可与明"（不讲道理）、"不可与处"（不能共处），还不如"言旋言归"，赶快重回故乡的好。尽管回国后还是要受到"硕鼠"的剥削，但毕竟是生活在家乡、生活在亲人们中间啊。全诗通过这个背井离乡者在异国遭受剥削与欺凌而欲返回故土的描写，深刻地反映了当时劳动人民走投无路、流离失所的悲惨遭遇。此诗虽属雅诗，无疑更似风体。艺术上，全诗以重沓的形式，使全诗"言旋言归"的气氛越来越强烈，生动细腻地表现出主人公再也无法忍受"黄鸟"的剥削而急切归去的心情。值得称道的是，诗人在重沓中并不处处重复，而是通过一些句子的几个关键字眼（如"榖""明""处"）的变化，使全诗获得了虽重沓而又不显单调乏味的艺术效果。读完全篇，我们自会感受到一种荡气回肠的韵味。

如果说《黄鸟》在重沓中的变化还只是同义反复的话（如"无啄我粟""无啄我粱""无啄我黍"），那么，《诗经·周南·芣苢》的重沓就更进了一步，它在内容上能层层递进，在时间上有个逐渐推移的过程。诗如下：

采采芣苢，薄言采之。采采芣苢，薄言有之。
采采芣苢，薄言掇之。采采芣苢，薄言捋之。
采采芣苢，薄言袺之。采采芣苢，薄言襭之。

这是一群妇女采集芣苢时所唱的歌。芣苢，即车前草，相传服之令人多欲生子。故闻一多曾说此诗"是母性本能的最赤裸最响亮的呼声"（《匡斋尺牍》）。读着诗，我们自能想象出这样一幅景象：在一个夏天，芣苢都结子了，妇女们都结伴而往，她们一边采，一边唱，满山谷响着歌声。诗共三章，只变换六个动词。这六个动词，虽然都表示采摘的动作，但并不简单重复。"采"是准备采摘，"有"是动手采到，"掇"是拾取掉落的，"捋"是成把的从茎上抹下，"袺"是用衣角兜着，"襭"是用衣襟盛满了披着回来。这一系列动作的描绘，在意义上是逐层递进的，不仅写出了妇女们从开始采到满载而归的劳动过程，同时也借助"采采芣苢"的反复与重叠，表达了她们采摘中越采越欢快的心情。全诗真如王夫之所云："从容涵咏，自然生其气象。"（《姜斋诗话》）

重沓舒状多见于民歌，在文人写的乐府诗中也时常有运用，如曹操的《秋胡行》："去去不可追，长恨相牵攀。去去不

311

可追,长恨相牵攀。夜夜安得寐,惆怅以自怜。正而不谲,辞赋依因。经传所过,西来所传。歌以言志,去去不可追。"律诗与绝句因限于格律,一般不用此法。不过在词的体裁中,这种手法又经常可以看到,如贺铸《琴调相思引》:"终日怀归翻送客,春风祖席南城陌。便莫惜,离觞频卷白。动管色,催行色。动管色,催行色。 何处投鞍风雨夕?临水驿,空山驿。临水驿,空山驿。纵明月相思千里隔。梦咫尺,勤书尺。梦咫尺,勤书尺。"又如柴望《阳关三叠》词的结尾:"奈此去君出阳关,纵有明月,无酒酹故人。奈此去君出阳关,明朝无故人。"这与词可以吟唱有着一定的关系。

重沓复叠在词中运用通常有两种情况,一是系调谱规定,如《调笑令》《如梦令》;一是系强化声情,辛弃疾的《丑奴儿》便属此种。词云:

少年不识愁滋味,爱上层楼。爱上层楼,为赋新词强说愁。 而今识尽愁滋味,欲说还休。欲说还休,却道天凉好个秋。

其中"爱上层楼"的重叠与"欲说还休"的重叠均非词谱所限,而是有意为之,作者通过这一形式,充分发挥了词的声情美,同时也强化了自己今昔对"愁"的感受。清人沈雄在《古今词话·词品》中谓:"两句一样为叠句,一促拍,一曼声。一气流注者,促拍也。不为申明上意,而两意全该者,曼声也。"用这个标准来看,词中凡是用到叠句的地方,都应该是曼声。但由于词乐的失传,我们已难以领略此词优美的声情,这不能不说是一大遗憾。

诗法之十：蝉联取势

《西游记》第六十四回中写到唐僧在荆棘岭被劲节十八公摄到木仙庵，在与四个长老讲论修持后，又一起吟起诗来。四个长老就唐僧的"半枕松风茶未熟，吟怀潇洒满腔春"联成这样一首诗："春不荣华冬不枯，云来雾往只如无。无风摇曳婆娑影，有客欣怜福寿图。图似西山坚节老，清如南国没心夫。夫因侧叶称梁栋，台为横柯作宪乌。"这些所谓的长老都是妖精所变，所以诗的内容也无甚可取之处，但其形式却有特点，它两句一组，每组首尾相衔，顺势而下。用诗歌创作的术语来说，这用的是"蝉联取势"法。

蝉联，又称顶针，是指作品中用前一句或一联结尾的字眼作为后一句或一联起头的字眼，如此联缀承接，少则两三句，多则几十句，使得各句之间上递下接，首尾贯通。这种艺术手法颇像儿童的"词语接龙"游戏。虽然我们现在已无法考证出它是不是从这一游戏形式发展而来，但我国最早的诗歌集《诗经》里就有许多运用却是事实。试看如《大雅·文王》：

亹亹文王，令闻不已；陈锡哉周，侯文王孙子。文王孙子，本支百世；凡周之士，不显亦世。（二章）

世之不显，厥犹翼翼；思皇多士，生此王国。王国克生，维周之桢；济济多士，文王以宁。（三章）

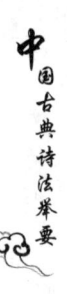

全诗共七章,由于篇幅关系,这里只选录二三两章。它们不仅章与章之间是蝉联的,句与句之间也相互衔接。此外像"江有汜,之子归,不我以。不我以,其后也悔"(《召南·江有汜》);"凯风自南,吹彼棘心。棘心夭夭,母氏劬劳"(《邶风·凯风》);"静女其娈,贻我彤管。彤管有炜,说怿女美"(《邶风·静女》)等,也都是用蝉联的句式。由于蝉联的手法,可以增强诗句的气势及诗意的紧凑,使作品的情味更深厚,音律更流畅,因而也为后世诗人所继承。如汉乐府《平陵东》:

平陵东,松柏桐,不知何人劫义公。劫义公,在高堂下,交钱百万两走马。两走马,亦诚难,顾见追吏心中恻。心中恻,血出漉,归告我家卖黄犊。

这首民歌诉说一位"义公"受官吏敲诈勒索,被迫卖掉黄犊赎身的经过。在结构上,采用三句一节,各叙一事,每节前三字重复上句末三字,如"劫义公""两走马""心中恻"。这首尾蝉联,不仅使得全诗互相勾连,节节相续,也同时增加了踵接直下的力量,让人感受到其中悲愤的语气。又如南朝梁武帝萧衍的《芳树》诗:

绿树始摇芳,芳生非一叶。一叶度春风,芳华自相接。杂色乱参差,众花纷重叠。重叠不可思,思此谁能惬。

除第四、五、六句外，余皆蝉联，由于句与句之间的相互衔接，使全诗极富张力，读之音节婉谐，情味无穷。再如沈约的《拟青青河畔草》诗：

漠漠床上尘，心中忆故人。故人不可忆，中夜长叹息。叹息想容仪，不言长别离。别离稍已久，空床寄杯酒。

用蝉联的方法，既紧密了句与句之间的联系，亦增添了音韵的流美和情意的缠绵。而把这种艺术手法发挥到极致的，是李白的《白云歌送刘十六归山》。其诗云：

楚山秦山皆白云，白云处处长随君。长随君，君入楚山里，云亦随君渡湘水。湘水上，女萝衣，白云堪卧君早归。

这首诗是唐玄宗天宝初年，李白在长安送刘十六归隐湖南所作。全诗总共才八句，就用了六个蝉联句。诗人通过这些蝉联句式，形成了意义上的相承连环，一气滚下，使全诗显示出生动流走的气韵和活泼优美的旋律，既表现出诗人于朋友离别之际的缠绵的情意，也寄寓了诗人"白云处处长随君"的美好愿望。同时，我们也不难看出诗人对"山中白云"的憧憬与羡慕之意。所以《唐宋诗醇》赞之为"吐语如转丸珠，又如白云舒卷，清风与归，画家逸品"。杜甫的《兵车行》也是一首蝉联取势的佳作。其诗云：

车辚辚，马萧萧，行人弓箭各在腰。耶娘妻子走相送，尘埃不见咸阳桥。牵衣顿足拦道哭，哭声直上干云霄。道旁过者问行人，行人但云点行频。或从十五北防河，便至四十西营田；去时里正与裹头，归来头白还戍边。边庭流血成海水，武皇开边意未已。君不闻汉家山东二百州，千村万落生荆杞。纵有健妇把锄犁，禾生陇亩无东西。况复秦兵耐苦战，被驱不异犬与鸡。长者虽有问，役夫敢申恨？且如今年冬，未休关西卒。县官急索租，租税从何出？信知生男恶，反是生女好；生女犹得嫁比邻，生男埋没随百草！君不见青海头，古来白骨无人收。新鬼烦冤旧鬼哭，天阴雨湿声啾啾。

这首诗的主题是对唐玄宗扩边黩武的讽刺，深刻地反映出连年征战给人民带来的苦难。杜甫诗所以被称为"诗史"，于此便可见出。沈德潜曾评此诗云："声音节奏，纯从古乐府得来。"（《唐诗别裁集》）正道出了此诗的特色。诗人采用的蝉联方法，如"牵衣顿足拦道哭，哭声直上干云霄""道旁过者问行人，行人但云点行频""归来头白还戍边，边庭流血成海水""县官急索租，租税从何出"等，使句子下接上递，一气连贯，朗读起来，铿锵和谐，优美动听。杜甫写诗很喜欢采用这一手法，如"故人南郡去，去索作碑钱"（《闻斛斯六官未归》）；"今年思我来嘉州，嘉州重来花绕楼"（《狂歌行赠四兄》）；"握发呼儿延入户，手提新画青松障。障子松林静杳冥，凭轩忽若无丹青"（《题李尊师松树障子歌》）等，都是顶针相连。

　　蝉联取势的艺术手法，从唐到宋，从宋到元，从元至明清，一直被继承下来。像南宋杨万里的诗《舟中晚望》"河岸前头松树林，树林尽处见行人。行人又被山遮断，风飐酒家青布巾"；像元无名氏的散曲《小桃红·别忆》"断肠人寄断肠词，词写心间事，事到头来不自由。自寻思，思量往日真诚志。志诚是有，有情谁似，似俺那人儿"，乃至《红楼梦》中黛玉的《葬花辞》"愿侬此日生双翼，随花飞到天尽头。天尽头，何处有香丘"等，都通过前后句的巧妙连接，给作品增添了明快的节奏。

主要征引书目

文赋（陆机）	昭明文选本
文心雕龙注（范文澜注）	人民文学出版社 1982 年版
诗式校注（李壮鹰校注）	齐鲁书社 1986 年版
文镜秘府论校注（王利器校注）	中国社会科学出版社 1983 年版
二十四诗品（司空图）	历代诗话本
六一诗话（欧阳修）	历代诗话本
后山诗话（陈师道）	历代诗话本
临汉隐居诗话（魏泰）	历代诗话本
冷斋夜话（惠洪）	中华书局 1988 年版
蔡宽夫诗话（蔡居厚）	宋诗话辑佚本
竹坡诗话（周紫芝）	历代诗话本
碧溪诗话（黄彻）	人民文学出版社 1998 年版
韵语阳秋（葛立方）	上海古籍出版社 1979 年版
唐诗纪事（计有功）	上海古籍出版社 1987 年版
鹤林玉露（罗大经）	中华书局 1983 年版
野客丛书（王楙）	中华书局 1987 年版
梁溪漫志（费衮）	上海古籍出版社 1985 年版
沧浪诗话校释（郭绍虞校释）	人民文学出版社 1983 年版
苕溪渔隐丛话（胡仔辑）	人民文学出版社 1962 年版
诗人玉屑（魏庆之辑）	古典文学出版社 1958 年版

石林诗话（叶梦得）	历代诗话本
老学庵笔记（陆游）	中华书局 1979 年版
桯史（岳珂）	中华书局 1981 年版
贵耳集（张端义）	中华书局 1958 年版
花庵词选（黄昇）	中华书局 1958 年版
词源（张炎）	词话丛编本
乐府指迷（沈义父）	词话丛编本
木天禁语（范德机）	历代诗话本
滹南诗话（王若虚）	人民文学出版社 1962 年版
唐才子传校正（周本淳校正）	江苏古籍出版社 1987 年版
环溪诗话（吴沆）	学海类编本
麓堂诗话（李东阳）	历代诗话续编本
升庵诗话（杨慎）	历代诗话续编本
四溟诗话（谢榛）	人民文学出版社 1962 年版
艺苑卮言（王世贞）	齐鲁书社 1992 年版
艺圃撷余（王世懋）	历代诗话本
诗薮（胡应麟）	中华书局上海编辑所 1958 年版
唐音癸签（胡震亨）	上海古籍出版社 1981 年版
唐诗解（唐汝询）	明万历刻本
唐诗镜（陆时雍）	明刻本
唐诗品汇（高棅）	上海古籍出版社 1984 年版
闲情偶寄（李渔）	浙江古籍出版社 1985 年版
窥词管见（李渔）	词话丛编本
杜诗解（金圣叹）	上海古籍出版社 1984 年版
带经堂诗话（王士禛）	人民文学出版社 1998 年版
花草蒙拾（王士禛）	词话丛编本

围炉诗话（吴乔）	清诗话续编本
诗筏（贺贻孙）	清诗话续编本
姜斋诗话（王夫之）	人民文学出版社1962年版
诗辩坻（毛先舒）	清诗话续编本
原诗（叶燮）	人民文学出版社1979年版
野鸿诗的（黄子云）	清诗话本
说诗晬语（沈德潜）	清诗话本
贞一斋诗说（李重华）	清诗话本
随园诗话（袁枚）	人民文学出版社1962年版
续诗品（袁枚）	清诗话本
瓯北诗话（赵翼）	清诗话续编本
养一斋诗话（潘德舆）	清诗话续编本
履园谭诗（钱泳）	清诗话本
葚原诗说（冒春荣）	清诗话续编本
辍锻录（方南堂）	清诗话续编本
艺概（刘熙载）	上海古籍出版社1978年版
诗法易简录（李瑛辑）	清道光二年刻本
唐闲清雅集（张文荪）	清乾隆三十年刻本
昭昧詹言（方东树）	人民文学出版社1984年版
钝吟杂录（冯班）	清诗话本
筱园诗话（朱庭珍）	清诗话续编本
岘佣说诗（施补华）	清诗话本
历代诗话考索（何文焕）	历代诗话本
载酒园诗话（贺裳）	清诗话续编本
石遗室诗话（陈衍）	辽宁教育出版社1998年版
唐诗贯珠（胡以梅）	清康熙五十四年刻本

网师园唐诗笺（宋宗元）	清乾隆三十二年刻本
唐诗选胜直解（吴烶）	清乾隆刻本
古诗赏析（张玉穀）	上海古籍出版社2000年版
顾误录（王德晖　徐沅澂）	中国古典戏曲论著集成本
西圃词说（田同之）	词话丛编本
词洁（先著）	词话丛编本
论词随笔（沈祥龙）	词话丛编本
七颂堂词绎（刘体仁）	词话丛编本
词苑丛谈校笺（王百里校笺）	人民文学出版社2005年版
白雨斋词话（陈廷焯）	词话丛编本
介存斋论词杂著（周济）	词话丛编本
宋四家词选目录序论（周济）	词话丛编本
复堂词话（谭献）	词话丛编本
蕙风词话（况周颐）	人民文学出版社1982年版
人间词话（王国维）	人民文学出版社1982年版
论文杂记（刘师培）	人民文学出版社1998年版
春觉斋论文（林纾）	人民文学出版社1998年版
诗比兴笺（陈沆）	上海古籍出版社1981年版
诗经原始（方玉润）	中华书局1986年版
读杜心解（浦起龙）	中华书局1984年版
杜诗详注（仇兆鳌）	中华书局1979年版
杜诗镜铨（杨伦）	上海古籍出版社1980年版
杜诗提要（吴瞻泰）	清康熙刻本
玉溪生诗笺注（冯浩）	四部备要本
玉溪生诗说（纪昀）	清光绪十三年刻本

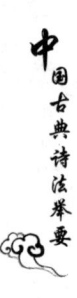

瀛奎律髓刊误（纪昀）	清嘉庆五年刻本
唐诗别裁集（沈德潜）	上海古籍出版社 1979 年版
唐人绝句精华（刘永济）	人民文学出版社 1981 年版
词曲史（王易）	上海书店 1989 年版
诗境浅说　诗境浅说续编（俞陛云）	上海书店 1984 年版
唐五代两宋词选释（俞陛云）	上海古籍出版社 1985 年版
管锥编（钱钟书）	中华书局 1979 年版
谈艺录（钱钟书）	中华书局 1984 年版
宋诗选注（钱钟书选注）	人民文学出版社 1982 年版
汉语史稿（王力）	中华书局 1980 年版
诗论（朱光潜）	生活·读书·新知三联书店 1984 年版
瀛奎律髓汇评（李庆甲辑）	上海古籍出版社 1986 年版